AGATHE RUGA

SOUS LE SOLEIL DE MES CHEVEUX BLONDS

AGATHE RUGA

SOUS LE SOLEIL DE MES CHEVEUX BLONDS

roman

Stock
arpège

Couverture : Hokus Pokus
ISBN : 9782234087118

Je n´suis qu´une poupée de cire
Qu´une poupée de son
Sous le soleil de mes cheveux blonds
Poupée de cire, poupée de son
Mais un jour je vivrai mes chansons
Poupée de cire, poupée de son
Sans craindre la chaleur des garçons
Poupée de cire, poupée de son!

SERGE GAINSBOURG,
pour France Gall, 1965

Tu n'es jamais revenue.
Ta voix tremble dans ma mémoire
comme la lune dans un seau d'eau.

CHRISTIAN BOBIN

PROLOGUE

On dit que les rêves des femmes enceintes peuvent changer le monde.

Que leur puissance hypnotique s'apparente à de la voyance.

Qu'ils ressuscitent les âmes et les disparus.

Mon ventre rond, lui, a créé un nouveau territoire, celui dont nous parlions adolescentes. Car enceinte, tu l'es toi aussi, dans mes escapades oniriques. Chaque nuit, nous nous retrouvons dans le jardin fleuri de ta maison de vacances, en Bretagne. À force, au réveil, je me persuade de la réalité de ta grossesse, même si personne ne m'en a informée. Cela fait six ans que je ne t'ai vue ni entendue. Tu es enceinte aussi, tu es revenue dans ma vie. Si mes rêves ne changent pas le monde, ils réinventent au moins notre amitié.

PREMIÈRE PARTIE

DES GENS BIEN ÉLEVÉS

Mais je dois l'avouer
Je l'ai regretté
Depuis ce jour-là
Plus jamais ils n'ont téléphoné
Mais quelle idée de rester fâchés
Entre gens bien nés
Entre gens bien nés
Entre gens bien élevés!

HUBERT GIRAUD,
pour France Gall, 1969

1

Cette nuit, nos deux embryons jouaient ensemble dans la même poche, et pour le jeu, c'était moi qui les portais. Nous les scrutions, émerveillées, à travers ma peau transparente, ils agrippaient leurs minuscules doigts palmés.

Le rêve se dissipe, je ne me remémore déjà plus leurs traits, seul ton regard moralisateur émerge de mon réveil brumeux. *On arrête ça tout de suite, Brune. C'est trop tôt.*

« Viens ici, Paul ! criais-tu à ton embryon. Dépêche-toi, rentre dans mon utérus ! Regarde-moi ça, tu es gelé... »

Dans mes songes, tu es omniprésente. Ton visage est celui du lycée et ton corps a légèrement enflé. Tu es parfois souriante, comme avant, souvent fausse et crispée, comme tu l'as toujours été. Tu me caresses le ventre et je ressens encore le contact de ta main à mon réveil, chaude, elle me rappelle la douceur de celle de ma mère, calmant jadis mon appendicite. Tu me manques. Nous nous sommes tant imaginées à trente ans, quelle grande fête nous ferions, nous pensions qu'à trente ans nous nous sentirions adultes. Lorsque nous évoquions le futur, nous projetions une existence sans tourments, une amitié simple, heureuse et bienveillante. Nos enfants jouant ensemble autour d'une grande tablée de parents occupés à boire du vin. Nos maris commenceraient tout juste à grisonner, nous serions de belles femmes au regard ourlé.

Nous n'avons pas anticipé, personne n'a prédit ton évaporation, nous avons manqué d'imagination.

Pourtant tu n'es pas morte. Aujourd'hui, nous portons toutes les deux la vie mais je n'existe plus dans la tienne. Tu t'es enfuie, tu m'as quittée. Tu existes quelque part, tu fais l'amour à un homme, tes journées sont remplies sans que j'en fasse partie. Tu penses sans doute à moi comme je pense à toi, et nous n'avons désormais que notre sommeil pour nous retrouver. Je me réveille les traits chiffonnés ou sereins, selon ce que tu m'as confié. Chaque nuit, tu viens comparer nos ventres, lequel est le plus rond, le plus haut.

« C'est vraiment un ventre de fille que tu as, me dis-tu.

– Je ne sais pas. Mon pendule penche pour un garçon.

– C'est normal, c'est ton inconscient qui veut un garçon.

– Peut-être. Tu as des impatiences dans les jambes, toi, quand tu t'endors ?

– Non mais regarde, ma veine a encore grossi, il faut vraiment que j'aille me la faire retirer. J'irai l'année prochaine, tu sais, mon père a un ami angiologue très réputé. »

Aujourd'hui, à trente ans pour la plupart, nous fabriquons des individus, ou bien nous y pensons. Une amie entreprend les démarches de PMA quand une autre congèle ses ovules en attendant que sa carrière décroisse.

Nous sommes entre deux vies.

Nous ne sommes plus légères, le poids des responsabilités nous a fatiguées. Nos corps exulteraient bien, mais nous ne savons plus danser. Alors nous procréons, et nous achetons bio. Une application scanne les cosmétiques que nous devons utiliser. Nous snobons allègrement notre passé, nous avons enfin fini par nous assumer, nous comprenons nos parents et gardons la psychanalyse pour plus tard. Nous n'envoyons plus de messages à notre premier amour, notre groupe d'amis actuel a rayé l'ancien, tout se passe comme s'il n'y avait jamais rien eu avant, ou bien rien d'important, nous sommes installées dans une routine confortable. Notre métier nous plaît et nous ne savons pas encore que nous en changerons. Nous repensons parfois avec dédain et mélancolie à ces anciennes soirées enivrées où nous laissions notre corps perdre le contrôle, lorsque l'aube nous grisait. Nous sommes vieilles alors que tout commence enfin.

Où est passée l'époque où nos vies se superposaient ? À quoi bon se retrouver à la lueur de la lune ? Nos maternités coïncident car nous l'avions décidé, et dans mes rêves tu viens me raconter, te confier.

Tu m'as quittée, tu nous as toutes quittées. Pas un jour ne passe sans un souvenir de nous et de nos fêtes intérieures. Tu es ma plus belle robe de soirée, mon champagne le plus euphorisant, mon plus long SMS. Mon plus bel amour inachevé.

2

La première fois que je t'ai croisée, j'ai d'abord vu tes seins. Des gros seins et un petit nez, mon idéal de beauté, mon total contraire. Tu portais un haut marin très moulant, évoquant la maison secondaire en Bretagne que tes parents construisaient. Les rayures de ton T-shirt perdaient leur parallélisme à chacun des rebondissements de ta poitrine lorsque tu as marché vers moi. Tu avais placé un bandeau noir dans ton carré blond, un bracelet en forme de jonc sautait à ton poignet. Tu étais B. B. sans son mépris. Ton surnom, Brigitte, était né.

Tu avais consulté le planning de la rentrée, nous passerions la première S ensemble. J'ai ressenti un grand soulagement car toutes mes amies partaient en L. J'aurais bien fait L aussi, mais ma mère m'avait assuré qu'il n'y avait aucun débouché. Je ne savais pas ce qu'était un débouché mais j'ai écouté ma mère et tu en as fait autant.

Je t'ai trouvée belle et concentrée. Tu arpentais la place Saint-Charles comme un petit soldat dans son uniforme rayé, sans flâner, sans te noyer dans les regards des garçons assis aux terrasses, sans un mouvement de tête autour de toi.

Dans la chaleur de l'été et la torpeur des vacances, tu avais une allure de randonneuse trop habillée. Ton front bronzé luisait. Moi, je me promenais avec Matilde, elle avait partagé ta classe de quatrième. Selon elle, tu étais d'une famille *prout-prout* et avais peu d'amies. Tes accointances se limitaient aux adolescents des soirées *rallye*. Voici le portrait initial que j'avais de toi, et par la suite j'ai découvert le lot de surprises que tu cachais sous ta marinière.

À la rentrée, nous nous sommes assises côte à côte. S'apprivoiser de biais, sans regard frontal, a permis la libération des confidences. Il y a eu le premier devoir de mathématiques, celui permettant au principal de jauger sa classe. Le professeur a rendu les copies dans l'ordre croissant. Il a tendu sèchement un 3 à un élève du fond de la classe, puis en milieu de paquet, tu as reçu ta copie, une note moyenne dont tu te contentais souvent. Enfin il y a eu la dernière copie, la mienne, un 17. Le prof de maths n'avait pas encore pris la peine de retenir mon prénom, mon look baggy-résilles turquoise ne correspondant pas à l'idée qu'il se faisait de sa meilleure élève. Il m'a jeté la copie en me regardant froidement. « À vous voir, on n'aurait pas cru. »

C'est là que tout a commencé. J'ai lu dans ton regard l'injustice, la fierté que je t'inspirais, ainsi que la légitimité de notre amitié. Je n'avais ni la tenue ni les fréquentations réglementaires, mais au moins j'étais première de classe, rempart absolu contre toute remarque parentale.

De cette année de première, je ne me souviens d'aucun autre élève. Il n'y avait que toi. Nous suivions les mêmes options et ne nous quittions jamais, au détriment de mes autres amies et hobbies. Durant les cours de géographie, nous étions toujours punies pour bavardage. Quant aux cours d'allemand, nous simulions des péritonites à chaque devoir, la prof demandait à l'une puis à l'autre de s'accompagner mutuellement à l'infirmerie, et sur le bulletin aucune note n'apparaissait.

Je sortais d'une année de seconde festive. Je t'impressionnais avec mes récits de débauche qui n'en étaient pas. Je devinais que, pour te plaire, je devais éviter les discours-poncifs, ceux que te servaient les autres — les filles des amis de tes parents — alors dès le deuxième jour je t'ai conté la perte de ma virginité. Une expérience affligeante. Je ne parvenais pas à savoir si faire ça à 3 heures du matin avec un type qui n'avait pas fini et qui ne m'avait pas embrassée relevait de l'incroyable ou du désastre. Depuis, heureusement, mon sens du jugement s'est considérablement amélioré. Pour tempérer ce récit, je t'ai narré dans la foulée ma vie amoureuse désespérément vide. Durant tout le collège, quatre années bien longues pour toute jeune fleur en pleine éclosion, j'avais été très amoureuse de Gabriel.

Gabriel le savait, mais il n'avait que faire de mon tour de poitrine négatif et de mon cartable Tan's aux couleurs de Noël. Il voulait une nana populaire, agréée par le comité des jeunes collégiens, et je restais une intello infréquentable, surtout devant les autres. Le matin, je le pistais près de sa maison, je collectionnais des photos de lui, lui écrivais des poèmes que je ne lui donnais pas, certains mercredis après-midi de désespoir je brûlais de l'encens dans ma chambre et me piquais les poignets au compas en pleurant ma mélancolie. Le collège s'est terminé sans que rien ne se passe entre nous. Bien sûr j'avais vécu quelques beaux moments, quelques action/vérité, smacks de trois secondes, tours de train fantôme où j'en profitais pour lui serrer la main, singeant la terreur. Et surtout des vacances ! J'ai bien failli y croire lorsque, à la fin des vacances d'avril, sa mère — la meilleure amie de la mienne — m'a invitée à passer une semaine au Maroc avec eux. Gabriel et moi nous sommes liés d'amitié avec tous les jeunes du Club, nous avons fumé la chicha jusqu'à 8 heures du matin toutes les nuits, avons ri main dans la main, yeux dans les yeux, puis nous sommes montés dans l'avion du retour. Le jour de la rentrée, à la récréation de 10 heures, mes copines hilares mesuraient ma désolation : Gabriel racontait partout qu'il avait passé les pires vacances de sa vie. J'ai longtemps pleuré ce premier chagrin d'amour.

C'est là que ça a déraillé. Porter des résilles et me faire dépuceler m'est apparu comme un objectif utile et libérateur. Personne ne m'avait conseillé d'attendre le mariage, ni *le bon*, la virginité était une chose encombrante dont il fallait vite se débarrasser. Aujourd'hui, avec le porno libre-service, l'hymen a de beaux jours devant lui, le vagin est devenu une tuyauterie totalement désuète, pour ne pas dire *kitsch*.

Au récit de l'humiliation que m'avait infligée Gabriel, tu étais restée pensive. Tu ne connaissais pas ce garçon, n'avais jamais discuté avec lui. Toi, tu n'avais pas eu beaucoup d'aventures non plus, parce que tu attendais de tomber amoureuse.

De ton année de seconde, tu m'as confié quelques soirées avec *des potes*, car tu étais *une fille à potes*. (Comprendre : des mâles qui tournent autour de toi par vagues successives sans que tu n'y perçoives la moindre ambiguïté, jusqu'à l'ultime déception, ce fameux soir où le pote craque et essaie de te lécher le visage, suite à quoi tu t'offusques, le pote s'excuse confusément, il ne voulait pas, il a ripé.)

Je sentais chez toi une grande fierté lorsque tu parlais des soirées de ton frère auxquelles tu étais conviée, il y avait là toute une réserve de *potes, plus vieux*, ce qui augmentait considérablement leur valeur ajoutée. Parmi ces potes se trouvait mon futur ex-mari, mais comment aurais-je pu le deviner.

Pour la première et unique fois de sa vie, ma mère s'est rendue à la réunion de rentrée. Quand elle en est revenue, elle a mentionné la présence d'une très belle femme, une grande blonde, élégante et au nez fin, *un minois de loup*, très sûre d'elle par ailleurs, ne cessant jamais de poser des questions au principal. C'était ta mère.

À partir de ce jour, c'est toi que je retrouvais tous les matins et que je quittais le soir. Cette année a ainsi scellé toute notre relation future. Nous étions faites des mêmes attentes, des mêmes envies, des mêmes frustrations aussi.

Comme toute cette nourriture dont nous nous gavions, toutes ces crises de boulimie que partagent les jeunes filles dont l'éros est inassouvi, contrarié ou traumatisé. Nous nous étions avoué notre addiction, un soir d'automne. Depuis, nous en parlions assez facilement, parfois dès le matin.

« T'as révisé l'allemand pour le DS de 10 heures ? je m'inquiétais.

– Non, pas trop.

– Pareil. J'ai eu du mal à travailler hier soir.

– Orgie ?

C'était le nom de code.

– Non, non.

– Allez dis-moi, c'est bon Brune, je sais ce que c'est.

– Ok, j'ai craqué. J'ai commencé par un cookie et puis j'ai fini tout le paquet, puis un deuxième paquet, et puis tout ce que j'ai trouvé. Au point où j'en étais de toute façon.

– Il faut qu'on arrête. Moi aussi j'ai fait une crise hier en rentrant. »

Voulions-nous vraiment sortir de ce mal-être ou bien nous entraînions-nous de plus en plus loin dans la compétition de la frénésie orale ? La nourriture était un refuge et ne nous décevait jamais. Je lisais Beigbeder et à cette époque ses livres étaient aussi décousus que notre alimentation. C'était avant *Un roman français*.

Parfois, nous nous quittions le soir en nous jurant de ne pas craquer, et nous nous retrouvions une heure plus tard au Monoprix, le cabas rempli de beignets et de gâteaux gras à gogo. Nous nous racontions nos crises, tout ce que nous parvenions à ingurgiter. Puis à vomir. Oui, il y avait un peu de fierté dans notre mal-être.

Nous étions deux malades qui se tiennent la main comme deux alcooliques anonymes, les mathématiques n'assouvissaient rien, nous étions seulement terrassées par la solitude et le manque d'amour. Sous nos airs de femmes déjà trop mûres à seize ans, il fallait combler nos bouches inoccupées. Gâteaux, cigarettes, alcool.

Un jour, nous avons débuté les séances de sport. Nous avons enfilé un jogging en rentrant du lycée pour éviter de vider les placards. J'ai fixé comme premier objectif de courir trois tours de parc et je ne sais plus qui de toi ou moi a eu l'idée complètement débile et pourtant si drôle de nous enrubanner de cellophane pour perdre plus d'eau, et ainsi de grammes motivateurs. À chacune de nos foulées, nos corps couinaient sous le bruit du plastique, nous ne pouvions plus respirer tellement nous avions fait de tours et de tours de cet emballage autour de nos hanches, notre ventre, nos cuisses. Nous pouvions à peine bouger. Les gens nous croisaient en s'interrogeant sur ce couinement inattendu et nous les doublions, complices et hilares.

Aussitôt rentrées chez nous, nous arrachions nos vêtements, la cellophane, et nous triomphions en voyant toute cette eau tomber par paquets. Alors, heureuses et enivrées de tous ces décigrammes envolés, nous nous jetions à corps perdu dans notre placard à gâteaux pour nous récompenser. Le lendemain, nous imitions, mortes de rire, nos mères rangeant les restes du dîner au réfrigérateur : « Oh, c'est incroyable ça, où ai-je mis la cellophane ? Bon sang, Brune, tu n'as pas vu le rouleau par hasard, il disparaît tout le temps ! »

Jamais nous n'avons pris autant de poids que cette année-là.

Nous avons maintenu nos notes et l'année s'est terminée sans encombre, sans histoires de garçon. Au bac de français, tu as obtenu 11 et 12, et moi 16 et 17. L'été venu, j'ai recouché avec le garçon de l'année précédente, à la même date, un 29 juin, parce qu'il avait eu l'air content de me croiser, parce qu'il était Cancer et que ce signe marquait le début des vacances. Il a encore oublié de m'embrasser et est rentré chez lui à 5 heures du matin. J'ai attendu un texto qui n'est jamais arrivé et je suis partie à la mer.

Le sevrage a été brutal : je ne t'ai pas vue de l'été. Tu allais pour la première fois dans ta maison de vacances en Bretagne, dont tu m'avais raconté l'avancée des travaux par le menu détail. Tu m'avais promis qu'une fois le permis en poche, tu m'y inviterais. Nous partirions en mer car tu maîtrisais parfaitement la voile.

En t'attendant cet été-là, je suis tombée amoureuse, unilatéralement à nouveau, d'un étudiant en droit très beau, très grand qui, une nuit dans la boîte la plus huppée de la ville, m'a offert quelques baisers dégoulinants et le respect de mes congénères.

Je sortais tous les soirs et j'oubliais de manger, je ne me réveillais jamais avant midi et passais mon après-midi à me préparer pour l'apéro. Des apéros qui prenaient fin au petit matin. Gabriel était une histoire ancienne que j'avais remplacée par mon étudiant. J'étais heureuse et mince. Je profitais de l'été pour revoir Matilde et passer des heures en terrasse avec elle, à en agacer les garçons de café.

Fin août, tu m'as téléphoné pour aller boire un verre. Mon cœur battait d'excitation. Sur ton bronzage doré, tu portais encore ton haut marin. Cela m'a fait sourire et tu n'as pas compris pourquoi.

Je t'ai raconté rapidement mes derniers déboires. Mon bel étudiant avait fini par m'éconduire. Il ne voulait pas me faire de peine, il avait simplement rencontré la femme de sa vie, une blonde sublime, un nectar pétillant blanc de blanc.

Tu m'as écoutée soigneusement, sans rien répondre. J'ai changé de sujet.

« Et toi ? Pas de petit mec cet été ?

Tu avais rencontré Gabriel à une soirée, me disais-tu en sirotant avec désinvolture ton Monaco grenadine. Étonnée, je t'ai questionnée avec distance, *Ah, comment allait-il, celui-là ?*

– Très bien..., m'as-tu répondu, rougissante.

– Pourquoi tu rougis ? Tu es sortie avec lui ?

– On peut dire ça », as-tu murmuré, les paupières baissées.

Ton regard posé au loin, comme pour ménager ton effet, tu as souri délicatement avant de poursuivre ton récit d'une voix monocorde. Suite à votre rencontre il t'avait donné rendez-vous, un après-midi, chez une amie dont l'appartement était libre. Il avait déboutonné son pantalon et t'avait proposé de le sucer. Tu avais accepté, tu lui avais fait ça, toi qui n'avais jamais couché avec un garçon ni rien du tout. Et puis vous vous étiez fait la bise et tu étais rentrée chez toi. Tu avais osé cet acte si délicat, comme ça, *à jeun*, avec un garçon que tu ne connaissais pas, tu avais fait ça avec celui pour qui j'avais voulu mourir de chagrin pour la première fois.

Je ne t'ai demandé aucun détail, j'ai changé de sujet et caché mon désarroi, j'ai étouffé les battements de mon cœur. Après tout, Gabriel était libre et cela faisait deux ans que j'avais renoncé à lui. Ce qui m'avait le plus choquée, je crois, c'était que tu suces un garçon comme ça, l'après-midi. J'ai pensé que c'était faux. On ne faisait pas ça à quelqu'un que l'on ne connaissait pas, à seize ans, c'était absolument inconcevable. Il fallait coller les corps d'abord, et y revenir ensuite, pour être époustouflante, mais juste offrir sa bouche comme ça, sans avant, sans après, vous n'étiez pas assez nus, pas assez ivres, et puis ça devait faire beaucoup trop de bruit. Je t'ai crue pourtant, et encore aujourd'hui je sais à quel point cette histoire était vraie.

Nous n'en avons plus jamais reparlé. J'ignore si Gabriel savait que tu étais mon amie. Je me souviens avoir pensé qu'il l'avait fait exprès pour me faire enrager, j'avais levé les yeux au ciel en soupirant, *mais quel salaud.*

3

Se sont écoulées dix années folles d'amitié, qui, un jour, ont pris fin. Quand je pose côte à côte notre premier et notre dernier moment, de nos seize à nos vingt-six ans, l'un et l'autre aux extrémités d'une frise chronologique, j'y trouverais presque des similitudes. Méfiance, fascination, trahison, non-dits. Heureusement, entre le début et la fin, il y a nous. Pendant cette décennie, il y a eu la bascule de l'adolescence vers l'âge adulte. Il y a eu l'éveil de la féminité puis de la maternité. Il y a eu le premier amour et peut-être le dernier. Il y a eu les études et les choix de carrière. Ces dix années ont été les plus intenses, nous avons tout découvert ensemble, tout expérimenté. Elles sont celles que nous attendions petites, et celles que nous regretterons plus tard. Certains pensent que tout se joue pendant l'enfance, moi je suis persuadée que notre vie entière est conditionnée par ces dix années.

Et je les ai passées avec toi.

Notre dernier moment ensemble, l'extrémité est de la frise, c'était dans ta maison de Bretagne. Elle était devenue un point de rendez-vous incontournable de nos étés.

Ce soir-là, l'air semblait étouffer de ma présence malgré la fraîcheur de la nuit, tes yeux émeraude étaient devenus noirs et étroits. Tu murmurais des choses que je ne comprenais pas, tu aboyais aussi fort qu'un petit chien sans muscles, et moins je comprenais tes aboiements, plus tu t'énervais. Les journées avaient été insoutenables et nous avions hâte d'en finir. Il fallait partir avant le déluge. Quelque chose avait provoqué ta colère et mon apparent étonnement ne faisait qu'accroître ton courroux.

Nous avions vingt-six ans, un métier et notre groupe d'amies était au complet. Iris, Matilde, Héloïse, Lucie, Lola et Rachel. Et puis nous deux. Le club des 8 en marinière. Tu ne nous avais pas vraiment laissé le choix, il fallait que tout soit assorti dans cette maison, même nous. Au début de la semaine, lorsque j'avais perçu ton agacement, j'ai pensé que tu étais fatiguée, que tu aurais préféré rester un peu seule à te reposer. Il s'était passé quelque chose chez Leclerc pendant le ravitaillement, tu en étais revenue rouge écarlate et tu vociférais en rangeant les courses. Impossible de connaître la raison de ton énervement. Au début, je ne m'en suis pas inquiétée, ton tempérament cyclothymique te jouait des tours. Puis au fil des jours, je me suis rendue à l'évidence : ton animosité était entièrement tournée à mon endroit. Tu coupais court à toutes mes tentatives de dialogue, et les autres amies présentes assistaient impuissantes à nos silences prolongés. Ces vacances seraient les dernières.

Le jour du départ — anticipé car plus personne ne supportait cette atmosphère — le ciel s'était enfin dégagé, tu attendais sans un mot sur le perron de ta maison, cerclé d'agapanthes violettes, tandis que nous chargions la voiture. Les fleurs volaient dans l'air et tu souriais de soulagement. La voiture a démarré, et en longeant la Côte de Granit rose, j'ai réalisé que nous ne nous reverrions plus. Il n'y avait eu aucune explication, aucun éclat de voix. Tu ne m'as jamais dit pourquoi. Tu n'en pouvais plus, de moi, de nous, je devais simplement disparaître de ta vie. Un rapide au revoir et nous étions parties. Lola conduisait, et dans le rétroviseur, elle m'a jeté un regard compatissant, elle devinait elle aussi que tout était fini.

Lola est la dernière amie que nous avons en commun, elle n'a jamais pris parti et tu ne l'as pas effacée de ta vie. C'est la seule à avoir réussi cette prouesse. Elle est mal à l'aise quand je lui demande des nouvelles de toi. Tu es venue la voir à Paris, il y a quelques mois, accompagnée d'un certain Oscar. C'est ton mari. Je ne l'ai pas connu, il est arrivé dans ta vie juste après moi. Vous êtes partis danser ensemble. Oscar sautait de joie et d'excitation, debout sur une table il hurlait à tue-tête. Toi tu souriais trop, l'observais avec méfiance, comme on le fait d'un enfant qui amuserait la galerie avant de se cogner et de crier de douleur; *ça va mal se finir*, murmuraient tes lèvres pincées.

Lola ne te trouve pas sereine, tu le surveilles à la dérobée, tu n'as que lui. Lola sait comme moi à quel point tu l'as attendu, alors elle essaie de ne pas le regarder dans les yeux, lui parle à peine. Lola est une beauté naturelle. Espagnole, pulpeuse et désirable, elle a conscience de respirer le sexe même habillée comme un sac. Elle a eu trop peur de séduire ton mari sans le vouloir, a essayé d'être le plus désagréable possible. Elle m'assure que si elle commençait à lui plaire, tu le remarquerais tout de suite et mettrais fin à ton amitié avec elle.

Je suis persuadée que la jalousie est moins ton problème que l'angoisse de redevenir célibataire. Retourner à la case départ n'est pas envisageable. Tu n'es pas possessive, c'est seulement que ton statut prime sur le reste. Les rumeurs et les murs ont parlé d'une rencontre arrangée. Je n'aime pas les histoires non romantiques et veux croire que ce célibataire mignon et de bonne famille invité à un mariage a été ton véritable coup de foudre.

À Lola, j'ai demandé si tu étais heureuse. Elle n'a pas su quoi me répondre. Le bonheur n'est peut-être pas fait pour toi. Elle n'est pas la seule qui me donne des nouvelles. Il y a Rose aussi, ma fille. Rose a dix ans. Je ne suis plus avec son père, mais toi tu l'as gardé en ami, car il a toujours été *un bon pote*. Assez souvent, ma fille rentre d'un week-end passé chez lui avec un cadeau ou un souvenir de toi, une trousse de toilette, ton vernis sur ses ongles car *c'était la fête*. Rose me confie vos discussions et vos moments de complicité. Pendant les vacances au ski, tu lui as appris à cuisiner une tartiflette. Aurions-nous seulement imaginé, lorsque nous avions dix-sept ans, que douze ans plus tard ma fille pas encore conçue se peindrait les ongles de pied en ta compagnie et que moi je ne te verrais plus ? Sans doute nourris-tu à son endroit des sentiments contradictoires lorsque ses intonations ou ses mimiques te rappellent les miennes, j'imagine alors ta difficulté de lui être agréable sans pour autant trahir tes rancunes.

Parfois elle me pose la question fatidique :

« Tu t'es fâchée avec Brigitte ? Pourquoi tu ne la vois plus ?

Et je lui réponds le plus sincèrement possible :

– Je n'en sais rien mon cœur.

Et ses yeux d'enfant qui ne comprennent pas.

– C'était ta meilleure copine ! Moi, avec Lilou, on s'est juré que l'on ne se quitterait jamais. Pourquoi tu ne lui demandes pas ? »

Parce que je serais trop déçue, mon cœur. Je ne veux pas connaître sa raison. Elle est forcément mauvaise, je l'aimais tellement. Nous aussi, on s'était juré. On avait signé des pactes, on les avait enterrés.

Les gens parfois disparaissent de nos vies sans mourir, sans guerre et sans cris. Nous avons grandi avec eux, certains nous ont tout appris, ils existent au plus profond de nous sans que jamais nous ne puissions le leur redire. Nous fermons la porte de nos souvenirs, nous serrons les mâchoires lorsqu'une musique nous ramène à eux, nous bâillonnons nos réflexes et nous rendons à l'évidence : nous ne les reverrons plus.

4

Notre terminale dénombrait une heureuse classe de seulement seize élèves. Du jamais vu. Quatre garçons passaient leur temps à faire rire les douze filles. Rien d'insolent, juste des blagues incessantes et des jeux de mots puérils, du matin au soir. Une ambiance profondément détendue à l'écart du stress infligé par le bac. Même les profs les plus rigides ne pouvaient s'empêcher de sourire. Rien que de repenser aux cours de physique, quand Marc et Valéry allaient au tableau réciter leur leçon en s'appliquant exagérément, la prof se mettait à rire d'exaspération : « C'est impossible ! J'ai l'impression de faire cours à des maternelles ! »

Ils retournaient à leur place, guillerets, et se lançaient dans la confection de guirlandes de bites.

Qu'est-ce que c'est drôle, un garçon. Je voudrais enfanter un garçon pour me marrer toute ma vie. Nous pouvons être drôles, nous les filles, Florence Foresti et Blanche Gardin le sont démesurément, mais elles doivent donner deux fois plus d'elles-mêmes, entre spiritualité et vulgarité mélangées. Prenez Gad Elmaleh, il arrive, il sourit, on se marre. J'aimerais bien être la mère de Gad. Il est Bélier en plus. Les hommes Bélier sont encore plus marrants que les autres. Pas très fiables mais difficile de leur en vouloir, ils ont le monde à découvrir. Quel bonheur au quotidien de rire autant. D'éradiquer en un mot une ambiance pesante. Rire chaque jour est une victoire considérable sur le vide de l'existence.

Valéry et moi avons été nommés délégués de classe. Il faut dire que nous étions les seuls candidats. Valéry avait pour sa part de mauvais résultats mais une propension exagérée à lever la main à chaque question même s'il n'en connaissait pas la réponse ou l'aboutissant. Il était constamment joyeux et optimiste, le monde s'accordait pour l'aimer. Un diamant pur, non taillé. Aux conseils de classe, moi la première, lui le dernier, les profs le faisaient sortir de la pièce lorsque son bulletin posait problème et je le défendais férocement; souvent il passait avec 10 de moyenne tout rond.

Vers le milieu d'année, il nous a conviées à sa soirée d'anniversaire. Nous étions les deux seules filles de la classe, les autres convives étaient déjà à la fac ou en prépa car Valéry redoublait. Il avait d'ailleurs invité ton frère, tu en étais fière. Tu me présentais à tous ses amis. Je m'étais habillée n'importe comment. Je portais des manchettes rose bonbon venues d'un autre monde et du fard assorti sur les paupières. Je ne voulais pas seulement exister, je voulais être inoubliable.

Les parents de Valéry sont entrés dans le salon pour nous souhaiter une bonne soirée, nous prévenir qu'ils rentreraient vers 2 heures du matin. Leur intrusion a provoqué un grand courant d'air froid, détonnant furieusement avec la chaleur de leur fils. Valéry a présenté à ses parents les nouveaux amis qu'ils ne connaissaient pas encore, dont moi. Brune, déléguée-déglinguée, enchantée-bonsoir. Ils m'ont observée de haut, m'ont serré la main sans effusion. Ils ne paraissaient nullement disposés à réduire la distance pesante installée entre eux et moi, ils prenaient presque du plaisir à en ajouter. Des gens respectables et respectés, intégrés dans un certain réseau bourgeois aux valeurs catholiques, le même que celui de tes parents. Une grande famille sans casserole apparente, sans divorce et aux secrets scellés, adrénalinés aux objectifs quotidiens cochés sur le calendrier du frigo. Un soir, j'ai osé demander au père de Valéry si cela lui arrivait d'avoir des états d'âme. Il a lentement dégluti une gorgée de Pomerol et d'un sourire fier, presque inhumain, a rétorqué : « À quoi ça sert, les états d'âme ? »

Après leur départ, ce soir-là, nous avons partagé une raclette et bu des vins qui ne se mariaient pas entre eux. L'ambiance montait progressivement et tu me souriais. Soudain, tu as pris ma main pour qu'on aille se remaquiller ensemble. Pendant que je faisais pipi devant toi, tu t'es agrippée au robinet du lavabo en hurlant complètement soûle : « J'ai envie de baiser ! »

Je donnerais n'importe quoi pour retourner à cette époque bénie où l'on ne baisait pas. Aucun choix de vie n'avait été fait et il suffisait juste de guetter l'existence et de jouir de ce qui allait advenir. Sottes que nous étions à cet âge d'attendre que tout commence enfin. Elle était là, la vraie vie, nous ne portions aucun masque, nous étions pleines de désir et tout était à construire.

Nous sommes retournées danser dans le salon, n'importe comment, en levant les bras pendant des heures, rire la bouche grande ouverte comme seules des jeunes filles de dix-sept ans peuvent le faire, jusqu'à ce que l'euphorie générale redescende, exponentiellement. Tu es alors sortie fumer une cigarette avec ton frère, moi je me suis assise à côté de Valéry, posé par terre avec une bière. Sans préambule, nous nous sommes embrassés. C'était un doux baiser, tendre, le baiser qui prend son temps. Le baiser prometteur, le baiser qui dit *bonjour, comment ça va*. On ne m'avait jamais embrassée comme ça.

Sans vouloir trop en faire. Mon étudiant d'alors m'embrassait en me mordant les lèvres et en me cognant les dents, j'en ressortais presque la bouche en sang, une chauve-souris de discothèque, le mascara coulant jusqu'aux tempes. Je n'avais jamais eu droit à autant de tendresse. Si tout est dans le baiser, le reste tient dans le sourire qui lui succède. Un grand sourire, lumineux et rassurant.

Les parents de Valéry sont rentrés peu après, en jaugeant les cendriers pleins et les bouteilles vides. Tout le monde a déguerpi sans demander son reste. Comme d'habitude, nous avons fait le trajet du retour toutes les deux, en traînant, il était 3 heures, l'heure bâtarde, trop tôt pour rentrer et trop tard pour sortir. Nous avions encore plein de cigarettes à fumer. Nous empruntions des ruelles perdues et dangereuses, à deux nous nous sentions invincibles. Je nous prenais en photo avec mon téléphone dernier cri — un Nokia rose bonbon assorti à mes manchettes et à mon fard à paupières — dont je ne finissais jamais les parties de *Snake*. Les photos étaient sombres et pixellisées mais nous nous trouvions splendides. Je titubais sous les réverbères et tu as uriné entre deux voitures. Ta voix était cotonneuse.

« Au fait, tu discutais de quoi avec Valéry avant que ses parents débarquent ?

Je t'ai alors avoué, chamboulée :

– Je n'ai pas discuté avec Valéry, Bri. J'ai *embrassé* Valéry. Pendant vingt minutes au moins. C'était cool… Il embrasse super bien… »

Et je me suis accrochée à une bouche d'incendie, la tête en arrière, en cherchant des mots qui n'existaient pas.

Quelques jours plus tard, tu es venue chez moi préparer un devoir de sciences, j'en étais toujours à me rouler par terre, te criant que vraiment c'était fou, j'étais tombée raide dingue amoureuse de Valéry. J'avais pensé à lui tout le week-end, je n'avais pas réussi à réviser. Tu me regardais avec des yeux effarés quand je me tordais sur moi-même en hoquetant : « J'ai chaud, Brigitte, j'ai chaud, tu comprends, j'ai la tête en vrac, je ne mange plus, tu te rends compte, je n'ai plus faim, ça y est, je n'ai plus faim. »

L'amour réciproque a été une révélation, jusque-là j'avais toujours rêvé de vivre une histoire pure et sincère. Mon goût pour la littérature est étroitement lié à la découverte du romantisme. Il est apparu vers mes huit ans avec *La Petite Fadette.* Le jeune Landry tombe amoureux de Fanchon, une petite fille du village que l'on prend pour une sorcière. Chez George Sand, l'amour inexpliqué est souvent œuvre de sorcellerie. Il survient là où on ne l'attend pas, parfois sur le chemin d'un autre comme dans *La Mare au diable.* L'attirance est dirigée vers la personne interdite, d'un âge ou d'une classe sociale différente. Un contexte difficile prouve la véracité de l'amour. Je visualiserai toujours le feu follet décrit dans *La Petite Fadette*, une chose s'illumine dans la nuit et Landry en perd la tête. L'allégorie s'est inscrite en moi, je n'avais plus qu'à la reconnaître. J'étais de ce feu-là, celui des histoires d'amour érotiques et majestueuses.

Valéry était ma petite Fadette, ou plutôt étais-je la sienne. Il ne correspondait en rien à mes critères initiaux, il arborait des pantalons en velours et une humilité inconnue. De son point de vue c'était pire, je n'allais pas à la messe, je n'avais pas fréquenté les scouts et je sortais depuis mes quinze ans. Je n'étais pas à l'image qu'il se faisait de la femme de sa vie, trop exubérante, surmaquillée, peu sportive, mes parents n'étaient pas avocats comme les siens.

J'ai compris que les choses se décidaient sans nous, que le critère n'était pas l'amour. Il m'appelait tous les soirs sur mon fixe, ma mère décrochait et me le passait gentiment. Elle souriait tendrement lorsque je prenais une voix différente au téléphone puis que je punaisais au-dessus de mon bureau les fameuses guirlandes de bites qu'il m'avait confectionnées en classe. Parfois, en chantonnant, je les coloriais. Cela a fini de l'achever. Elle sortait d'une rupture difficile, la seule qu'elle n'avait pas choisie. Elle déprimait de plus en plus et l'air à la maison devenait irrespirable. Elle invitait des gens en semaine pour se divertir et s'insurgeait de mes demandes répétées de calme après 22 heures. Je l'empêchais de refaire sa vie, j'étais égoïste, ingrate et désordonnée. Nos rapports se sont tendus. J'en ai parlé à mon père. Il venait de se mettre en couple avec une nouvelle femme, assez jeune puisqu'à l'époque elle avait presque l'âge que j'ai aujourd'hui. Alors me mettre dans un appartement à dix-sept ans, c'était certainement plus simple. Je l'ai compris plus tard seulement, on comprend toujours après.

Il m'a choisi un joli studio en ville à cent mètres de la maison de Valéry, me l'a aménagé avec goût, m'a ouvert un compte en banque et chez l'épicier. Avec papa, l'argent a toujours tout résolu. Je ne le blâme pas, c'est le lot de beaucoup d'hommes.

J'ai laissé ma mère dans son syndrome du nid doublement vide, armée de petites gélules apaisantes.

J'ai appris que le sol collait s'il n'était pas lavé, que les poils de mon chat angora s'aspiraient quotidiennement. Mon studio, c'était un canapé-lit recouvert d'un étendoir de linge humide sur lequel mon chat s'agrippait, la crotte encore collée à ses longs poils. Dans les W-C, j'avais affiché des citations sur l'amour, l'amitié et la haine, comme toute post-ado non finie.

En terminale tu venais souvent, nous révisions et nous nous préparions pour les soirées, j'étais en plein centre de la vieille ville, à deux pas de la place Saint-Charles et des boîtes à la mode. Valéry me rendait parfois visite, il m'aidait à planter des clous pour mon miroir Ikea en forme de vague. Notre relation s'est naturellement officialisée le soir de mon emménagement. Il n'avait pas le droit de dormir chez moi, ses parents n'y tenaient pas, et leur mentir était criminel. Il venait les samedis et les mercredis après-midi, jamais le dimanche, le jour du Seigneur.

Toutefois, il ne me cachait pas, il n'a pas hésité à m'inviter rapidement chez *papa-maman*, sans me donner de conseils sur ma façon de parler ou de m'habiller, il m'aimait comme j'étais. Ses parents étaient inquiets, je ne rentrais dans aucune case. Ils ont rendu une visite de courtoisie à mon père, à son magasin, pour mieux savoir qui j'étais peut-être, ce que je faisais dans un appartement seule à dix-sept ans alors que mes deux parents résidaient dans la même ville. Mon père Gémeaux s'est montré convaincant et responsable, *Brune a besoin de travailler sereinement, je veux qu'elle réussisse ses études*, papa-maman en sont sortis rassurés et m'ont invitée plus régulièrement à dîner.

Quant à toi, tu as eu une aventure avec le plus beau mec du lycée, le grand blond qu'elles convoitaient toutes. Lors d'une soirée arrosée avec tes anciens amis, Virgile t'a entraînée dans une chambre, t'a allongée sur le lit. Il t'a offert ton premier cunnilingus et, étendue sur le dos, tu t'es endormie. Vexé, il t'a fait une très mauvaise réputation au lycée. Ses groupies ont gravé sur une dizaine de tables ton prénom accolé aux mots « pute » ou « salope ». Tu n'as pas pris cela à la légère. Un brin paranoïaque, tu te cachais et ne parlais plus à personne, tu voyais des ennemis partout. Tu en as voulu à Valéry, tu espérais qu'il prenne ta défense, qu'il casse la gueule à ceux qui disaient du mal de toi. J'ai relativisé excessivement et tu t'en es plainte auprès de Matilde, lui scandant que l'amour me rendait complètement égoïste.

La fin de l'année de terminale est arrivée et nous avons eu tous les trois notre baccalauréat. Toi et Valéry avez obtenu 12 et la mention *assez bien*, mention *bien* pour moi, je loupais la mention *très bien* de quelques dixièmes. J'ai un peu pleuré, je n'aurais pas mon portrait dans le journal. J'ai été consolée par mon prof de sciences, fier de ma note dans sa matière, la meilleure du département. Il m'encourageait dans la voie que je convoitais : la faculté de médecine. Comme par enchantement, Valéry et toi aviez fait vos vœux pour la même fac, le trio infernal perdurait. Le soir des résultats, nous avons signé un pacte stipulant qu'on ne se séparerait jamais et, comme tous nos pactes débiles et enterrés, il n'a pas été respecté.

Quelques jours après les résultats, pendant les grandes vacances, Samuel t'a volé ta virginité. Samuel, ton premier grand amour. Très populaire avant de devenir dépressif, tu es arrivée dans sa vie en même temps que son plus grand traumatisme.

Le père de Samuel avait un physique d'acteur, c'était l'un des hommes les plus charismatiques de la ville. À quarante-cinq ans, en voiture avec sa maîtresse, la Mort est venue le chercher doucement. Comme il était un homme très respecté, il lui a dit : « Une seconde s'il vous plaît, je m'arrête sur la bande d'arrêt d'urgence. »

Quand sa maîtresse s'est tournée vers lui, la Mort l'avait emporté.

Samuel pour ses dix-huit ans, dans les bras de sa mère, a appris le même jour la liaison et le décès de son père, cet être qu'il vénérait, celui pour qui il voulait réussir ses études. Dès lors il s'est muré dans un héritage confortable et une existence oisive, sa souffrance est devenue son habit quotidien.

Samuel était noir et lumineux, il était cet oxymore du clair-obscur, désespérément beau et malheureux. Un Scorpion autodestructeur. L'écorché dont tu rêvais. Car écorchée, tu aurais voulu l'être, ou tu l'étais au fond de toi, il te manquait juste une raison.

Samuel ne s'intéressait à personne, il t'avait offert un sourire magnétique qui se perdait dans ton admiration, t'avait embrassée fougueusement en dansant avec toi et tu étais tombée amoureuse de ses mollets. *Oh Brune, tu verrais ses jambes, elles sont parfaites, des mollets parfaits, pas trop musclés, à croquer*. Il t'a ramenée chez lui à 5 heures du matin et vos deux corps ont tenté discrètement de faire l'amour à côté d'un de ses copains endormi et fortement alcoolisé. En plein milieu de l'acte, tu lui as avoué, c'est la première fois, il a débandé et tu t'es sauvée en pensant l'oublier. Tu n'y es jamais parvenue. Tu m'as appelée le lendemain, depuis le téléphone j'entendais tes cuisses encore tremblantes s'entrechoquer. Tu m'as parlé de Samuel comme tu ne m'avais jamais parlé de personne. Sincère, envoûtée, missionnée. Plus tard tu t'es résignée, ce garçon n'était pas du genre à s'engager dans une relation de plus de deux minutes.

Tu as gardé cet amour secret et l'espoir qui l'accompagnait au fond de ton cœur, prête à le rouvrir s'il te le demandait. Pour l'heure, il fallait redevenir sérieuse, le concours de première année de médecine s'avérait très difficile.

5

Aujourd'hui je peux vomir tranquillement chez moi. N'est pas Kate Middleton qui veut et vomir chez soi ou à l'hôpital est un luxe qui ne m'est pas donné souvent. Je vomis généralement entre deux patients ou pendant que j'en soigne un, parfois une haleine chargée suffit à déclencher le réflexe nauséeux. Jamais on ne me demande pourquoi je sors de la pièce d'un coup, ni pourquoi je reviens le mascara mouillé sous l'œil. À croire que ce n'est pas la même personne qui faisait ces crises de boulimie, désormais je ne supporte plus de vomir. Depuis peu, ma gynécologue m'a prescrit un antihistaminique, contre les allergies, qui soigne les problèmes de sommeil. Je passe moins de temps à vomir puisque je dors. Évidemment, pourquoi n'y avoir pas songé plus tôt !

Quotidiennement je me répète : « Plus jamais ça, c'est la dernière fois que je suis enceinte. »

Intuitivement, je pense oublier ces désagréments handicapants bientôt, j'y repenserai lorsque l'effluve d'un désodorisant pour W-C remuera un de mes neurones olfactifs.

Pour être le moins malade possible, toutes les trente minutes j'avale une cracotte et un cornichon puis je râpe quelques lichettes de gingembre cru, le tout arrosé de coca light extra frais. Cependant la caféine empêche l'absorption du fer, et de fer mon bébé en a énormément besoin. Bien sûr, si je vomis, le fer n'est pas absorbé non plus. Mon premier trimestre est rempli de dilemmes de ce genre qui n'intéressent que moi ou les forums de femmes enceintes. J'achète alors du coca light décaféiné, c'est-à-dire l'équivalent d'une tisane froide et pétillante au caramel. Avec son application, l'Homme de ma vie scanne la bouteille et scande : « Médiocre ! Des rats meurent lorsqu'ils sont au contact d'édulcorants, tu sais aussi que tu peux déboucher tes W-C avec le coca tellement c'est corrosif ? » Je soupire et reprends sans envie un énième cornichon.

Je repense à mon dernier rêve, dans lequel tu te portais comme un charme malgré les hormones. Tes seins débordaient de ton soutien-gorge, tu me souriais avec grâce. Je me demande quels sont les symptômes que la grossesse a choisis pour toi. Reflux, problèmes de sommeil, varices ? Je pense que tu as cette chance de ne pas être malade. De mémoire, ta mère ne vomissait pas et arguait que la grossesse n'est pas une maladie ; tu dois sans doute être comme elle dans la forme. Je t'imagine assez gonflée d'eau et très irritable. Quand tu avais tes règles à la fac, en plus de ton incapacité à nous sourire pendant quarante-huit heures, la douleur était tellement intense que tu avalais des anti-inflammatoires morphiniques par boîtes entières. Tu te vautrais dans la souffrance et sur ta table, les professeurs te regardaient sans oser commenter. Un jour de semaine, nous étions rentrées déjeuner toutes les deux dans mon studio, tu as vomi ton kebab sur mon canapé-lit, et puis tu t'es endormie. Bizarrement, ce moment est resté dans nos deux têtes comme mémorable, comme si l'épreuve de ton cycle nous avait soudées. Tes règles ont toujours été ainsi, une croix que nous portions à plusieurs. Tes sautes d'humeur, ta cyclothymie incessante. « Ah non, tout va bien », lèvres pincées, regard méchant et sans appel. J'imagine ton mari coincé pour quelques jours, impuissant devant toi, engoncée dans ton mutisme, le persuadant de l'avoir *bien mérité*.

Je ne sais pas à qui demander de tes nouvelles. Qui pourrait être dans la confidence et me confirmer ton début de grossesse qui hante mes nuits ? Un tas d'amis sans doute, mais plus aucun à qui je parle encore. Quant à Lola, je ne la vois que très peu souvent et je tiens à ne pas abîmer mes rapports avec elle. Personne vers qui me tourner... À part Valéry. Je profite d'une occasion pour lui parler de toi, un jour qu'il m'appelle pour organiser les vacances d'été de Rose.

« Alors je te propose les semaines paires, moi les semaines impaires en juillet, là on partira en Bretagne voir des copains...

– Quels copains ?

Je le coupe instinctivement.

– Euh... Eh bien, nous allons passer quelques jours chez Brigitte et son mari.

– Ah oui, oui bien sûr, dis-je en jubilant car cela me fournit une excellente transition. Elle va bien au fait, Brigitte ?

– Ah très bien, en pleine forme. Et son mari Oscar est vraiment super sympa, il est hyper doué en voile, d'ailleurs...

– Tant mieux, je me réjouis pour elle, je le coupe encore. Elle n'est pas malade en ce moment ?

– Malade ? Qu'est-ce que tu veux dire ?

– Non rien, comme ça.

– Tu sais Brune, si tu veux des nouvelles de Brigitte, tu n'as qu'à l'appeler, me rétorque sèchement Valéry.

– Haha, c'est cela oui, je siffle entre mes dents. Je crois que tu n'as pas tout suivi, elle ne veut plus me parler. Cela fait quand même six ans qu'on ne s'est pas adressé un mot.

– Eh bien écoute, c'est comme ça. Ça ne va pas être ma faute non plus !

– J'ai pas dit ça. Tu peux comprendre que c'était brutal, je n'ai jamais compris, jamais su ce qu'elle me reprochait… Elle ne te l'a pas dit à toi ?

Il y a un silence, et Valéry reprend en soupirant.

– Écoute, je pense qu'elle n'a pas cautionné ce que tu m'as fait. »

Je rumine ces quelques mots et je m'allonge en pensant à toi. Je branche ma sono et le remix de *La Madrague* démarre. *Coquillages et crustacés…* Évidemment, la voix de Brigitte Bardot me fait penser à toi. Puis j'écoute Gainsbourg et je pense à toi. J'écoute *Point of view* et je pense à toi. J'écoute *Woman* et je pense à toi. J'écoute David Guetta et je pense à toi. Je m'endors et je pense à toi. Je pars en vacances et je pense à toi. Tu es partout. Tu fais un bruit épouvantable. Tu es pire qu'une rupture mal digérée, ton absence prend toute la place. Parfois j'imagine que tu meures, et je suis prise d'une angoisse insurmontable, car je comprends que le manque s'éprouvera encore après ton décès. Je dois faire le deuil de toi vivante. L'absence est pire que la mort, rien n'arrête le sentiment d'absence, on est condamné à vivre avec tous ces absents qui demeurent quelque part et sans nous. Et quand bien même ils tenteraient de revenir dans nos vies, leur réapparition ne changerait rien. Ils ont été absents, ils seront toujours absents, ils ont créé un immense vide, impossible à combler. Il n'y a pas d'issue. Les absents sont des trous dans nos cœurs.

6

La fac de médecine. La première année, dite *la P1*. Les *bizuths*, les *carrés*, les *carabins*. Une telle violence dans l'amphi tout gris. Et moi qui avais choisi cela. Quand je contemple rétrospectivement tout ce que je me suis infligé, tous ces cours oubliés, ces formules chimiques si peu poétiques, si peu littéraires, je regrette intensément, rien n'est resté, rien ne me sert aujourd'hui. *Ne dénigre pas tes diplômes Brune*, me répète ma mère, *c'est important les diplômes.*

Pour ceux qui n'auraient jamais entendu parler de la P1, il suffit d'imaginer le Salon de l'agriculture. Des petits veaux — nous — y étions enfermés, condamnés à ne plus voir la lumière du jour, la tête baissée, un numéro tatoué sur l'oreille. Dans les couloirs, la légende racontait que chaque minute passée à ne pas travailler dans une journée de P1 nous éloignait d'une place de la réussite au concours, car tout se jouait dans la *sssssssélection*. C'est pour cela que certains petits veaux travaillaient même en mangeant. D'autres avaient l'impression de perdre du temps à aller en cours, et à dormir. *T'es perdu, bizuth ?* Nous étions des machines à apprendre par cœur. Nous engloutissions des classeurs que nous récitions la journée. Le seul moment de joie était la clope de 16 heures. Je ne sais même pas comment j'ai pu tenir un an sans alcool. Le réveil sonnait à 5 h 30 pour avoir la meilleure place dans l'amphi. Au petit déjeuner je préparais des coquillettes au beurre pour tenir le coup toute la matinée. Être performante, tout le temps. *Compétition, stress, pression.* Arriver à l'heure et éviter l'humiliant : *Assis bizuth !* Nous déjeunions à 11 heures avec les cuisiniers pour ne pas avoir à faire la queue au self. Nous ne parlions de rien d'autre que des cours, des sujets favoris des profs, des annales de l'année dernière. Juste les blagues à répétition dans l'amphi pour perpétuer le processus. *Suce !* Nous fermions les yeux et nous rêvions QCM. Aucun week-end, aucun voyage, aucun apéritif en famille, aucun film, jamais, pas même le dimanche soir. Rendons grâce à Dieu, les réseaux sociaux naîtraient deux ans plus tard.

Les résultats de milieu d'année ont confirmé ce que nous supposions : toi et Valéry étiez trop mal classés pour remonter la pente au deuxième semestre. Moi, si je continuais comme cela, je passais, étant classée dans les cent premiers. Or passer en médecine sans toi ni Valéry n'avait aucun sens. Et ma tête débordait. Pendant le deuxième semestre, je n'arrivais plus à apprendre. J'ai misérablement craqué, disjoncté. *Sjoncté !*

À la fin de l'année, en attente des résultats finaux, il y a eu un moment de liesse intense. Les meilleures vacances dont nous pouvions rêver. La Baule, été 2005. Nous étions dix-huit dans la maison de vacances des parents d'un ami. Les malheureux, ils avaient eu l'inconscience totale de nous la prêter. Imaginez dix-huit carabins soudainement livrés à eux-mêmes dans un pré immense. Il faut nous comprendre. Tant d'énergie refoulée. Nous avons dansé pendant deux semaines. Nous avons dansé en maillot de bain et en pyjama. Nous avons dansé déguisées en pouffiasses et en bonnes sœurs. Nous avons dansé sur la plage et dans la voiture. Nous avons tellement dansé que l'enceinte a fini par cramer. Aucune retenue, aucune pudeur, tout était permis tant que cela nous permettait d'évacuer la pression.

Pendant ces deux semaines, nous avons consommé toute la légèreté vitale. Nous avons perdu tous les neurones que nous avions confectionnés durant l'année. Deux semaines à dix-huit dans cette maison qui ne comptait que trois chambres et un bureau. Autant dire qu'il y a eu des coucheries hasardeuses. Comme quand Zoé a débarqué en trombe un matin à 15 heures pour nous dire qu'elle avait un retard de règles, prête à uriner sur un test Clearblue.

« De combien ton retard, Zoé ?

– Deux heures. Normalement elles sont hyper ponctuelles. »

Tu dormais dans l'escalier avec Iris, je vous marchais dessus quand je montais me coucher et, toutes imbibées que vous étiez, vous ne bougiez pas d'un pouce. La première semaine, j'ai dormi avec Valéry, et la deuxième avec toi car il partait en famille. Tu avais appris à me partager. Nous nous déguisions tous les soirs, nous fumions en nous préparant et en nous démaquillant. Une débauche saine, salvatrice. Un mec a changé de copine en cours de semaine parce que la première avait ses règles. Comme c'était Zoé et qu'elle était soulagée, elle ne lui en a pas tenu rigueur. Il n'y a eu aucune photo de nous sobres. La fête s'arrêtait vers 8 heures du matin et redémarrait vers midi pour les lève-tôt. Certains n'ont jamais dormi. Nous n'avions pas sommeil, nous avions trop de vie en retard. Dix-huit brosses à dents dans le même verre, des W-C toujours occupés, les hortensias du jardin sentaient l'urine et se portaient bien. Deux caddies par jour au Leclerc du coin, un rempli de chips, l'autre d'alcools en tous genres. Les filles ajoutaient de la crème solaire pour la faire passer sur le compte commun, les garçons n'attendaient pas d'être à la caisse pour boire leurs canettes chaudes et les tendaient vides à la caissière vacataire perplexe.

Nous avons essayé de cuisiner, mais la seule chose que nous réussissions à doser convenablement était la sangria. Une seule fois, vers 16 heures, j'ai cuit en douce des haricots verts congelés et une dizaine de personnes carencées ont dévoré mes légumes à même la passoire. Un soir, nous avons dîné tous ensemble au restaurant, puis en sortant nous avons roulé vers la boîte en vogue, en pogotant sur la banquette arrière de la voiture de location. Les petits veaux venaient d'avoir leur permis, je n'osais imaginer nos mères et leur sang d'encre. Nous sommes arrivés, c'était une boîte en plein air, huppée. Dans la file d'attente tu étais déjà grisée par la musique.

Un souvenir délicieux, celui d'un moment à danser sur un podium, je m'étais coupé les cheveux toute seule et ça te plaisait, tu m'avais lancé : « J'adore tes petits cheveux, Brune. » Je dansais en les secouant et tu m'observais avec Valéry. Je vous souriais du haut de mon estrade. Tu as voulu me dire quelque chose alors je me suis baissée, et dans l'oreille tu m'as crié que j'étais belle et que tu m'aimais. Je t'ai embrassée sur le bord de la bouche et je t'ai fait monter sur le podium avec moi, pour que la blonde et la brune se trémoussent et mettent le feu à La Grange. Ma Brigitte, *my partner in crime.*

Et puis les vacances se sont finies, Zoé a dit que cela tombait bien, parce qu'elle avait mal à la tête à force de manger des M&M's.

Heureusement qu'il y a eu cette trêve de jeunesse heureuse entre les deux années de P1. Deux années car nous avons redoublé tous les trois.

J'ai raté de vingt places, toi de mille places, Valéry de mille cinq cents places.

Mon premier échec. La douleur de l'humiliation. *C'est normal, tout le monde rate, la première année.* Une année de foutue, tout à recommencer. Les parents de Valéry me disaient : « Eh bien alors, Brune, il ne fallait pas attendre Valéry ! » Ils avaient le sens inné du réconfort.

Nous avons ainsi repris le chemin de la faculté en septembre, en tant que *carrés*. Toi et moi, sans nous le dire, avons recommencé à vomir nos gâteaux chacune de notre côté, le soir, au lieu de faire une pause saine, au lieu d'aller courir ou de passer un coup de fil à un ami. Je ne voyais pas Valéry autant que je le souhaitais, il déjeunait en quelques minutes chrono avec nous le midi et chacun repartait travailler chez soi. Valéry, son éducation et son classement n'avaient toujours pas le droit de rester dormir. J'avais un studio en plein cœur de la ville étudiante et je ne sortais jamais. Parfois ses parents m'invitaient à dîner. Nous nous partagions une carotte râpée pour cinq et quelques pommes noisettes accompagnées d'une tranche de rôti dans des plats en émail de Longwy. J'avais toujours faim en sortant, il fallait que je remange, et je remangeais trop, je perdais mon précieux temps à vomir. Le goût de la cigarette après le vide avait quelque chose de très spécial, qui me faisait tourner encore plus la tête. Elle me brûlait la gorge et je trouvais ça bon, elle me maintenait en vie. Mes dents s'érodaient sur les collets et je ne faisais que constater le désastre.

Aucune présence masculine dans mon canapé-lit Ikea creusé au milieu par moi-même. Ce redoublement a été encore plus stressant. Nous avons sacrifié les deux plus belles années de notre jeunesse, les deux premières de la majorité. Ces années-là ne se rattrapent jamais. Certains voyageaient, s'inscrivaient à des stages à l'étranger tandis que nous, nous assurions notre avenir.

Nous étions tout le temps tous les trois, en cours, au restaurant universitaire, à la bibliothèque. Le matin, Valéry et moi te volions en voiture à l'angle de ta rue. Tu étais toujours en avance, et tu nous attendais la cigarette à la main, le col de ta chemise Burberry dépassant de ton trench beige, ton fond de teint mal étalé, tes cheveux blonds trop méchés. Plusieurs fois, tu as failli te tromper de voiture et monter dans celle d'un individu intéressé. Lorsque nous étions à l'heure, tu ne parlais pas, car tu n'avais pas eu le temps de fumer. Tu ne parlais jamais avant ta première cigarette. Maintenant que tu ne fumes plus, je me demande à partir de quand tu parles.

Un dimanche matin que tu révisais seule chez toi, un beau mâle est venu sonner. Tu lui as ouvert la porte.

« J'apporte les petits gâteaux », a-t-il simplement annoncé.

Tu étais en tenue de révision, jogging, lunettes, et sous le charme.

Tu lui as pris les gâteaux des mains, béate. Tu ne lui as rien répondu mais tu t'es renseignée auprès de ta mère pour connaître l'identité du beau livreur. Elias, à votre service. Scorpion comme Samuel. Plus âgé, voix grave, regard traînant. Le fils d'une amie de ta mère avec laquelle elle échangeait des recettes. Cette rencontre était à la fois excitante et source d'angoisse pour toi car tu ne devais pas te laisser déconcentrer cette année. Nous avons évoqué « le mec des petits gâteaux » de temps à autre, en fumant une cigarette entre deux cours, comme lorsque l'on parle d'un acteur de cinéma, en fantasmant.

Tu travaillais énormément. Valéry avait du mal, il avait besoin d'aide. Je ne l'autorisais à me faire l'amour que s'il obtenait une note suffisamment élevée aux interrogations écrites que je lui rédigeais. J'étais la mieux placée pour passer en deuxième année, alors je me dévouais à lui, tout mon temps libre était consacré à le faire réussir. Je le coachais jour et nuit. Selon les statistiques et au vu de ses résultats passés, il n'avait aucune chance d'avoir son année en redoublant. Ses parents, prudents, envisageaient déjà une réorientation. Voulaient l'envoyer à Beauvais. Faire *agro*.

Je calculerai l'espace entre le yaourt et son opercule, mon petit cœur, me disait-il, désespérément optimiste. Moi j'enrageais. Un éloignement à vingt ans signerait la fin de notre couple. Ses parents devaient bien le savoir aussi. Ils ne s'imaginaient pas combien de temps je l'avais attendu, cet amour. Je me sentais incapable de réussir à aimer quelqu'un d'autre. Je me suis accrochée toute seule. Ma volonté n'avait d'égale que mon entêtement. Au premier semestre, il était dans les clous. Ses parents ont commencé à me considérer. J'ai poursuivi mes efforts. Il aurait son année, oui, il l'aurait. Je ne vivais que pour cela. Mes proches s'en rendaient compte, me conseillaient de penser un peu à moi, de moins m'investir dans la relation. Toi la première. Et tu t'éloignais, pour lui faire de la place.

Tu voulais revoir Elias. Tu t'étais proposée entre deux cours à réviser pour aller porter des tartelettes chez ses parents, en priant pour qu'il ouvre la porte. Tu avais mis tes lentilles et l'imperméable de ta mère. Le père t'a accueillie et au son de ta voix Elias a débarqué. Il a pris le plateau et ton numéro, vous vous êtes donné rendez-vous le soir même. L'épée de l'échec te menaçait. Il ne fallait pas tout faire capoter à cause d'un mec. Tu le voyais le moins souvent possible. Il te disait qu'il comprenait. Il te promettait Paris et vie à deux dès la fin des concours. Tu étais heureuse et confiante. Tu le voyais parfois le dimanche après-midi, il sonnait chez toi, ton père annonçait dans l'escalier « Brigitte, ton fiancé est là ! », parfois tes parents étaient absents, il montait dans ta chambre, arrachait ta culotte et le peu de temps dont tu disposais.

Il te fallait retourner travailler, coupable, les deux mille autres étudiants avaient plus révisé que toi pendant leur dimanche après-midi. C'est l'esprit de compétition qui était difficile à gérer, plus que l'apprentissage. Le par-cœur ne requérait que peu de compétences, seulement un entraînement intensif des automatismes cérébraux et de la posture sur chaise. Aucune autre sortie, aucune soirée, aucune coupe de champagne, aucun matin sans réveil strident. Aucun moment de répit. Nous préférions mourir de soif plutôt que d'aller faire la queue le midi à remplir la carafe d'eau. Notre réussite était minutée, chronométrée à la seconde près. Nous avons travaillé deux fois neuf mois. Deux grossesses en retour de couches. Nous avons pris dix ans, avons perdu nos pommettes rebondies de jeunes filles.

Quand les derniers concours se sont finis, nous étions des nouveau-nés redécouvrant la lumière, louchant sur le monde. Nous n'avions plus de repères, nous ne savions plus comment rire, comment nous habiller, nous étions rendus à une liberté dont on ne savait plus jouir. J'ai pleuré pendant deux jours. La détresse de l'ennui me paralysait, je ne savais plus rien faire d'autre que travailler et cette constatation m'a rendue folle. Comme je ne répondais pas à tes textos, tu es venue chez moi, je convulsais presque en tentant de t'expliquer, je ne comprenais pas ce qui m'arrivait et je t'avais appelée à mon secours. Tu m'as apaisée longtemps, tu me caressais le bras avec douceur, *ça va aller Brune, tu décompresses, ne t'inquiète pas, on va réapprendre à vivre...*

Nous attendions les résultats, ceux qui allaient peut-être nous séparer. Défaire notre trio ou le conserver. Hélas. Tu n'étais pas très confiante car tu avais passé les concours à pleurer. Elias t'avait quittée deux semaines avant la première épreuve. Il y avait un petit souci entre vous. Quand il te faisait l'amour, tu avais un léger mal de mer ou tu sombrais dans les bras de Morphée. Quand il se lassait de te voir faire l'étoile, Elias allait se finir dans ta salle de bains. Il en est venu à te tromper, puis te quitter, en te disant qu'il te trompait. On a appris plus tard qu'il s'était marié avec sa maîtresse et avait divorcé quelques années après.

Pour l'heure, il fallait sauver tes études. Tu as essayé pendant ces deux dernières semaines de te ressaisir. Mais tu étais déchirée. Plus pour l'humiliation que pour l'amour que tu lui portais, d'ailleurs. Vos parents respectifs se sont expliqués, les siens se sont excusés. Vos mères se sont dès lors échangé leurs petits gâteaux sans vous solliciter.

Les résultats finaux sont enfin tombés. Pour moi c'était bon, pour Valéry c'était *ric-rac*, pour toi encore plus. Tu étais passée derrière Valéry, et tu ne t'y attendais pas. Vous étiez tous deux en dehors du numerus clausus.

Quand tu as appris les résultats, tu étais avec Iris. C'est elle qui m'a raconté ta réaction devant l'ordinateur. Ta crise d'hystérie, quand tu t'es enfermée dans ta chambre en tapant contre les murs et en hurlant sur elle « Dégaaaage ! », Iris n'a pas été félicitée mais mise à la porte. Son excellent classement n'engendrait pas la légitimité de te réconforter. Appelée en renfort, Matilde est arrivée in extremis pour te récupérer au bord de la fenêtre. Tu disais que c'était foutu, tu étais beaucoup trop loin du numerus. Il y avait pourtant un infime espoir, avec ceux qui changeraient d'avis et les places des étudiants étrangers ne rentrant pas dans le décompte.

Il fallait attendre le jour des choix, la descente dans l'amphi.

Car les petits veaux, avec leur numéro de classement agrafé à l'oreille, devaient descendre dans l'ordre, un par un, dans le grand amphithéâtre, et choisir leur vie. Médecine, dentaire, sage-femme, kiné, ergo.

J'ai été appelée, j'ai choisi dentaire, Iris médecine, Eloi aussi, pour rejoindre sa petite amie Maud. Puis est venu le tour de Valéry, qui a choisi dentaire comme moi. Je l'avais persuadé que médecine était long et laborieux, que se remettre au travail six ans plus tard pour passer le concours de l'internat ne serait pas du gâteau. Il restait alors trois places en dentaire. Le suspense était atroce, je priais intérieurement pour que tu passes avec nous, c'est toi qui nous avais vanté les avantages de cette filière.

Puis soudain le décompte a annoncé une place restante en dentaire, deux en médecine. Deux garçons sont descendus et ont choisi kiné, l'amphi a applaudi chaleureusement ces gens qui ne prenaient pas les places des médecins et des dentaires. L'ambiance était comparable à un match de basket et je te voyais transpirer d'espérance sur ta chaise. Puis deux autres ont pris les deux places de médecine. Il restait une personne avant toi, une fille. La fille a ouvert la bouche et a prononcé « dentaire ». L'amphi n'a pas applaudi. Le match était fini. Tes yeux se sont figés, ton menton s'est crispé, imperceptiblement, et ta mère t'a souri : *Ce n'est pas grave Brigitte, descends et choisis sage-femme.*

Tu t'es levée, tu as descendu les cent marches et tu as choisi sage-femme, comme ta mère trente ans avant toi. Pourquoi nous battons-nous dans la vie alors que tout est écrit.

Voilà qu'après l'humiliation des fiançailles imaginaires tu ratais d'une place le concours. Une place sur deux mille. Une place qui marquait la fin de notre fusion, une défaite qui s'ajoutait à ton échec sentimental.

Comme je partageais ta douleur ! Je me mangeais les joues quand tu serrais les mâchoires pour ne pas pleurer. Tu refusais toute accolade, tout mot réconfortant. Les petits gestes que tu faisais pour chasser notre compassion étaient au fond de toi de grandes claques que tu nous administrais pour évacuer ta colère, ta haine d'avoir échoué, cassant ainsi notre trio.

Tu as profité de l'été pour passer ton permis et tu l'as obtenu. Dans la décapotable de ta mère, France Gall hurlait *Résiste*, tes Ray-Ban et ton carré blond te donnaient des airs de Grace Kelly.

7

Et ta mère. Et la tienne alors ! me rétorquerais-tu si tu étais en face de moi. Ta mère, princesse *bèce-bège* dans sa maison beige, aussi sûre d'elle que Donald Trump, a enfermé dans une boîte mélancolie et fragilité et en a avalé la clé, pour devenir une créature invincible au ton tyrannique. Ta mère, jolie *pépée* blonde dans sa Porsche grise, a rencontré ton père P-DG pendant ses études puis est rapidement devenue femme au foyer pour s'occuper de sa progéniture.

Toutes les relations mère-fille ont leur lot de tensions. Toi, tu me parlais d'une relation sans tendresse, tu ne te souvenais pas avoir déjà entendu ta mère te dire *je t'aime*, ni *tu es belle*. Je ne sais pas comment on peut se construire en tant que femme sans un modèle féminin qui nous valorise. Est-ce une question d'éducation, de classe sociale ? La haute bourgeoisie impliquait la pudeur des sentiments, l'absence d'effusions au profit des résultats et des objectifs atteints. Pas de contacts, pas de mots doux. Je ne faisais pas partie de cette bourgeoisie, celle qui plaçait des accents circonflexes sur chaque voyelle. Valéry si, et je m'insurgeais quand il m'empêchait de lui toucher la main à table, ou de lui rouler un patin dans la rue. *C'est vulgaire, Brune.*

Je plissais les yeux, déçue. Les gens bien s'aimaient drôlement mal. J'appréciais cependant leurs bonnes manières, jamais on ne voyait traîner un avant-bras sur la table, un dos affaissé, les repas en famille étaient des moments de liesse et de partage, mais je ne comprenais pas pourquoi on y évitait les sentiments.

J'ai toujours pensé que ta mère, par sa beauté froide et son autoritarisme, ne t'avait jamais permis de t'affirmer. Elle devait bien baisser les armes quelquefois, elle vivait forcément des jours sombres où elle perdait les pédales, comme tout le monde, à pleurer dans les bras de ton père, dans le lit froid en hiver. Je l'ai toujours connue pète-sec et sous contrôle.

Et même si je me trompe, même si je transpose sur elle mon impuissance à te mettre en face de tes aspirations, ta mère reste à mes yeux un modèle contraire à ta véritable nature. Tu n'es pas de cet acabit-là, au fond de toi, tu n'es pas cette jeune femme parfaite aux discours attendus. Bien sûr, tu lui ressembles inéluctablement et enterres ta fantaisie et tes névroses sous des montagnes de plats délicieux et une décoration en lin, mais ce que je préférais en toi, ce que nous préférions tous, c'était tes débordements, ta face cachée de vierge folle, les crises d'euphorie de tes tendances borderline.

Ta mère aujourd'hui est passée au journal télévisé pour présenter la formidable entreprise dont elle est la meilleure vendeuse. Elle vend des robots de cuisine, ça marche du tonnerre, elle gagne presque autant que ton père, elle part en séminaire tous les mois, c'est la folie des mixeurs, tout le monde en veut, si tu n'as pas un mixeur à trente ans tu as raté ta vie. Le mixeur est une arme de destruction massive, tu peux tout faire avec, trancher et même découper, on n'a jamais vu ça. À la télévision, elle m'a donné envie de pleurer. Elle montrait sur un tableau le fonctionnement de l'équipe en pointant son doigt sur les gommettes bleues et rouges. Sylvie c'est le lundi, moi c'est le mardi, on tourne. En cas de problème on sort les gommettes vertes. L'entreprise de mixeurs marche excessivement bien grâce à elle et au système de gommettes. Si on coupe le son du téléviseur, on peut penser qu'elle prépare une offensive contre les forces irakiennes. Sourcils froncés, poing serré. Je l'entends d'ici. *C'est sérieux la cuisine Brigitte, tu n'as pas mis les bons couverts. Non non, la nappe prune ne va pas avec les fourchettes anis. Cesse de souffler si fort, je te rappelle que la grossesse n'est pas une maladie.*

Avec Valéry nous nous moquions d'elle, même si cela n'était pas *charitable.*

« Achetez mon robot ! Regardez, je mélange les œufs avec leurs coquilles, la farine dans son pot, il en ressort un excellent gâteau ! Mmm, miam, j'adore cette recette ! Avec mon robot, la vie est plus chouette ! »

Elle n'aurait pas aimé entendre Valéry se moquer d'elle, elle l'estimait beaucoup. Avec lui, elle savait être légère et spirituelle, il ne cessait de répéter qu'elle était vraiment classe, ta mère. Pour ma part, durant les dix ans qu'a duré notre amitié, elle ne m'a pas souri une seule fois. Quand elle nous conviait dans votre maison de Bretagne, elle disait « Valéry est invité ». Je n'étais pas assez bien pour toi sans doute, je ne savais pas quel était mon crime, et comme tous les autres parents, elle me respectait uniquement pour mes résultats scolaires. Me retrouver avec elle dans la même pièce — souvent la cuisine — me plongeait dans une si grande détresse qu'aucun sujet de conversation ne m'effleurait l'esprit, et elle se gardait bien de rompre ce grand moment de gêne par une parole bienveillante.

Ton père était plus cool, du moins en apparence, tu tiens de lui ton humour brutal. Je n'avais pas non plus de grandes discussions avec lui. Votre famille, comme toutes les familles soudées, possédait ses codes et son univers propre dans lequel il était difficile de rentrer. Rayonnante d'un point de vue extérieur, plus complexe lorsque l'on y pénètre d'un doigt.

Tu étais la seule avec qui j'éprouvais une grande complicité. Comme l'amour, peut-être que l'amitié véritable se reconnaît à l'absence de facteurs favorisants. Quand rien ne la justifie et qu'elle existe pourtant, on sait que l'on se trouve face à quelque chose de grand. Jamais dans mon enquête sur ta disparition je n'ai pensé à l'éventualité que notre amitié ne soit pas assez forte. Forte, elle l'était. Trop intense et fusionnelle, elle l'était sans doute aussi.

8

À l'église, j'avais vingt ans. Je me suis avancée vers l'autel au bras de mon père puis j'ai saisi la main que Valéry me tendait. Ému, il m'a murmuré que j'étais la plus belle mariée qu'il ait jamais vue. Plus tard, tu es venue signer le registre avec Matilde, vous étiez mes deux témoins. Tu connaissais mon amour pour lui, tu m'avais vue tomber amoureuse, tu étais la première à le savoir, ce soir-là, quand je hurlais d'ivresse sur ma bouche d'incendie. C'est toi que j'ai appelée pour te dire que j'avais vécu mon premier orgasme. Que c'était fou, que j'en vibrais encore. Que l'on s'emboîtait parfaitement. Tu as été la première à savoir qu'une petite morula se développait dans mon utérus, sans que Valéry et moi l'ayons décidé.

J'ai écarté mon voile pour m'asseoir et j'ai touché discrètement mon ventre. J'étais enceinte de quatre mois, personne ne le voyait et tout le monde s'en doutait. Se marier à vingt ans et si vite, cela n'existait plus que dans les vieux livres — ou les vieilles familles. Les parents de Valéry souhaitaient que nous accueillions notre enfant au sein d'un couple uni par Dieu, car les voies du Seigneur sont impénétrables, contrairement à moi.

Tout s'est enchaîné sans qu'aucun problème ne vienne entacher le tableau parfait du mariage. Après l'église, le cocktail dans un château merveilleux. Les parents de Valéry avaient tout organisé. Au dîner, tu étais à ma droite. Je te parlais à peine, je devais passer par toutes les tables, sourire, montrer mon bonheur. Je ne buvais pas de champagne ni de vin et j'étais fatiguée. Après la diffusion de vidéos que toi et les autres aviez montées pour nous faire rire ou enrager, je suis allée me coucher plus tôt que vous tous, qui dansiez encore, je vous entendais depuis la chambre nuptiale du château, seule à dégrafer ma robe. Je n'y suis pas parvenue et je me suis endormie avec le bustier. Valéry m'a rejointe à l'aube et le jour s'est levé sur mon couple. Mes nausées ont disparu, comme par magie. Dieu, rassuré sur mon statut, tolérait enfin l'enfant qui poussait dans mon ventre. J'étais en deuxième année de dentaire.

Je ne voulais pas tomber enceinte, non vraiment, j'en crevais d'envie. Moi, l'intello du premier rang, je nourrissais subitement l'envie furieuse de me reproduire. Je n'avais jamais tenu un bébé dans mes bras et pourtant j'étais certaine d'être faite pour cela. Je me consacrais uniquement à mon couple, je pleurais de tristesse quand Valéry rentrait chaque soir chez ses parents. Tu m'en voulais de te mettre de côté pour lui. Tu me disais que j'étais folle, que j'avais mieux à faire, que je devais en profiter, j'avais passé la première année, je devais sortir et recommencer à t'appeler. Je n'allais plus aux soirées filles, j'inventais des excuses invraisemblables, j'allumais des bougies plutôt que mes lampes pour que l'on me croit ailleurs que chez moi, et je me morfondais.

J'attendais que Valéry vienne, me fasse une surprise.

« Pourquoi tu t'énerves, je n'ai rien fait ! se plaignait-il.

– Mais justement, justement ! »

De tout ce que nous reprochons aux hommes, nous pardonnons plus facilement leurs actes que leur absence d'actes.

J'avais consacré deux ans à l'aider pour ce fichu concours et j'attendais à présent la matérialisation de sa reconnaissance : qu'il dorme chez moi. Nous étions majeurs, et j'étais si seule, obsédée par lui et débordée d'un amour inutile.

Visiblement ses projets étaient autres. Ses seules visites survenaient si ses parents partaient en week-end. Et il choisissait encore de m'emmener à des soirées étudiantes. Je n'en avais rien à faire des soirées choucroute, intra, inter-promos. Valéry était de toutes les fêtes et, comble de l'horreur, il s'était inscrit au critérium — le critérium est un baisodrome organisé au profit d'une compétition de ski inter-facs. Tous ces jeunes de cité U ingurgitant la vodka par des entonnoirs ne m'attiraient pas. Moi j'aimais les boîtes du centre-ville, les videurs étaient mes amis, je sortais depuis mes quinze ans, et je préférais le bon champagne aux liqueurs qui rendent les doigts collants.

Je reprochais à Valéry d'obtenir l'autorisation de ses parents pour se défoncer mais pas pour dormir chez moi. Il me répondait alors par une phrase qui me donnait envie de mourir :

« Tu sais, Brune, mes parents ne m'ont jamais rien interdit. Je ne leur ai juste rien demandé. Chez nous, ça marche sur la confiance. Je sais qu'ils seraient déçus, c'est tout. Je vis encore chez eux, je ne peux pas découcher. »

Ce ton moralisateur catho se perdait ensuite dans les volutes d'une soirée où il ne remarquait pas mon départ. Je rentrais seule dans la nuit et dans la rue, exposée aux dangers, alors que ma mère me l'avait toujours interdit.

De cette période est née une indéfectible *déception*.

La déception chez une femme ne s'efface jamais. Elle se superpose seulement à d'autres. L'amour d'une femme se mesure à la quantité de déceptions que son ventre peut supporter. Une fois que celle-ci a pénétré l'âme, le mépris qui l'accompagne ne peut s'en déloger. Ceux qui me connaissent savent que la déception est la pire des choses qu'il puisse m'arriver. Je mets très longtemps à la digérer, elle se transforme lentement, tel un poison, en rancœur. Et un jour la rancœur devient vengeance. Bien trop tard, inadaptée aux circonstances. Je me venge toujours.

J'aurais dû comprendre qu'on ne regardait pas dans la même direction, mais je l'aimais. Je le voulais. Alors mon corps s'est mis à ovuler n'importe comment, à vingt ans on ovule comme on respire. Malgré nos savants calculs, quelque chose n'a pas répondu à la règle d'abstinence du quatorzième jour plus ou moins cinq. Un matin, une crampe terrible m'a coupé le souffle pendant un cours de biologie cellulaire. L'embryon s'implantait. J'étais de celles qui ressentent tout. J'ai fait un test quelques jours plus tard en fumant ma dernière cigarette assise sur mes W-C.

Enceinte à vingt ans. Voilà. Quelques semaines plus tôt, je ressassais mes déceptions, et soudain j'étais enceinte. Tout le monde a pensé que je l'avais fait exprès. J'étais paniquée et amoureuse. La question de l'avortement ne s'est pas présentée dans la tête de ma belle-famille catholique ni dans celle de Valéry qui a annulé le fameux critérium pour enfin emménager avec moi. Tout s'arrangeait pour notre couple grâce à cette grossesse, mis à part le côté matériel. Nous n'avions aucun euro devant nous pour les cinq années à venir. Ses parents nous ont rassurés, ils nous aideraient, à condition que nous accueillions notre enfant dans un couple uni par Dieu. Ils ont organisé notre mariage et ont posé des produits en croix pour financer équitablement le total entre eux et mes parents, ces derniers étant plus subjugués par la maîtrise Excel du père de Valéry que par ma nouvelle situation. Le monde entier était jaloux de tant de facilité. La terreur et l'angoisse d'enfanter n'étaient rien comparées au jugement de nos amis, des professeurs de la fac et de mes congénères. Plus personne ne me regardait dans les yeux. Tous regardaient mes seins devenus soudainement énormes, mes fesses, mon ventre. Les filles touchaient mes cheveux pour voir s'ils étaient plus épais, et moi, je vomissais entre deux travaux pratiques.

« Comment allez-vous faire pour les exams ? Tu vas arrêter tes études, Brune ? Valéry est un vrai gamin, ça ne te fait pas peur d'avoir bientôt deux enfants à la maison ? »

Toi, tu ne m'as jamais fait la morale. Tu m'as offert une petite roue en carton qui décomptait les semaines d'aménorrhée. Tu l'avais eue à ton premier stage de sage-femme. Chaque matin j'avançais le curseur, un jour de plus, je ne supportais pas la grossesse, le jugement de mes congénères finissait de m'achever. Tu m'as promis d'être présente à mon accouchement. En tant que stagiaire tu pouvais assister la sage-femme en chef. Tu m'apprenais à respirer et Valéry avait confiance en toi. Le trio renaissait.

Sans le vouloir, je t'avais annoncé cette grossesse le pire jour de ta vie. Quelques mois auparavant, tu avais rencontré un garçon. Leonardo. Leonardo était italien, sa famille s'était installée en France peu après sa naissance. Il avait raté sa prépa, il aurait voulu être un artiste. Son rire sonnait souvent faux et il avait une grande propension à la démesure. Il y avait beaucoup de toi en lui.

Leonardo se droguait. Sa réputation était faite depuis des années. Je ne te voyais pas beaucoup à cette période, pendant laquelle tu me reprochais de trop m'isoler et d'attendre indéfiniment Valéry. Alors tu sortais de ton côté. Tu ne m'avais absolument pas parlé de Leonardo, à bien y réfléchir tu ne m'as jamais parlé de tes conquêtes avant qu'il se passe quelque chose.

Quelques jours avant l'annonce de mon polichinelle, tu es sortie danser avec Leonardo. Il te rappelait tellement Samuel, avec son âme déchirée. Mais Samuel était pris et ne réagissait pas à tes voyants allumés, il fallait l'oublier ou prendre le même. Les regards lointains et songeurs étaient l'exacte idée que tu te faisais de l'homme de ta vie. Ta mère le savait et te proposait des êtres solaires comme Valéry qui auraient vite fait de balayer tes idées pessimistes. En opposition avec elle et contrariée dans ton projet de te fabriquer des névroses réelles, tu t'es entichée en douce de ce Leonardo au taux de sérotonine très faible. Il te promettait d'arrêter de se droguer et présentait un comportement souvent proche de l'hystérie. Je ne l'ai que peu connu, j'ai le souvenir d'un garçon très beau, d'une mélancolie infinie. Ce fameux soir, tu l'as présenté à des amis, et après quelques verres il t'a ramenée en voiture. Tu ne lui as pas proposé de dormir chez toi car tes parents n'étaient pas prévenus. Tu es sortie de la voiture en laissant traîner quelques mots comme « demain », « coca », « balade ». Tu t'es couchée sans recharger ton Samsung à clapet. Le lendemain quand tu t'es réveillée vers 11 heures, tu avais trois messages sur ton répondeur.

Le premier était de Leonardo :

« Brigitte, rappelle-moi vite. J'ai fait une connerie. J'ai renversé une fille en rentrant. Elle ne bouge plus putain, elle est morte. Rappelle-moi, je sais pas quoi faire. »

Le deuxième était de la grand-mère de Leonardo. Entre deux hoquets, elle t'annonçait l'impensable.

« Bonjour Brigitte. Je vous téléphone car vous êtes la dernière personne que Leonardo a appelée ce matin. Il s'est pendu dans mon jardin, c'est moi qui l'ai trouvé. »

Le troisième était de la police.

« Mademoiselle B., Bonjour. Lieutenant M. Nous aimerions vous recevoir au poste aujourd'hui pour entendre votre déposition concernant le suicide de monsieur G. »

Quand tu as rappelé la police, tu as appris que la jeune fille renversée était vivante et n'avait aucune séquelle.

Une ombre s'est dès lors installée définitivement dans ton regard. Cet amour naissant, ce désir tué dans l'œuf, cet amant suicidé sont devenus ton drame. Chaque année tu en portes le deuil et la culpabilité. Gare à tes proches qui voudraient te divertir. Comble de la malchance, ce jour lugubre coïncide avec la fête de ta mère. Ce fameux dimanche, tu ne la lui as pas souhaitée.

Le lendemain de sa mort, notre groupe d'amis est venu chez toi pour te soutenir, ta mère tentait régulièrement de changer de sujet de conversation. Valéry et moi étions là aussi, nous n'avons pas été à la hauteur. Nous venions d'apprendre la grossesse, nous étions submergés d'excitation et protégés par la bulle du tsunami de projets à venir. Notre secret était flagrant, alors malgré ta douleur et ta souffrance, tu es venue vers nous en marmonnant : « Vous, vous avez quelque chose à me dire... »

Valéry t'a annoncé en bredouillant que nous allions être parents, et sûrement nous marier. Tu nous as observés très longtemps et tu as répondu simplement : « Une mort, une naissance. »

C'est là que tu t'es mis en tête de m'accoucher. Je ne savais pas si c'était une bonne idée, mais comment aurais-je pu refuser?

Quelques mois plus tard, tu étais là, dans cette église, à ma droite. Tu signais le registre. Tu étais mon témoin. Matilde aussi. Marceau et Eloi, ses deux amis, étaient à la gauche de Valéry. Nous chantions : « Mon Dieu, tu es grand, tu es beau, Dieu puissant, Dieu très haut... Je veux crier... Mon Dieu! »

Tu as lu un texte et je t'ai souri. Je m'appelais désormais Brune Lacour. J'étais bien trop jeune pour dire « mon mari », alors je disais encore « mon copain ». Quelques mois après mon mariage, mon corps a tremblé et s'est dilaté. J'ai poussé ma petite fille vers le monde, et tu l'as réceptionnée.

9

Tu penses à moi, mon absence aussi semble te coûter. Ce sont les réseaux sociaux qui m'en fournissent la preuve. Quand je crée une « story » sur ce petit réseau bien à la mode aujourd'hui en 2017, je peux savoir qui la visionne. Tu n'en as jamais raté une seule. Tu viens me visiter plusieurs fois par jour. Pour quelqu'un qui n'est pas abonné à mon compte et qui ne voulait plus me voir, je te félicite pour ta fidélité. Pauvre génération 1.0 que nous sommes. Nés sans internet et sans téléphone portable, il nous a fallu tout apprendre et tout découvrir, et au final nous ne maîtrisons rien. À ceux qui s'inquiètent pour les générations futures, je leur dis de ne pas s'en faire. Nos enfants seront beaucoup mieux avertis, ils sauront filtrer d'eux-mêmes ce qui doit ou ne doit pas atterrir sur le nuage. Ils maîtriseront le virtuel autant qu'il nous terrifie et nous fascine. Ils parviendront à scinder leurs deux mondes. Ils sauront communiquer aussi bien que nous et plus vite. Ils n'auront pas à subir l'arrivée du porno car ils auront toujours eu conscience qu'il existe. Nous, le porno nous a bousillés, pauvre génération Y, nous sommes blasés du sexe et par là même de la vie, frustrés de ces images qui ont court-circuité nos fantasmes. Le porno nous dirige, alors que nos enfants dirigeront le porno. Je me suis longtemps souciée pour ma progéniture, aujourd'hui j'ai compris. Ils seront protégés et n'auront pas les mêmes codes. Le désir triomphera toujours.

Au début, voir apparaître ton icône sur la liste de mes « spectateurs » m'a fait sourire. J'ai cru à une coïncidence. À une suggestion de ton fil d'actualité. Quand la coïncidence s'est répétée quotidiennement, je m'en suis allègrement réjouie. Alors comme ça, tu ne peux pas te passer de moi ? Tu t'en vas, tu m'abandonnes, et six ans plus tard j'ai droit à tes petites visites virtuelles que tu penses incognito ? Tu deviens *addict* à mon profil, ma vie t'intéresse encore finalement ? Je prends plaisir à inventer tes regrets imaginaires, et j'exulte.

Au fur et à mesure des semaines, je me suis mise à guetter ton icône dans la liste. Je suis devenue dépendante de tes récidives, de ta petite vignette ronde qui, curieuse, venait me rendre visite. Pour *in fine* ne plus attendre qu'elle. J'ai commencé à poster des photos en me demandant ce que tu allais en penser. Au final, je ne sais pas laquelle de nous deux est la plus accro.

Lorsque tu tardes à visiter mon compte, mon cœur s'emballe et je me dis que ça y est, tu as créé ta première story, tu as appris à trente ans révolus que le créateur d'une histoire a connaissance de ses lecteurs. Se mélangent alors dans mon cerveau la sourde angoisse de ne plus jamais voir apparaître ton icône, mêlée à la jubilation d'imaginer ta tête découvrant le pot aux roses, rouge de honte, en réalisant que je te sais spectatrice quotidienne de ma vie et de mes lectures. Toi tu as tout verrouillé, contrairement à moi, tu n'es pas en profil public sur Instagram, et tu n'actualises jamais ta photo de profil Facebook. Je ne sais rien de ton quotidien, à part ce que Rose m'en dit quand elle te voit parfois chez Valéry.

Cela fait six ans sans nouvelles l'une de l'autre. Des ex-amies ridicules, des néo-geekettes ravagées par leur orgueil, voilà ce que nous sommes. Nous voulions vivre notre maternité ensemble, et, à l'ère d'internet, nous y parvenons presque.

10

Cinq mois après mon mariage, tu as mis Rose au monde. À l'ultime poussée, la sage-femme titulaire t'a autorisée à nous la donner. Je l'ai attrapée aussitôt et l'ai posée sur moi, tu t'es éclipsée pour nous laisser tous les quatre, Valéry, moi, notre fille et le bonheur. Tu avais tenu ta promesse et, perdue dans ma joie, je n'ai pas saisi la réelle raison de tes larmes, l'écho originel de cette naissance, la mort de Leonardo.

Le lendemain soir, tu es venue me rendre visite dans ma chambre, lorsque le calme est revenu, après la tempête des visiteurs, la pièce débordant de cadeaux et d'odeurs. Discrète et douce, tu as pris mes seins entre tes mains et tu m'as appris à les masser, de façon circulaire, pour les désengorger. Quand le lait s'est mis à en couler et que cela m'a soulagée, tu as placé un gant de toilette froid dessus, puis tu m'as aidée à faire téter mon bébé. Tu as positionné sa petite bouche bien en face de l'aréole, ça marchait bien, le lait coulait et je n'avais plus mal. Tu as levé les yeux vers moi, calmement, on entendait Rose téter, il faisait nuit, mes yeux dans tes yeux, mes seins dans tes mains. J'ai aimé ce moment. Tu avais choisi ce métier-là. Ces gestes étaient magnifiques.

J'ai commencé ma vie de maman, de femme, d'étudiante. À l'heure où tout le monde habitait encore chez ses parents ou au moins le week-end pour y ramener son linge, j'ai repris le chemin de la faculté une semaine après l'accouchement, un gros coussin sous les fesses et deux petits dans le soutien-gorge pour éviter les fuites. Je ne devais pas redoubler, ne pas abandonner. *Tu ne dois pas dépendre d'un homme*, disait ma mère.

Rose était un bébé facile, je ne me posais pas de questions et je récupérais vite. La vie était simple. Elle était de toutes les sorties, je n'étais jamais fatiguée.

Nous avions moins le temps de nous voir, toi et moi, et moins l'occasion. Tu savais que je vouais ma vie et mes heures à ma famille, notre amitié n'était plus fusion depuis longtemps. Nous t'invitions souvent, tu suivais les cours de sage-femme à côté de notre fac. Valéry et moi mangions encore avec toi un ou deux midis par semaine ; tu ne venais jamais devant la fac nous chercher, tu attendais à l'angle de la rue.

Samuel sortait d'une relation dite *compliquée* sur Facebook, alors tu as recommencé à espérer. Il avait eu une histoire avec la plus belle et la plus vénale de la ville. Elle l'avait plumé puis quitté.

Les hommes adorent se faire plumer et souffrir, exactement dans cet ordre, à l'instar de Gainsbourg qui dira de Bardot qu'elle a été la Rolls de sa vie. Quand elle l'a quitté pour Delon, il lui a même fait une chanson. Être une muse, c'est surtout être terriblement égoïste. Les hommes conquièrent et perdent leur proie pour conquérir encore. Toute leur vie ils rêveront de cette succulente biche jamais embrochée ni cuite à point. Samuel s'était tellement fait plumer que tout l'héritage de son père était passé en sacs à main de luxe, bijoux et vestes en cuir. De cette plumeuse qui l'avait abandonné avant d'aller plumer une dizaine d'autres petits coqs avertis, il était resté étourdi. Jamais quelqu'un ne lui avait procuré autant de sentiments contraires en si peu de temps, et il ne savait pas encore que cela s'appelait de la manipulation ; il prenait son propre énervement et ses insomnies pour de l'amour. Séduire un homme, à bien y réfléchir, ce n'est pas compliqué. Être belle, mystérieuse et douce. Tout leur offrir et sourire le plus grand possible. Puis tout d'un coup, disparaître, rechigner, regarder ailleurs avec mélancolie, demander un sac, une semaine de vacances, être sans cesse insatisfaite. Certains vous diront que non, ils aiment les filles honnêtes et braves, des futures mères de famille qui tiennent la route. C'est faux, ils se rabattent toujours sur les gentilles par dépit, pour faire une pause dans leur souffrance et leur fatigue. Parfois, ils ont seulement besoin d'un fond sonore, d'une ambiance, un peu comme une télévision éradique un silence pesant.

La plumeuse m'intriguait. J'ai eu l'occasion, lors d'une soirée, de lui demander comment elle faisait. Elle n'a pas su me répondre, a émis un son aigu d'autruche offensée et a tourné ses talons bon marché. Si encore elle s'habillait correctement. J'aurais aimé comprendre. Elle faisait bien un truc mieux que les autres — je sais ce que vous pensez.

Je voulais t'aider, te donner la clé pour séduire Samuel. J'ai enquêté auprès de ses anciennes conquêtes, des amis à nous. Qu'est-ce qu'elle faisait aux garçons pour qu'ils en soient si fous. Au vu de ce qu'on m'a dit, je crois qu'elle puait juste la féminité. Elle s'offusquait en levant les yeux au ciel, terminait ses phrases en points d'interrogation, soupirait en papillonnant des cils, elle n'était jamais vulgaire et était soûle au bout d'une coupe. Elle affirmait à chaque nouvel élu qu'avec lui ce serait différent, elle pleurait en lui disant qu'elle l'aimait à la folie et qu'elle y croyait cette fois-ci. Bien sûr, elle raffolait de la sodomie.

Toi, tu n'aimais pas faire la fille ni mettre de l'ambiguïté, tu préférais que les garçons commencent par être tes amis. Je t'ai suggéré les pratiques sexuelles de la plumeuse, arguant qu'elles pourraient être un excellent remède contre tes endormissements répétés. Consciencieuse, tu en as pris note.

Tu aimais Samuel. Tu étais folle de lui. D'un amour zweigien et inconditionnel. Une soirée passée dans la même pièce suffisait à ton bonheur. Parfois tu lui lançais des perches qu'il ne saisissait pas. Ivre il t'arrivait fréquemment de lui écrire des SMS sibyllins auxquels il ne répondait jamais. Ivre aussi je t'aidais à les rédiger, tu n'envoyais jamais ce que je te dictais. Samuel vivait sur une autre planète. Il ne se remettait ni de la mort de son père ni de la plumeuse, et il pouvait rester des semaines entières enfermé dans son appartement. Je ne sais pas combien d'années tu l'as attendu, combien de fois tu as essayé de l'oublier. Tous ces hommes, Virgile, Elias, Leonardo. Ils ne lui arrivaient pas à la cheville, et tu aimais tellement ses mollets.

À cette époque, nous avions un joli petit groupe d'amis. La notion de groupe elle-même était dangereuse. En apparence hermétique et soudé, le groupe en réalité étouffait et s'apparentait à une bombe prête à exploser. Le chaos affleurait à chaque instant, comparable à une moyenne section de maternelle, morsures, vol de jouets, manipulation, coups bas. Les premiers amis seront les derniers, ceux que l'on rencontre en fac ou dans le travail sont déjà beaucoup trop en compétition avec nous. Il est quasiment impossible d'établir des rapports sains avec eux.

Notre groupe d'amis en comprenait ainsi une dizaine.

Bien avant mon mariage précipité et la naissance de Rose, en première année de médecine notre trio s'était lié à une dizaine de petits *bizuths* avides de réussir, appréciant la compagnie de leurs congénères.

Très rapidement, Iris est venue nous rejoindre au premier rang. Nous la connaissions depuis le lycée. Iris était d'une intelligence rare. J'admirais sa repartie et son pouvoir de persuasion. Iris était Verseau, un des meilleurs signes du zodiaque, considérée comme un ovni hyperactif par ses parents et les onze autres signes. Tu étais ainsi placée entre Iris et moi dans l'amphi de six cents élèves, face au prof. Valéry, moi, toi, Iris. Être au premier rang avait toujours été mon souhait le plus cher et vous aviez tous les trois renoncé à me convaincre d'en bouger. Il suffisait de ne pas écouter les quolibets des autres élèves qui nous tiraient des flèches d'insultes depuis les rangs supérieurs. Si toutefois tu avais mis un peu plus de temps à fumer ta cigarette du matin, des *Assis bizuths!* tonitruants nous accompagnaient lors de la descente des marches. Sans les projecteurs, la P1 n'avait rien à voir avec Cannes. Nous parvenions tant bien que mal à ne pas courber l'échine. Iris n'a rien gâché à notre trio, en redoublant elle est venue l'aérer sans le plomber.

Maud et Eloi avaient aussi fait notre connaissance dans l'amphi. Le couple trentenaire avant l'âge, appartement, chat, plante verte, courses tous les samedis, Lidl *puis* Leclerc, munis de la liste qu'ils avaient préparée la veille et des bons d'achat collectés dans une petite boîte. En plus de s'insulter quotidiennement et de nous divertir, Maud organisait à merveille toute notre vie, soirées, vacances, anniversaires et évènements majeurs. Elle a validé sa première année du premier coup puis n'a jamais pu approcher un patient et s'est fait déclarer phobique. Elle est alors devenue médecin de la santé publique sans jamais avoir touché quiconque, il n'est pas impossible qu'elle finisse ministre.

Dans l'amphi, Valéry était placé entre Marceau et moi.

Les yeux de Marceau étaient deux fentes noisette. Il arborait une immense fossette, une peau mate et une silhouette fine. Ses cheveux bruns et doux semblaient tenir en l'air tout seuls, souvent il y passait distraitement ses doigts nerveux. Oui, Marceau était très beau.

Il était du même lycée que nous, pourtant nous ne lui avions jamais parlé. Marceau faisait partie de ces êtres délicats capables d'arriver en cours à la dernière seconde sans se faire remarquer et d'en repartir incognito. Marceau regardait son portable ou fouillait ses poches quand on cherchait un volontaire. Il plissait les yeux pour dire bonjour. Son écriture était si petite que ses pages paraissaient blanches. Marceau avait passé sa première P1 à côté d'un ami déjà redoublant. L'année suivante, c'est naturellement que Valéry lui a proposé de s'installer avec nous dans l'amphi.

De jardin à cour, nous étions ainsi disposés : Eloi, Barnabé — garçon triste à qui je n'ai jamais adressé la parole —, Iris, toi, Marceau, Valéry et moi.

Je m'étais placée volontairement à l'extrémité de la rangée car j'avais le syndrome du côlon irritable. C'est-à-dire une somatisation inconsciente m'informant que je n'étais pas du tout là où j'aurais dû être. Sans prévenir, ce syndrome m'obligeait à déguerpir de cet endroit de malheur à tout moment de la journée. En total déni, je mettais cette pathologie sur le compte de la fatigue. Mon corps essayait juste de comprendre pourquoi je m'infligeais une vie si morne et surtout pourquoi j'allais dans la direction opposée à celle de ma mission sur terre : écrire. À vingt ans, j'aurais dû faire valser mes hormones et expirer le bonheur par les trous de nez. Danser tous les jours et tortiller du cul. Lire toute la Pléiade et Proust entre deux insomnies. J'aurais dû être en prépa littéraire, mais que faire de mes regrets ?

Entre cela et mes vomissements, additionnés à l'absence de soleil, de vacances et de sport, il faut reconnaître que je n'étais pas très en forme. De ton côté, c'était la même chose, les cheveux jaunis et la mine blafarde, nous nous regardions dans le miroir en soupirant. Un après-midi où nous révisions chacune de notre côté, tu as sonné chez moi pour me montrer ta dernière œuvre : afin de te sentir plus belle, tu t'étais taillé une frange toute seule, en escalier. Peut-être fut-ce un des seuls fous rires de l'année, nos hoquets craquaient en décompressant, nous hurlions de rire comme des chèvres malades. Plus tard, j'ai eu envie de faire pareil, je me suis coupé les cheveux tellement courts qu'ils ne rebiquaient jamais dans le bon sens. Par éducation, Valéry n'était pas porté sur le physique et ne m'en a pas tenu rigueur, ce carré très court correspondant parfaitement aux goûts de mes futurs beaux-parents. N'ayant plus le temps de courir les magasins, j'assortissais ma nouvelle coupe du foulard *Marie-Chantal* qu'ils m'avaient offert à Noël. Tout cela contrastait fort avec mon ancien look, et tu souriais.

Marceau avait une petite amie, Elvire, ils ne passaient que peu de temps ensemble, à cause de *la pression*. Ils se voyaient parfois le vendredi soir, une heure ou deux maximum, et puis Marceau rentrait chez ses parents travailler. Heureusement cela suffisait à Elvire qui n'était pas vraiment une accro du sexe. Elle lui faisait confiance, et misait sur l'avenir en envisageant sa réussite.

Elvire était une petite souris apeurée, une femme-enfant jouant très souvent la carte du drame familial. Elle avait intuitivement cerné le penchant de Marceau pour les filles *grande gueule à problèmes* — qui dit problème dit faille où engouffrer la sienne.

Marceau était autant impressionné par les sommes astronomiques qu'elle dépensait que par les soucis familiaux qu'elle devait gérer. Elle ne fonctionnait que dans un rapport conflictuel et ambivalent, du genre « Quand tu me laisses, je suis triste ; laisse-moi quand je vais bien ». Marceau l'avait dénichée en boîte pendant sa première P1 et lui avait gentiment demandé de l'attendre.

Lorsque les concours se sont terminés, il a fait ce qu'il avait promis, il a octroyé tout son temps à Elvire, en réalisant rapidement qu'il n'obtiendrait pas plus de sexe qu'avant. Cela lui offrait ainsi un nouveau problème à résoudre, et une excuse en cas de rupture.

À l'époque, j'enviais Elvire de ne pas aimer le sexe. N'être liée à un homme que pour sa compagnie ou son argent, se faire désirer à l'infini, ne pas minauder, le frustrer afin qu'il se satisfasse de la moindre culotte Petit Bateau. Ne pas subir son rire humiliant devant le désir, ne pas virer aigrie, seule et frustrée dans la chambre. Ne pas l'insulter de tous les noms en souhaitant sa mort. À l'époque, j'aurais voulu que l'on me désire tous les jours, j'aurais prêté volontiers mon corps à l'être aimé pour lui faire plaisir et me sentir vivante. Car lorsque la P1 a pris fin, Valéry s'est soudain senti investi d'une mission humanitaire : vider les bars. Passer du temps avec moi n'était toujours pas au programme. Combien de fois me suis-je retrouvée nue sur le lit, offerte, à l'entendre me lancer en claquant la porte de l'appartement : « Non non, allez Brune, rhabille-toi, j'ai pas l'temps, j'y vais ! »

J'étais avec un homme qui ne savait pas y faire, il était un petit garçon qui découvrait le monde. Je pleurais beaucoup, j'avais trop d'amour à donner. À l'époque je refaisais des crises en cachette. Un an plus tard, la naissance de Rose n'a fait que camoufler le problème.

Le groupe d'amis se réunissait l'été pour boire des verres, partir en vacances ensemble, préparer le Powerpoint de notre mariage, nous féliciter à la maternité.

Petit à petit, le groupe s'est mis à imiter le schéma d'un couple banal : mentir, composer, fermer les yeux, s'énerver dans son coin sans pardonner.

Toi, je te voyais en même temps que le groupe, plus vraiment seule. C'est l'époque où nos rapports étaient cordiaux, sans être euphoriques. En soirée, tu avais le statut de la célibataire de la bande, et si tu jouais volontiers de l'autodérision, tu n'aurais pas supporté qu'on en blague ouvertement.

Avec l'histoire de ma grossesse, le groupe s'est rétréci. Tu m'as appris que Maud organisait des soirées pour en débattre, aurais-je dû oui ou non ne pas garder ce bébé — elle en était là. Elle répétait à longueur de journée que c'était une mauvaise idée, que Valéry et moi étions beaucoup trop jeunes, qu'il était anormal que nos parents nous paient des affaires pour le bébé, quand elle et Eloi devaient attendre de pouvoir s'assumer. En ma présence, elle recommençait à fumer et me soufflait très fort sa fumée de cigarette dans le nez, arguant que les premiers mois ça ne fait rien, puisque ce n'est qu'un petit amas de cellules. Son unique P1 ne lui avait pas appris grand-chose.

Elle affirmait que j'avais lancé un ultimatum à Valéry, que ma grossesse était calculée pour que Valéry arrête de sortir, et qu'il ait enfin le droit de dormir chez moi et de *me sauter*. Comme Valéry avait toujours eu l'air de subir ce qui lui arrivait, j'ai presque fini par la croire. Puis un jour j'ai soudainement pris conscience que Maud n'était qu'une grosse vache jalouse dont la démarche s'apparentait aux rebonds du premier cycle d'une machine à laver, vraaaam-vraaaam-vraaaam — une disgrâce absolue. Je lui ai écrit une lettre lui signifiant la fin de notre amitié. Aujourd'hui, j'écris encore très souvent des lettres de rupture avec certaines personnes, mais je ne les envoie plus ; j'ai compris que la libération réside dans l'écriture et non dans l'envoi. Maud est venue chez moi munie de ma lettre surlignée en jaune et bleu, elle n'était pas d'accord avec certains passages. J'étais d'accord avec son désaccord, nous n'avions plus rien à nous dire. C'était fini, notre aventure amicale s'arrêtait là.

Qui a commencé à disloquer le groupe? Toi qui m'avais avertie de ses commérages? Moi qui avais stoppé l'amitié? Maud qui a poussé par la suite chaque membre à choisir son camp? À ce sujet tu essayais de rester impartiale, et de nous garder toutes deux parmi tes amis. Maud n'a pas été maligne, elle t'a demandé de choisir. Face à tant de pression et par esprit de contradiction, tu t'es rangée de mon côté. Force est de constater que Maud n'est pas rancunière puisque aujourd'hui elle est une des seules rescapées que tu côtoies encore — vos mères sont amies de longue date, je devine l'immense promo dont la mère de Maud a dû bénéficier pour son robot mixeur.

Débarrassée de Maud, de ses mauvaises ondes et de sa fumée de cigarette, j'ai affronté comme j'ai pu ces neuf longs mois. Étudiante, il n'y avait pas de place dans l'amphithéâtre pour mes hanches larges et mes seins lourds. Il n'y avait pas l'équipement pour mes nausées, mes vertiges, les pauses pipi incessantes. Ni pour ces examens stressants qui duraient des heures, debout dans le couloir, à attendre mon tour. Ces soirées où je n'allais pas, fêter leur fin ou leur réussite.

Le jour où j'ai ressenti les premières contractions, je me trouvais en travaux pratiques. J'étais à un jour du terme et un léger pincement m'a surprise. Dix minutes plus tard, la même brûlure s'est fait ressentir. Le professeur de prothèse a vu ma grimace puis j'ai serré les dents. J'ai patienté l'après-midi, j'ai pris des notes, je les ai rangées dans mon classeur, derrière le bon intercalaire. Nous étions vendredi, la semaine de cours était finie. J'ai papoté devant la fac avec tout le monde puis, en rentrant chez moi, j'ai déposé le bouchon muqueux proprement au fond de mes W-C. Ensuite j'ai appelé Valéry, il faut y aller je crois, et nous t'avons rejointe à la maternité. Quelques heures plus tard, tu me tendais Rose et ses grands yeux.

La semaine suivante, j'assistais au cours du vendredi avec le même prof — il ne fallait pas le rater, ses questions tombaient à l'examen — et je lui souriais, dix kilos en moins au compteur, un peu de mal à m'asseoir.

11

L'Homme de ma vie me caresse le bas du dos, remonte doucement ma nuisette, se rapproche, m'attrape les hanches. Je reste dans cette position, sur le côté, très vite on a dû arrêter de coller les ventres, de frotter les pubis, le bébé gêne, on ne le dit pas, on y pense, il est entre nous. C'est son rôle, il nous sépare en douceur, il prend sa place, subtilement, dès maintenant.

Plus tard, je me couche sans couette, ma jambe repliée dessus, c'est une soirée de printemps exceptionnellement douce.

J'attends le sommeil comme j'attendais ma mère, petite.

Je savais qu'elle finirait par rentrer, alors je luttais avec le marchand de sable. Je voulais entendre la clé dans la serrure, souvent vers minuit, parfois plus tard, lorsqu'elle était « de DH » — de dernière heure — au journal.

Le bruit de la clé annonçait ma libération, ma dévotion au sommeil réparateur. Je comptais jusqu'à dix le temps qu'elle ôte ses hauts talons, puis j'entendais ses petits pieds vernis frotter la moquette du couloir et s'approcher de ma chambre. Mon cœur battait fort à l'idée qu'elle allait bientôt ouvrir la porte. Je me préparais à feindre exagérément un sourire béat et perdu dans les bras de Morphée, mes tempes cognaient comme pour un premier rendez-vous amoureux, la honte en plus, à l'idée de faire semblant, chaque soir coupable de l'avoir attendue au lieu de dormir comme elle l'exigeait.

L'acmé de mon impatience jouxtait l'ouverture de la porte, je percevais sa main se posant sur la poignée. Le temps s'arrêtait, il était minuit et midi à la fois, l'heure de ma naissance.

Et la lumière et sa blondeur.

Toutes deux pénétraient la pièce en brûlant mes paupières closes, mes cils filtraient discrètement la vision de sa robe et de son déhanché. Si elle était contente de rentrer enfin, je n'en saisissais aucune lassitude. La reine de la nuit avait déposé sa couronne sur le seuil et devenait mienne pour quelques secondes de tendresse.

Et je sentais son parfum, et j'entendais ses bijoux.

Elle portait Shalimar et les bracelets en or offerts par papa, qu'elle avait toujours gardés comme elle avait gardé son nom, malgré les autres hommes.

Elle se penchait, doucement, ses cheveux soigneusement brushés effleuraient mes joues et mon oreiller, jusqu'au délicat baiser qu'elle déposait sur ma tempe comme l'aurait fait une fée voulant conjurer tourments et détresse.

Dès lors, ce parfum carillonnant s'est mêlé à mes nuits pour symboliser l'image exacte de la féminité.

La porte refermée, je me sentais soulagée, emplie d'amour et de sérénité. Je m'abandonnais enfin au juste sommeil de l'enfant et, dans un demi-rêve, ses bracelets et ses colliers s'entrechoquaient comme dans une mystérieuse berceuse.

12

Lorsque Rose a eu un an et qu'elle s'est mise à marcher, son émancipation m'a donné envie de renouer avec le monde, de connaître la vie étudiante. Je rêvais de mauvais alcool et de bonne musique, de soirées électriques et de matins brumeux. J'ai compris plus tard que l'envie de se perdre n'est jamais très loin de celle de se découvrir.

Un week-end où les garçons étaient partis à la montagne, je vous ai invitées, Iris et toi, chez moi. Rose était chez ma mère, nous nous apprêtions à sortir au gala organisé par ma fac.

Je me suis préparée, seule, sans couche à changer, en écoutant David Guetta. L'envie de fumer est réapparue avec celle de mettre du khôl. Tu es arrivée la première, nous avons allumé ensemble une Vogue en buvant une coupe de champagne dans mon salon. Mon rouge à lèvres s'est imprimé sur le filtre blanc et sur le verre, j'ai lancé des sujets légers et ton rire a irradié la pièce. Nous étions apprêtées et lumineuses, nos corps de jeunes femmes étaient graciles et désirables. Quelle douce renaissance. Elle était là toute la liesse, l'insouciance de notre jeunesse et de notre amitié. Puis Iris est arrivée, avec son aplomb et son humour déjanté, plus rien d'autre n'existait au monde que notre urgence de danser et d'exulter, nous nous sommes prises en photo dans un miroir, en nous embrassant sur le bord de la bouche.

Je pensais à peine à appeler les garçons, quelques secondes au téléphone avec Valéry pour le prévenir que je sortais, Marceau et Eloi éructaient des bruits d'animaux en préparant la raclette. Valéry était heureux pour moi, il ne me demandait pas de faire attention, il me sommait de m'éclater et de rentrer la dernière.

Le top départ a été lancé et nous avons embarqué à bord de ma Clio, à hurler la musique plus que nous la chantions, notre haleine soufrée se confrontait à nos parfums mélangés. Aucune maréchaussée n'aurait pu stopper notre course effrénée vers la soirée qui a tout fait basculer.

Nous nous sentions impunément belles. Spectaculaires. Qu'avions-nous de plus que les autres ? L'élégance, la repartie, un air hautain et un regard vif, des vêtements raffinés. Nous étions trois garces, qui, foulant le tapis rouge du hall de la salle de gala, ont fait converger tous les regards vers elles. Notre physique était complémentaire : tes formes bandantes et ta blondeur de Marilyn, mes longues jambes et le magnétisme ensorcelant d'Iris. Chacune de nous trois maîtrisait ses atouts à la perfection. Nous nous partagions les rôles sans qu'aucune qualité empiète sur une autre. La féminité de ton déhanché, ma main qui d'un clic refermait un tube de rouge à lèvres quand s'allumait le regard pénétrant d'Iris. Il se dégageait de nos gestes une insolence suggestive et provocante. Lorsque nous montions les marches, nous soutenions les regards des hommes ; sur notre passage, les conversations marquaient une pause haletante. Nous avons séduit aussi bien les filles que les garçons. En nous s'est insinuée la grisante impression d'être trois call-girls invitées pour le plaisir visuel de la fête. D'un clin d'œil complice, sans le formuler, nous avons compris ce que nous représentions. Alors, responsables du rôle que nous avions à jouer et à tenir toute la soirée, nous nous sommes jetées dans les bras de la nuit et de tous les grands méchants loups qui voulaient bien nous faire hurler sous la lune.

Le lendemain matin, quand je me suis réveillée, seule à la maison, je n'étais plus la même. Mon cœur battait de façon régulière. Je ne me sentais pas fatiguée, malgré les abus de la veille, j'étais dans un nouveau corps, impertinent et souple.

Le salon ne sentait pas le lait deuxième âge, à la place des jouets sur la table basse traînaient les bouteilles vides de notre pré-soirée. Tranquillement, de mes doigts encore parfaitement vernis, j'ai allumé mon Nokia rose et noir. Tu m'avais envoyé un message inquiet.

« Brune, ça va ? Tu es bien rentrée ??? »

13

Installée dans mon quotidien, tous nos souvenirs me semblent aujourd'hui irréels. Enceinte, rien ne perturbe le présent qui m'absorbe.

Chez la sage-femme, assise avec mes congénères sur des poufs moelleux, les jambes en tailleur et les mains sur le ventre, nous observons attentivement la tête du bébé mannequin réaliser une rotation dans le bassin en plastique. J'observe les autres femmes présentes au cours de préparation, sages, dociles, épanouies, sûres d'elles. Où s'est envolé leur rire d'adolescente ? Elles ne rougissent ni ne gloussent. Aucune blague, tout est protocolaire. On dirait qu'elles ont toujours été ainsi, mariées et enceintes. Des caricatures d'adultes. Elles n'ont jamais été autant dans le présent qu'à cet instant précis. Tout ce qui s'est passé avant n'existe plus, il n'y a que leur bébé et leur mari. Certaines portaient des piercings improbables, d'autres se sont peut-être droguées, d'autres ont longtemps cherché leur orientation sexuelle. Désormais elles portent la vie, et la leur est entièrement tournée vers le futur, vers ce qu'elles vont apporter à leur enfant. Je t'imagine comme ces femmes aujourd'hui. Un mur impassible sur le visage et appliquée, tu racontes ta grossesse en souriant sans les yeux et en bougeant exagérément les mains. Tes paroles n'intéressent que toi, elles sont un discours témoin que tu sers de la même façon à tes amies et à tes patientes. En supportant ton récit soporifique, personne ne peut imaginer tes histoires d'amour ratées ni le drame de Leonardo. Ton mari t'écoute poliment, indulgent.

Quelle femme es-tu devenue ?

Aimes-tu ton mari aussi fort que tu m'avais promis de l'aimer ? Un soir en me raccompagnant en voiture, tu m'avais débité un pamphlet sur l'homme de ta vie. Celui qui aurait l'honneur de partager ton existence connaîtrait plaisirs inouïs et nuits d'ivresse ; je t'entends à nouveau, à la lumière du plafonnier de la voiture de ta mère, énoncer ces mots d'une autre époque :

« Brune, mon homme sera le plus heureux des hommes. Le matin, je me lèverai avant lui, je serai prête et maquillée quand il ouvrira les yeux. Après sa douche, je lui aurai concocté un délicieux petit déjeuner. Et puis nous partirons au travail en nous embrassant sans pouvoir nous décoller, quand il rentrera le soir, nous discuterons pendant des heures. Nous aurons des fous rires seuls et devant les autres, je lui préparerai des surprises, on partira tous les week-ends. Nous ferons des projets tous les jours et nous les réaliserons. Mon homme sera le plus heureux des hommes. »

Je me souviens de ce discours, le froid dehors, ta voix basse, cette confidence. Je me suis longtemps demandé si cette voix était la tienne, ou si elle surgissait de ton inconscient familial.

Comment es-tu avec ton mari aujourd'hui, Brigitte ? Lui réserves-tu sourires accueillants du matin au soir ? Es-tu celle que tu t'étais promis d'être ? Serres-tu les poings en cachette quand il te déçoit et quand la reconnaissance de ton amour n'est pas là ? Trouves-tu la force nécessaire pour maintenir votre histoire au plus haut, au plus beau ? Détournes-tu ton regard quand le sien se pose sur d'autres femmes ? Voudrais-tu parfois redevenir celle qui rêve ?

Quand j'essaie de t'imaginer aujourd'hui avec tes nouvelles amies, je te vois très froide et convenable. Hautement sérieuse. Je pense que tu dresses des listes, que tu notes tous tes rendez-vous. Que rien n'est laissé au hasard, que tu n'envoies plus les Urssaf au diable comme lorsque nous courions flamber nos économies dans des magasins trop chers pour nous en hurlant : « Fuck l'Urssaf, l'Urssa-ssaf je t'emmerde ! » Nous dilapidions un smic en jurant de manger des patates le mois suivant. Notre comportement compulsif nous rapprochait. Ensemble, nous avons dépensé sans compter, nous avons dansé jusqu'à l'aube, nous avons fumé et bu comme des trous. Cette tendance à abhorrer les limites du raisonnable était le moteur de notre amitié.

Es-tu toujours celle que j'ai connue ? Qu'as-tu gardé de la superbe qui te caractérisait, de cette froide attraction que tu as toujours suscitée ? Tes cheveux blonds illuminent-ils encore l'existence de ceux qui t'entourent ?

Oh, Brigitte. Comment peut-on quitter si brutalement les gens qui nous aiment. Je repense à notre soirée pomme et coca light. Qui d'autre que nous aurait pu rire autant avec ces deux ingrédients ? Nous rentrions d'une soirée quelconque, et notre meilleur moment a été de nous photographier, allongées sur le carrelage de mon studio, à 4 heures du matin, une pomme dans la bouche, un coca dans la main. Nous avons baptisé ce moment « la soirée Pomme ». Je n'ai aucun souvenir de ce que nous avions fait avant, ni pourquoi nous nous sommes retrouvées par terre à manger des pommes. Seule la photo reste, l'une sur l'autre, à l'aube, exagérément euphoriques. Ça ne peut plus arriver, à trente ans, de se lâcher autant. La fête entière est résumée dans ce moment avec toi.

14

La nuit du gala dentaire, je n'étais rentrée ni avec toi ni avec Iris. J'étais rentrée en voiture avec Basile, en Porsche. Rien de déplacé dans cette démarche car Valéry lui avait expressément demandé de me raccompagner. Basile ne buvait jamais, Basile respectait Valéry, il l'avait eu au téléphone quelques minutes plus tôt. De plus, ma récente maternité me conférait une immunité contre les ragots et les imaginations fébriles. Je n'avais qu'à me laisser balader par Basile et son bolide dans les lumières de la nuit. Comme tu t'amusais bien, je n'avais pas osé te déranger et j'étais partie avec lui. Basile ne m'a pas courtisée de façon détournée. Je n'étais pas amoureuse de lui. C'était bien pire que cela.

Basile était beau, subtil, brillant et riche; toutes les filles de la fac se pâmaient lorsqu'il se promenait dans les couloirs. Le hasard en avait fait mon binôme de prothèse avec qui je travaillais chaque mercredi.

Tel un vrai rital qu'il n'était pas, Basile regardait les filles franchement, il verbalisait ouvertement son admiration et caressait facilement une épaule. Il ne l'a jamais su, mais je le tiens pour responsable de tout ce qui est arrivé par la suite. Basile a éveillé ma féminité.

En me raccompagnant dans sa belle voiture et en me déposant devant chez moi, le *bun* décoiffé et le rouge à lèvres effacé, laissant supposer tout un tas de choses à ceux qui nous croiseraient, il m'avait lancé cette phrase :

« Qu'est-ce que tu es belle, Brune. La plus chic de la fac. Dommage que tu sois déjà mariée sinon je te demanderais de m'épouser. Dors bien, beauté. »

Il n'y avait aucune perche, aucune intonation tendancieuse. Il n'attendait pas de réponse, il affirmait que j'étais belle. Ça m'a anéantie. L'image de l'étudiante intello fille au foyer vieillie et fatiguée que je me faisais de moi-même s'est évanouie d'un seul coup grâce à ses mots. Touchée coulée. Ainsi les deux premières années de médecine et la maternité qui avait succédé n'avaient pas tout détruit de ma jeunesse ? Ainsi j'étais cette femme désirable que j'avais toujours rêvé d'être ? Basile venait d'effacer l'affront de Gabriel, le refus de mon étudiant, l'absence d'ardeur de Valéry. Je n'avais pas vécu pendant trois ans, et voilà que les hommes me regardaient autrement. Ils n'étaient plus des petits garçons. Ils ne recherchaient plus la poulette du collège bonne à peloter dans une cave. Ils recherchaient dorénavant une femme, fatale ou non, un être qui sente autre chose que la fleur ou la vanille. Les hommes aimaient les regards qui en disaient long, les regards de femme.

Malheureuse que j'étais tout à coup. Je détenais enfin le secret. Où que j'aille, je plantais des regards. Des regards effarouchés, surpris, des regards qui se détournent, qui rient, des yeux qui se plissent, qui s'en vont, qui reviennent. Tout est là, bien plus que dans le bonnet, ce savoir a causé ma perte. Grâce à ce petit jeu, la fatigue m'a alors quittée comme par magie. Je me suis mise à arrêter de bâiller par le pouvoir du trouble masculin qui se multipliait autour de moi. Je me sentais convoitée et valorisée comme jamais, je n'aspirais désormais qu'à une chose : revivre ça. Je suis devenue droguée à l'image que les hommes me renvoyaient de moi. Je n'étais alors amoureuse d'aucun. Peut-être juste de moi. Jusqu'au jour où.

Je ne voyais pas le mal, tu sais mieux que moi comme je ne l'ai jamais vu. Tu comprenais vaguement que je vivais une renaissance, moi-même j'aurais été bien incapable de t'expliquer ce qu'il se passait. Comment voir le mal quand tant de satisfaction s'empare de nous ? Suivant un schéma exponentiel, je me sentais de plus en plus épanouie. J'avais du recul sur les choses et de l'humour à revendre. J'étais une jeune femme accomplie.

Ce lendemain matin de gala, seule dans mon appartement parmi les débris de la veille et ne sachant que faire du trouble que Basile avait éveillé en moi, je t'avais répondu par SMS :

« Tout va bien, ma Bri. Il faut que l'on se voie. Basile m'a ramenée, il m'a parlé de toi, tu lui plais à fond ! »

Je voulais que tu découvres l'amour, que tu t'envoies en l'air, que tu me racontes. Je voulais équilibrer la balance. J'avais agréé Basile et je pensais qu'il aurait pu te plaire. Si je ne pouvais sortir avec lui, autant s'en servir pour toi.

Habituellement, tu dépréciais fortement toutes mes attentions et fermais la porte à mes propositions. Comme le génie de la lampe l'a dit avant moi, on ne peut forcer personne à tomber amoureux — surtout toi. Des tas d'hommes ont souvent tenté des rapprochements, mais peu suscitaient ton intérêt. Ils t'ennuyaient tous.

Je n'étais pas seule dans mon combat, Iris aussi se triturait le cerveau pour te trouver la perle rare. Avec elle et à ton insu, j'organisais des soirées, des week-ends à Paris, dans l'espoir de provoquer des rencontres. Un soir que tu n'étais pas parmi nous, prises d'un élan d'imagination rocambolesque, nous avons décidé de te fabriquer un « élixir d'amour ».

Les ingrédients étaient les suivants :

— Une base faite de ton parfum *Chloé*

— Une goutte de notre sang (Iris pouvait obtenir facilement des tests à glycémie à l'hôpital)

— Une de mes larmes et une larme d'Iris (obtenues à l'aide d'oignons et citrons)

— Quelques gouttes de ton rosé préféré

— Un extrait de thé vert dans lequel avaient infusé des petits papiers préalablement marqués du prénom de tes ex (nous avions ensuite soigneusement séché puis brûlé les papiers afin de conjurer le sort)

— Une cendre de Marlboro light, tes cigarettes préférées

— Une cendre de Virginia slim, *mes* cigarettes préférées

— Une miette de cookie, en souvenir de nos orgies alimentaires

— Une pilule contraceptive aux œstrogènes, hautement responsables du pouvoir d'attraction auprès du mâle parfait

— Un cheveu d'Iris et moi, brûlés avec la même flamme

— Un quart de Doliprane, pour blanchir notre préparation

— Un zeste de gingembre mixé, afin que ta libido s'enflamme.

Quant au plan, il était simple : cet élixir d'amour fabriqué à la souffrance de nos larmes et de nos sangs mélangés serait pulvérisé sur tes vêtements en soirée — en priant pour que tu ne portes pas la robe blanche très fragile de ta mère — et ainsi la puissance de notre amitié camouflée dans ton parfum parviendrait inéluctablement à te faire rencontrer l'homme de ta vie.

L'élixir d'amour a fonctionné une fois, lorsqu'un ami d'ami, d'origine tchétchène, t'a plaquée contre un mur pour te fourrer sa langue jusqu'à la glotte. Tu as adoré ce type et tu as voulu le revoir très vite. Soulimat a répondu à ton

SMS dans lequel tu lui proposais une soirée chez toi. C'était la première fois que je te voyais si entreprenante.

Fidèle à tes habitudes et ton éducation, tu avais passé l'après-midi complet à préparer votre soirée. Caviar de saumon, d'aubergine, toasts grillés, basilic finement coupé sur pommes de terre d'antan ; le robot de ta mère offert à Noël était brûlant.

Tu avais épilé ton pubis à la pince, et étalé du fond de teint sur les petits boutons rouges qui s'y étaient formés. Le champagne était au frais, la robe Sandro achetée l'après-midi même te moulait généreusement la poitrine, tes talons carrés n'étaient pas à la mode mais tu voulais assurer ta stabilité.

Soulimat est arrivé chez toi à 21 heures au lieu de 20 heures, sans s'excuser de son retard. Quand tu as vu qu'il avait rapporté une bouteille de mauvais blanc dans un sac en plastique Carrefour, tu as esquissé une grimace. Comme il ne s'asseyait pas sur ton canapé recouvert de jolis plaids à motifs triangulaires, tu lui as demandé si quelque chose n'allait pas. Soulimat t'a répondu qu'il avait laissé ses copains en plan et qu'il était un peu gêné. Que si ça ne t'embêtait pas... Non, ça ne t'embêtait pas. Tu n'as pas ouvert le frigo pour servir tes entremets. Tu l'as suivi à sa soirée d'ivrognes, tu as bu tout ce que tu as trouvé pour te donner une contenance. À minuit, il t'a proposé un kebab que tu as payé. Il t'a demandé si tu voulais de la sauce blanche et tu as répondu violemment que oui tu la voulais sa sauce blanche. Il a écarquillé les yeux, pas certain que derrière ton allure coincée tu vénérais les blagues graveleuses.

À 2 heures du matin, il t'a emmenée chez lui et il a commis l'erreur fatale, bien plus grave que celle de ne pas être un gentleman : il t'a allongée sur son lit pour te goûter. Voilà ce que tu inspires à tous : un cunnilingus. Dès qu'ils te voient, les hommes veulent te lécher la chatte.

Rien ne t'ennuyait plus que ce préliminaire. Tu t'es endormie, Dieu sait ce que Soulimat en a pensé. À l'aube, tu es partie sur la pointe des pieds pour retrouver ton appartement douillet et finir la nuit.

Tu nous as raconté cette histoire platement, le lendemain en terrasse, les yeux cachés derrière tes grandes lunettes, à Iris et à moi. Tu n'as pas réagi devant nos têtes déconfites, nous attendions une folle histoire d'amour ou de baise.

À la fin de ton récit, une fiente de pigeon s'est étalée sur ta frange. Cela t'arrivait hebdomadairement. L'hypothèse principale était la suivante : le blond de tes cheveux, si lumineux, réfléchissait des signaux laxatifs vers le ciel. Tu as murmuré un mot familier en t'essuyant et nous n'avons plus jamais expérimenté l'élixir d'amour.

Basile non plus n'a pas testé ton épilation à la pince. J'ai fait mon entremetteuse, il t'a donné rendez-vous pour un café. Il t'a écoutée, payé ton verre et tu ne l'as plus jamais revu. Aucun feeling. Une fois encore tu nous offrais une démonstration grandiose de notre impuissance à t'aider. Parfois, lorsque tu étais fatiguée, tu nous parlais de Leonardo. Depuis sa mort, tu n'arrivais pas à t'extraire du traumatisme. Alors nous te laissions tranquille.

Nous sortions de plus en plus souvent. Rien de plus facile. Étudiants, notre téléphone ne sonnait que pour des invitations à des soirées. La bande d'amis initiale s'était agrandie, d'anciens copains du lycée s'y étaient greffés, et nous avions désormais un groupe de la fac dentaire. Pour continuer à sortir, Valéry et moi nous relayions pour garder notre fille, et nos parents nous la prenaient à volonté, tous les week-ends, parfois en semaine.

La vie était simple, alors nous sommes tombés dans tous les pièges qu'elle nous a tendus. Quelle aubaine au final. Aurait-on pu le prévoir ? Valéry et moi nous entendions parfaitement. Nous ne nous querellions jamais. Il était souple et d'humeur égale. Je m'ennuyais peut-être.

15

Je vous préviens, Docteur... Oui je sais. Je sais que tu me détestes. Non c'est pas vous c'est... Oui je sais, tous les dentistes, tu les détestes tous, tes parents ont encore plus peur que toi, vous n'avez pas de chance avec vos dents, votre émail est fragile. C'est à cause du pain. Bah voyons. Ah, c'est parce que tu n'aimes pas les dentistes et que tu attends le dernier moment. Parce que tu crois que je t'aime ? Tu crois que j'ai envie, là tout de suite, à 8 heures du matin, d'une telle proximité ? De me plier en quatre sur ta dent de sagesse du fond, de me prendre ta toux imprévisible dans le visage ?

Oui, vous êtes en retard, c'est pas grave, installez-vous. Pourquoi vous sursautez ? C'est l'anesthésie qui vous fait pleurer comme ça ? Non ? Comment ça non ? Qu'est-ce que vous dites ? Je ressemble à qui ? À votre fille ? Exprimez-vous, je ne comprends rien, oui je sais bien qu'on ne peut jamais parler chez le dentiste mais théoriquement on ne vient pas pour tailler la bavette. Votre fille, c'est ça ? Elle me ressemble ? Et elle est quoi ? Morte... Le mois dernier, d'un accident d'avion ?! C'est affreux ! Elle avait mon âge... ? J'ai les mêmes yeux qu'elle ? Un peu plus et c'était moi, hein. Oui, oui, on va démarrer pardon, oui je suis bête, dévitalisons cette prémolaire. Comment trouvez-vous la force de venir chez le dentiste, on peut savoir ? Comment voulez-vous que je soigne votre dent maintenant que je suis en larmes, à quel moment avez-vous cru nécessaire de me raconter ça ? Rentrez chez vous ! Comment ça, la vie continue ?

Je suis enceinte, j'éponge tous vos maux, vos microbes et vos névroses. Laissez-moi tranquille. Enfermez-moi dans une pièce, mon bébé, moi et une montagne de livres, dans une pièce plombée à l'abri des rayons X.

Petite, ma mère me disait : « Tu es la meilleure. Tu feras Saint-Cyr ou l'ENA. » Dans ma tête, ces deux écoles n'en étaient qu'une. *Sincirouléna*. J'ai fait S, et je me suis renseignée sur les vœux de ma mère. Militaire, politique, non, quand même, maman. Tant qu'à faire une croix sur la poésie et mon amour des belles lettres, je devais trouver une voie sûre.

Mon beau-père m'avait suggéré la branche médicale. À l'époque, le compagnon de ma mère était médecin de campagne. Il incarnait des valeurs de stabilité, suscitait la reconnaissance à travers le village et surtout, il n'avait de compte à rendre à personne, même pas à ma mère.

Pour une raison de passion souvent plus violente qu'agréable, ma mère n'est pas restée avec cet homme, même si notre vie était confortable. Dans mon cerveau de petite fille, il n'avait pas remplacé mon père ce génie ce héros cet être incroyable, mais il avait réussi à symboliser la sécurité, le respect et l'ordre, trois choses dont je manquais cruellement. J'ai ainsi passé mon collège et mon lycée en ambitionnant la faculté de médecine.

Débarrassée de l'angoisse de trouver ma voie, j'ai ensuite cessé de réfléchir et n'ai pas remis ce choix en question avant de me retrouver dans les bouches des patients.

Maman est née prématurée à six mois et demi, dans la maison sale des beaux-parents de ma grand-mère. Un kilo sept, pas de couveuse sous la main. La sage-femme, qui en avait vu d'autres, a conseillé à ma grand-mère de se reposer et de placer ma mère près de la fenêtre ; vu le froid, en à peine quelques heures elle mourrait rapidement, autant ne pas s'acharner. Cette histoire de famille racontée mille fois m'a toujours plongée dans un grand désarroi. Ma grand-mère n'avait rien à offrir à ma mère, elle n'avait que vingt ans et papy était en Algérie. Pourtant, elle avait cette force incroyable, inébranlable, qu'ont toutes les femmes en elles, que j'ai et que tu as. Elle a placé ma mère dans un tiroir, dans lequel elle a bourré du coton pour que ma mère ait bien chaud. Elle l'a nourrie toutes les deux heures à la pipette, lui a susurré des mots d'amour jour et nuit. Deux semaines plus tard, ma grand-mère repartait travailler à vélo, qu'il neige ou qu'il vente, avec ma mère sur le porte-bagage, radieuse. La vie de ma mère a été à l'image de cette naissance, de cette force : tout vivre, tout tenter, ne jamais s'économiser.

Elle a grandi dans un deux pièces miteux, papy est rentré de la guerre alors qu'elle marchait déjà. Ils vivaient très modestement, papy n'était pas instruit, aimait profondément boire des pastis et jouer aux cartes pour oublier les horreurs vécues. Cependant, il aimait mamie et maman les admirait lorsqu'ils dansaient la valse au milieu du petit salon. Ma mère a eu un père pauvre et aimant. Elle a décidé de trouver un mari riche et de ne pas l'aimer correctement. Souffrant de devoir par la suite lui obéir pour maintenir son train de vie, elle a réalisé tardivement qu'elle en était incapable et n'a eu de cesse de me rendre invulnérable. Comme sa mère avant elle, maman est aussi tombée enceinte à vingt ans.

Obéir à ma mère, venger l'honneur des femmes de la famille, boucler la boucle. J'ai réussi, au détriment de mes aspirations profondes et de mes belles années, à avoir *une jolie situation*, celle qui leur a tant manqué, désormais elles ne peuvent plus se faire de mauvais sang. Ma liberté est complète, hélas au quotidien cela ne me procure aucune joie. Parfois, éclaboussée de salive et de sang, ou lorsque la fatigue est trop forte, j'en viens à rêver d'une vie douce et paisible, féminine et qui me corresponde. Ne plus rassurer, ne rien vendre, sourire seulement quand j'en ai envie. Je voudrais consacrer mes journées à deux verbes : lire et écrire. De plus en plus, je les intercale entre mes rendez-vous, à ma pause déjeuner. Lire s'invite dans mes trajets, dans mes dossiers. Écrire se positionne comme leader de mes pensées et de mes évasions solitaires. Tous deux prennent toute la place, ils sont ma bulle d'air, mon échappatoire, ma raison de me lever le matin. On peut lire en silence et écrire dans sa tête, partout, ce sont eux la liberté absolue.

Toi non plus tu ne raffoles pas de ton métier, même si tu le pratiques très bien. Je le sais car j'ai mon *indic*. Ma fille. Oscar et toi avez séjourné chez mon ex-mari le week-end dernier. Il paraît que tu as un autre travail. Tu passes tes journées au téléphone, avec des amies ou des connaissances que ta mère t'envoie. Tu vends des accessoires de yoga. Tu proposes sérénité et périnée tonifié. Je t'imagine excellente commerciale. Face à ton intense logorrhée, les clientes n'ont pas d'autre choix que d'acheter un produit pour recouvrer la paix et le silence. En riant tu as dit à Rose que tu pourrais arrêter le métier de sage-femme tellement cette nouvelle occupation marchait bien.

J'ai souri. Nous n'avons pas choisi la bonne voie, ni toi ni moi. Dentaire, si tu avais été prise, ne t'aurait pas plu davantage. À quoi servaient toute cette compétition et toutes ces années d'études ? Les deux P1, tous ces cours ingurgités ?

À quoi a servi tout cela, sinon à nous rencontrer, nous côtoyer, nous déchirer ?

Rose a ajouté avant d'aller se coucher, d'un ton très énigmatique qu'elle a conclu d'un clin d'œil : « Au fait, maman, Brigitte n'a pas bu d'alcool du week-end... »

DEUXIÈME PARTIE

VIENS JE T'EMMÈNE

Viens, je t'emmène
Où l'illusion devient réalité
Viens, je t'emmène
Derrière le miroir de l'autre côté...

FRANCE GALL, 1997

1

Rachel arborait le même sourire que Britney Spears. Adolescente, elle portait des piercings au nombril sous des T-shirts exagérément courts. Son rire cristallin les rendait fous et son odeur de gaufre au sucre les attirait comme des abeilles : les garçons auraient tout donné en échange de son numéro de fixe. Elle n'en avait pas, ses parents étaient des gens du voyage. Très brillante en classe, les professeurs lui promettaient une destinée hors du commun. Contre toute attente, elle s'est mise à vendre des crêpes à dix-huit ans comme ses parents. À vingt ans, elle s'est mariée avec un type de quarante aux dents limées par le stress. Velléitaire, il a racheté une maison une bouchée de pain à une veuve dans le besoin et fait faire des travaux par des amis. Il s'y est installé avec Rachel. Peu de monde l'appréciait mais nous avions bien du mal à refuser ses invitations, il organisait régulièrement des fêtes somptueuses.

Pour célébrer leurs noces de coton, Rachel et Alain ont préparé en mai une soirée déguisée autour de leur piscine, sponsorisée par Pop, le champagne. Une soixantaine de personnes, des bulles à volonté. Tu n'avais pas envie de venir, tu étais conviée à un anniversaire où se trouvait probablement Samuel.

Marceau a ouvert la porte. Il nous a accueillis en slip de bain, une vasque de mini bouteilles roses et dorées à la main. Il était trempé, son déguisement de lapine traînait quelque part dans la maison. Valéry lui a pincé les fesses en guise de salut.

En m'apercevant, il a eu un léger mouvement de recul. Imperceptible. Ses pupilles m'ont rapidement scannée de haut en bas, puis de bas en haut. Je lui ai souri, il a regardé ses pieds en gigotant. Il venait d'être frappé par mon insoutenable désir de plaire. Je n'y pouvais rien, en moi tout bouillonnait, le sang dans mes veines était bleu électrique. Plus j'essayais de me contenir et plus ma féminité explosait. J'avais pleinement conscience de mon corps, il était en symbiose avec mon esprit, aucune contracture sur mon front, aucune gêne dans mes mouvements. J'habitais pleinement mon être. Je sentais mes jambes légères, je fumais avec grâce, je dansais avec naturel. J'étais la jeune femme apprivoisée, courte durée entre l'adolescente empotée et l'adulte coincée.

Cette soirée résonne en moi comme le commencement du pire et du meilleur. Vers le milieu de la fête, Marceau et moi avons fait la course et joué au loup, comme deux enfants de trois ans. Nous slalomions entre les convives et les buffets. Tout cela était parti de rien, je ne sais plus qui avait taquiné l'autre, un prétexte ridicule, un défi à relever. Haletante, j'ai crié *Pouce!*, puis j'ai attrapé une petite bouteille dorée pour me désaltérer et m'étourdir encore un peu plus. Tandis que je la portais à mes lèvres, Marceau a poussé mon coude de sa main pour que le champagne déborde et dégouline dans mon cou.

« Arrête Marceau, sinon...

– Sinon quoi ? m'a-t-il coupé, les yeux brillants.

– Sinon je renverse toute la bouteille sur ta tête.

Cette idée a semblé l'enthousiasmer.

– Essaie pour voir », a-t-il murmuré avant de détaler.

Je me suis remise à lui courir après, la bouteille à la main, je l'ai rattrapé très vite, l'ai aspergé une fois, deux fois, puis ça a été son tour : il a chopé une coupe remplie sur une table, a lancé l'intégralité de son contenu dans ma direction. J'avais le visage trempé d'alcool, le maquillage coulant. J'ai décidé de me venger, il courait le sourire aux lèvres.

Soudain, nous avons glissé et sommes tombés dans l'herbe, avons roulé tels des petits chats, puis par confort et manque d'espace nous avons poursuivi l'arrosage dans la cave. Ainsi, personne ne pouvait déranger le jeu. Enfin, nous déranger n'était pas le bon terme. C'est-à-dire qu'ils n'auraient pas compris, nous avions toujours eu des *délires bizarres*. En effet, quelques instants plus tard je l'enfermais dans le congélateur de bouteilles où il avait plongé afin de se recharger en munitions. Je riais toute seule, Marceau tambourinait à l'intérieur, transi de froid : « Brune ! Ouvre-moi maintenant, ça caille ! »

Alain en entendant le bruit est descendu, il m'a interrogée du regard devant le congélateur sonore. J'ai libéré Marceau, Alain a haussé les sourcils en remontant sans mot dire. Nous ne voulions pas que ça s'arrête, un de nous deux a rouvert une bouteille secouée pour arroser l'autre.

De toute façon ça finissait toujours comme cela. À chaque soirée, nous épuisions les autres, la plupart décuitaient devant nos danses sauvages et nos délires sur Lorie. Valéry en riait, aucun courroux sur son visage, son meilleur ami s'entendait bien avec sa femme, quelle chance.

Le problème, c'étaient nos blessures aux bras et aux mains. Notre jeu d'arrosage aux bulles s'était mal terminé. Nous avions cassé une bouteille ou une coupe. Ivres de rire — ou d'autre chose — nous ne nous étions aperçus de rien. Nous avons alors continué à nous arroser, de plus en plus proches, de plus en plus serrés, dans le noir total. Nous portions un simple T-shirt sur notre maillot de bain, trempé d'alcool. Cela faisait plusieurs minutes que le jeu ne nous faisait plus vraiment rire, mais il était impossible d'y mettre fin. Au bout d'un moment, dans la cave, une lucarne a laissé passer la lumière de la lune en éclairant nos corps. Le constat était le suivant : nous étions au sous-sol, seuls, et couverts de sang. Le verre avait entaillé nos doigts, nos T-shirts étaient peints de nos sangs mélangés. Pris d'une panique soudaine, nous nous sommes séparés. Nous ne devions pas remonter ensemble dans cet état. Pourquoi ce mensonge? Nous portions une culpabilité sans acte. Nous avions croqué dans la pomme invisible et sanglante du désir.

J'ai pris par le jardin et Marceau par l'intérieur de la maison. Sans concertation, nous avons inventé tous deux une histoire similaire.

« Il y a du verre partout dans le jardin, faites attention. Rachel, tu n'aurais pas un pansement?

– Qu'avez-vous tous, à me demander un pansement, je ne suis pas une pharmacie moi! Elvire en a plein, elle en a mis un à Marceau!

– Ah bon, lui aussi? Décidément... Merci Rachel. Tu n'as pas vu Valéry?

– Si, il est près de la cabane, il joue au *gros poulet* avec des copains d'Alain, il devrait bien dormir en rentrant... »

Soudainement il s'est mis à pleuvoir, la soirée a pris fin à 4 heures du matin. Des bouteilles de toutes les couleurs et de tous les formats jonchaient les nappes blanches.

Sur le chemin du retour, assis à mes côtés sur la banquette arrière, Marceau tenait mon grand parapluie dont le manche était en bois. Il l'a placé entre mes cuisses et a commencé à le frotter doucement contre mon entrejambe. Je regardais nos T-shirts tachés et nos doigts entaillés, je ne bougeais pas. À son habitude, Elvire conduisait car elle détestait l'alcool, Valéry était assis à droite, à la place du mort. J'ai jeté un œil à Marceau, il ne me regardait pas, il continuait de m'exciter, le visage neutre, et je l'ai laissé faire, jusqu'à l'arrivée.

Le lendemain, nous nous sommes réveillés très tard, vers midi, j'avais déposé Rose chez mon père pour le week-end. Nous nous sommes retrouvés en petit comité à 13 heures pour le brunch, autour de salades fraîches et de brochettes légères, les corps mous et vaseux, le cœur arythmique. En servant du taboulé à Valéry, Alain a lancé à toute la table, de ses deux petits yeux ridés :

« Au fait, vous ne savez pas le plus drôle hier soir ? J'ai quand même retrouvé Marceau enfermé dans le congélateur à glaces de la cave ! Brune était assise dessus, Marceau criait à l'intérieur, en slip, une bouteille de champagne à la main ! »

Personne n'a répondu, la phrase d'Alain est restée en suspens un peu trop longtemps.

2

« Bonjour ma noix de coco, comment vas-tu aujourd'hui ? » me susurres-tu.

Il fait un temps superbe pour un début de mai, le mois de l'attente fébrile, du bourgeonnement des envies.

Tu t'allonges sur l'herbe où je suis déjà. Tu m'as rejointe au parc. Tu me caresses le dos et m'étales un peu d'écran total. Nous pouvons encore nous allonger sur le ventre, personne ne remarque notre peau légèrement tendue sous le nombril. Nos seins sont devenus lourds et des veines bleutées parcourent notre poitrine encore blanche de l'hiver. La chaleur n'est pas désagréable, elle nous apaise et ralentit nos mouvements. Je bois une eau citronnée que je te tends ; un peu de liquide s'échappe de ta bouche et atterrit sur ton menton. Tu te tournes vers moi :

« Fais attention, Brune, tu n'as pas mis de crème, tu vas faire un masque de grossesse.

– Tu sais bien que je n'en ai jamais fait.

– Ce n'est pas une raison, quand tu auras le tour des lèvres tout brun, ce sera trop tard. »

Tu te retournes sur le dos, tu pousses un soupir d'aise.

« Oh... Qu'est-ce qu'on est bien, ma douce... » Puis tu caresses mon ventre.

Le soleil n'est pas trop fort. Ta main est toujours sur ma peau, elle explore mon thorax et effleure ma poitrine. C'est si rare, je te laisse faire. Tes mains sont un appel à la torpeur, elles sont apaisantes. Nous sommes bourrées d'hormones, elles semblent exsuder de notre peau, devenue moite sous le soleil. Je te caresse aussi, je t'invite à te déshabiller un peu plus, afin que mes doigts ne soient plus freinés par ces morceaux de tissu. Tes seins sont deux énormes melons. Tes mamelons sont rose vif et infiniment sucrés. Puis tout à coup, malgré moi, tes seins sont mes seins, nos ventres se touchent. Soudain, nous sommes dans ta maison de vacances, nous sommes complètement nues dans l'herbe. Sous l'excitation mon cœur s'accélère. Nous avons envie de plus et rien ni personne ne peut nous déranger. Des abeilles survolent les campanules. L'espace est clos, on entend seulement les oiseaux. C'est notre lieu hypnotique, notre lieu de sécurité. J'ai soudain très envie de frotter mon sexe contre le tien. J'enlève ton bas de maillot et tu me souris. Tu es toute blonde de partout. Tes cuisses sont moelleuses et je m'y installe. Je sens mes petites lèvres coller contre les tiennes. Je me frotte de plus en plus fort. Tu continues à me sourire et à me caresser. Si je continue, je vais jouir tout de suite. Ma tête se retrouve soudainement entre tes cuisses. C'est juteux à souhait, je te mange tout entière, jamais je n'avais léché une autre fille, comme tu es bonne, je te lèche à m'en étouffer. Tu agrippes ma tête entre tes mains, tu appuies dessus, tu cries enfin, tu transpires de partout.

Je me réveille d'un coup. Je sens mon cœur battre dans mon clitoris. Ai-je joui dans mon rêve ou me suis-je réveillée juste avant ? Je pose mes doigts dessus, il est inerte. Je suis pourtant persuadée d'avoir eu un orgasme. Je reste songeuse jusqu'à ce que mon réveil s'allume. L'Homme de ma vie se colle contre mon dos puis se rendort aussitôt.

Je demeure dans cette position quelques instants.

Ton visage agressif, celui des dernières vacances, refait surface dans ma mémoire.

Je repense au premier jour, nous étions descendues au village dîner de quelques crêpes. Ce qui devait être un simple moment breton était déjà pour nous l'occasion de démontrer notre euphorie et nous criions à outrance. Nous étions, à notre habitude, branchées sur dix mille volts. La robe de gala et les paillettes étaient de sortie — aucune raison de les laisser dans la valise, nous avions emmené sept robes, nous porterions sept robes — et nous contrastions fortement avec les villageois et les familles. Toi qui d'ordinaire aimais participer au spectacle te montrais moins extravagante que d'habitude. Tu étais déjà rongée par ton mal inconnu, et nous l'avions toutes senti dès le début de la journée. Pour la plupart, nous faisions comme si cela allait passer (l'expérience nous avait prouvé que ce genre de comportement pouvait disparaître comme il était arrivé), alors tu as décidé d'en faire autant, te faire croire à toi-même que c'était juste un moment de mélancolie, un syndrome prémenstruel un peu plus intense que d'ordinaire. Tu t'es mise à boire du cidre sans t'arrêter, je contemplais à la dérobée les bolées s'enchaîner, cidre brut, cidre doux, à peine une crêpe entre chaque, nous ignorions ta consommation et t'encouragions en essayant de maintenir la cadence, jusqu'au moment où assez ivre et enfin libérée tu as soudainement demandé au patron de monter le son de la radio pour chanter *Viens je t'emmène* debout sur la table, un micro imaginaire dans la main, les sourcils froncés, exagérément théâtrale. Quelques grand-mères outrées retenaient leur commentaire quand le patron semblait séduit. Tu étais comme cela parfois, tu suscitais des réactions diverses. Nous te regardions d'en bas, assises sur nos chaises en bois, complètement médusées.

Ces grands écarts de ton humeur m'ont toujours fait peur. Notre histoire prouve qu'elle en a trop souffert.

Je me lève d'un bond, comme pour chasser ce visage de toi que je n'aimais pas, lorsqu'il était déformé par une colère intérieure.

3

La soirée Pop a déclenché des moments propices à la promiscuité. Il n'était question d'aucun but, d'aucun calcul, seulement d'inconscience. Rien n'était encore murmuré, Marceau et moi maintenions une bienséance correcte, mais il nous suffisait d'un regard, d'un frôlement de bras, pour nous deviner l'un l'autre. Nous étions un grondement d'orage imperceptible. Nos inconscients flirtaient, se matérialisaient par un silence bruyant. Nous cherchions une occasion.

Et tu te doutais bien.

Tu m'observais à distance, tu interceptais des sourires qui ne t'étaient pas destinés, tu percevais mes œillades, mes jeux de jambes, mes cheveux que je laissais pousser très longs. Tu me regardais devenir pleinement femme, tu me contemplais danser les yeux fermés, tard dans la nuit. Tu as senti le bouillonnement de mon être lorsqu'il est devenu impossible à cacher. Tu as deviné le désir, l'envoûtement. Tu n'as rien pu freiner, rien pu empêcher.

À la fin de l'été, il y a eu une soirée semblable à celle de mai, dans la maison de campagne d'Elvire. Beaucoup de monde à qui parler, beaucoup d'endroits où se cacher.

Adossé à un fût, Marceau buvait un verre de whisky. Je calquais les mouvements de va-et-vient de ma cigarette sur ceux de son verre. Assise à tes côtés, je ne parvenais pas à t'écouter et tu t'en rendais compte. Pour me perturber plus encore, il s'est mis à jouer, à disparaître et réapparaître. Une fois sur deux, lorsque je jetais un œil dans sa direction, il n'était plus accoudé sur le fût. Puis il est resté plusieurs dizaines de minutes sans se montrer. J'ai commencé à m'énerver, j'ai prétexté quelque chose, un oubli, une envie, et je me suis enfuie. J'ai dévalé le jardin, j'ai fait le tour du salon, l'ai cherché dans chaque recoin, je ne le trouvais pas. Paniquée comme si je n'allais jamais le revoir, je suis retournée auprès de toi me réfugier, et soudain, il était à nouveau là, dans la lumière, son grand sourire, immensément fier de m'avoir fait courir.

Tout était palpable et tu l'as senti.

« Brune, tu me caches quelque chose. »

Tu savais que devant ton regard inquisiteur je ne pouvais feindre mon innocence. Ta curiosité l'a emporté sur ta culpabilité, tu t'es dit tant pis, un secret à tenir au creux de toi, tu pensais être forte, tu pensais qu'il se ferait tout petit.

J'ai pris un air grave, et telle une misérable Antigone ressuscitée j'ai déclaré :

« C'est Marceau. Pendant cette soirée, Brigitte, je vais disparaître.

Tu as murmuré lentement :

– Je le savais.

À cet instant, Elvire qui passait par là s'est greffée à notre conversation.

– Elle est super ta soirée, Elvire... », ai-je bafouillé.

Tu m'as lancé un regard réprobateur lourd de sous-entendus.

Les groupes se sont mélangés, l'alcool rendait les corps voluptueux et les paupières s'alourdissaient. Une heure plus tard, enfin, Marceau s'est éloigné, énigmatique, en me fixant. Il se dirigeait vers les arbres du jardin.

Je l'ai suivi, discrètement, dans l'obscurité de la nuit. Je n'entendais que mon cœur battre. La sensation contradictoire, désagréable et excitante, suscitée par l'interdit. J'aurais pu renoncer, regagner un endroit sécurisant, baigné de lumière et de personnes bruyantes, faire taire les battements. C'était trop tard, je marchais vers ma perte, vers un but indistinct.

Il était là, contre un arbre, debout, toujours avec son verre. Je me suis approchée, munie du peu d'assurance qu'il me restait. Je pensais trouver un homme sûr de lui et maître de ses gestes, il m'a tendu une main tremblante, *viens je suis là.* Sa paume était trempée, il était parcouru de secousses de la tête aux pieds. Toute la gravité de la situation se résumait dans les sursauts de sa main. Il n'avait pas froid, il avait le trac, comme moi, il m'offrait sa vulnérabilité, sa sensibilité, son envie dangereuse de se retrouver avec moi, la jeune mariée, maman, la femme de son meilleur ami.

Il n'y avait rien à dire, juste à profiter de ce tête-à-tête silencieux, ce moment interdit et définitif. Le mal était déjà fait, rien n'aurait plus jamais le même goût, l'inédit de la situation serait sans cesse comparé à ce silence interminable, chaque instant serait envié à ce premier échange.

Quand un homme tremble en vous voyant, prenez garde. Méfiez-vous de ce qu'il va vous dire, à quel point il va bouleverser votre vision de l'amour. Méfiez-vous des hommes qui vous aiment autant que Marceau a pu m'aimer. Mais savourez. Souriez et dansez sur terre uniquement pour qu'un homme vous regarde comme ça. Dans ses yeux je me voyais, j'étais un incendie, je prenais feu et il restait immobile, hypnotisé par les flammes, inquiet et fasciné. Par l'image qu'il me renvoyait, Marceau devenait la plus grande drogue jamais avalée ; et il ne m'avait pas touchée.

J'aurais dû te demander ton avis. Tu m'aurais écoutée, vibrante, puis doucement raisonnée. « Tu sais bien, Brune, c'est la magie des débuts, cela t'avait fait pareil avec Valéry, souviens-toi. » Non, cela n'avait pas été pareil, avec Marceau c'était surnaturel, c'était animal, mes hormones éclataient mes veines, j'étais en plein trip. Tu n'aurais pas compris, tu étais loin, je ne voulais pas de tes conseils, et Valéry m'avait déçue. Valéry ne méritait pas mon amour, trop immense pour lui, trop irrationnel. Sur ma quête de l'insensé, il me semblait chauffer dans la bonne direction.

J'ai posé simplement mes lèvres sur celles de Marceau, sans faire de bruit. Charnues, elles ont rebondi contre les miennes. Le moelleux de ses lèvres accueillantes ne semblait pas lui appartenir, lui Marceau, être si froid en apparence, si discret, si avare de mots. Il tremblait de plus en plus. Je le fixais, il était sérieux. Nous n'étions plus là pour jouer.

Il m'a repoussée doucement, en me murmurant :

« Retourne là-bas, laisse-moi, ils vont nous chercher partout. »

Déroutée, je suis revenue à la fête, sans savoir quoi faire de cette excitation. De mon incendie intérieur, il ne restait qu'une grande allumette soufflée trop vite, gâchée. J'ai tenté de danser avec toi, tu étais distante.

Petit à petit, tout le monde se couchait à l'étage, un peu n'importe comment, il y avait des matelas par dizaines. Moi j'avais la chance d'avoir une chambre. Je me suis allongée en attendant Valéry. Je l'ai entendu rentrer dans la pièce quelques minutes plus tard.

« Brune, tu dors ? Non, ah super. Je mets un matelas à côté de toi, c'est pour Marceau, Elvire dort depuis deux heures avec les filles en bas, il n'y a plus de place. Il ne voulait pas nous embêter, j'ai insisté, de toute façon avec tout ce qu'on a bu, on n'allait pas faire grand-chose, hein. Cela ne te dérange pas ? »

Voilà comment je me suis retrouvée, à 5 heures du matin, entre Valéry et Marceau, sans l'avoir décidé. Lorsque Valéry s'est mis à respirer fort, j'ai tourné tout doucement ma tête vers celle de Marceau, ses pupilles brillaient dans la nuit. Nous nous sommes fixés ainsi une heure, peut-être deux, jusqu'à l'aube, sans sourire, sans aucun geste. Par ce silence, nous divulguions notre secret commun. Ses yeux étaient deux meurtrières avec vue sur mon âme. Nous étions habités de la même folie destructrice, des mêmes ambitions amoureuses, de la même notion de passion. Il y a eu ce moment, pendant lequel la lune s'est cachée derrière un nuage, je le distinguais à peine. J'ai tâtonné et j'ai trouvé sa main, molle, et sans réfléchir je me suis mise à sucer ses doigts, tous, un par un. J'aimais ses doigts. Leur agilité, leur façon de rebiquer nerveusement, veines apparentes. Il ne bougeait pas, je ne saurai jamais s'il dormait à ce moment-là ou s'il se laissait faire.

La magie de ce chaste instant me poursuivra toute ma vie.

Le lendemain, après le café, allongée dans l'herbe, j'observais notre groupe d'amis, un petit monde joyeux. Elvire rangeait la maison, plus détendue que la veille, car le week-end festif touchait à sa fin, elle demandait de l'aide à Marceau pour ôter ses bottes et il obtempérait, le visage neutre. Les garçons essayaient de réparer une vieille moto, les filles parlaient chiffons et comméraient sur d'autres. Une image de film français.

Tout était calme. Au réveil, je t'avais retrouvée adoucie. Tu m'avais dit de te faire confiance. «Tout ce qui t'apporte de la joie m'en apporte, tu peux tout me dire», m'avais-tu rassurée.

4

Rose n'a pas encore l'âge du jugement et des reproches. Plus tard, lorsque les remarques pleuvront, *pourquoi as-tu fait cela à papa, pensais-tu à moi à ce moment-là?* — toutes ces questions que je posais à ma mère et auxquelles elle objectait un sibyllin *Tu comprendras quand tu seras plus grande* du roman éponyme — je devrai répondre avec sincérité et humilité.

Car non, bien sûr, je ne pensais pas au mal que je faisais, sinon, et c'est presque une lapalissade, je n'aurais pas engendré toute cette souffrance.

Je ne pensais qu'à engloutir le bonheur et tout ce que la vie ne m'avait jamais offert. Je n'avais aucun bon schéma familial à reproduire et il n'y avait pas encore de place pour la culpabilité dans mon cœur ouvert. L'allégresse m'était enfin due, celle qu'on m'avait promise, c'était à mon tour d'en jouir.

J'aimais profondément ma petite fille, elle était une enfant facile et douce comme elle l'est toujours. J'étais fière de ses longs cheveux bruns épais et lisses, de son cou gracile. Ses grands yeux marron m'avaient happée à sa naissance. Je ne savais pas vraiment m'y prendre avec les enfants, je n'en avais jamais côtoyé, je ne connaissais ni les jeux ni les activités manuelles. Intuitivement j'essayais de confectionner des gâteaux pour le goûter et des habits pour ses poupées, mais le jeu s'arrêtait vite, comme si elle percevait que je jouais un rôle. Rien ne lui plaisait plus que me voir heureuse, se promener avec moi en ville, danser dans le salon ensoleillé le matin. Les jours d'été, notre plus grande activité consistait à boire des grenadines sur la place Saint-Charles avec toi. « Je peux me promener, maman ? » demandait-elle. Nous la surveillions naturellement en papotant tandis qu'elle évoluait sagement entre les tables et les mondes qu'elle s'inventait. Longtemps, elle a eu un petit chat imaginaire, elle le sifflait, le caressait, le grondait, il fallait attendre que le petit chat soit monté dans la voiture avant de refermer la portière sinon elle criait : « Mon petit chat est dehors, ouvrez-lui ! »

Souvent, d'autres amies venaient nous rejoindre, elle était alors notre petite fille à toutes, vous étiez ses tatas et marraines à la fois, vous l'adoriez et elle vous le rendait bien, vous couvrait de câlins et de baisers. Pour vous faire applaudir, elle dansait sur Shakira jusqu'à devenir rouge écarlate. Quand je sentais le point de rupture arriver, nous nous éclipsions toutes les deux avant la colère et l'épuisement.

Par instinct, elle était d'une sociabilité incomparable. Dès l'acquisition de la parole, Rose allait d'elle-même à la rencontre des autres enfants solitaires et des fratries, se présentait et leur proposait de jouer ensemble. Elle ne se souvenait jamais des prénoms ni des jeux, elle cloisonnait hermétiquement tous ses mondes et ce jusque très tard.

Polie et solaire, ses deux qualités principales m'ont toujours permis de l'emmener partout.

« Demain midi ? Oui, je suis disponible, enfin je suis avec Rose, je préfère te prévenir...

– Oh, Rose, comment va-t-elle ? Bien sûr, viens avec elle, elle est tellement gentille ta fille », me coupaient mes amis.

J'avais parfois l'impression que c'était elle qui m'emmenait à ses rendez-vous. Pour tous ses anniversaires jusqu'à ses six ans, comme personne n'avait d'enfants dans le groupe, mes amis venaient et organisaient avec moi la plus belle des fêtes, elle était la reine des apéros dînatoires, raffolant de cette formule de repas.

Jamais Rose n'a perturbé mon équilibre, ne m'a fait payer pour mes absences et mon égoïsme. Rose n'a jamais eu la rancœur inconsciente de m'en vouloir, elle a pris tout l'amour que j'avais à lui donner et ne m'a jamais reproché le reste. Si assumer l'image de mère à vingt ans était difficile, qu'est-ce que j'aimais le reflet dans la vitre des magasins de nos deux jeunes silhouettes, main dans la main, lorsque par beau temps je lui faisais porter une robe et qu'à mes côtés elle se sentait fière comme une duchesse.

5

Puis je suis devenue une vraie petite salope. Je contournais l'interdiction absolue, le meilleur ami de mon mari, en draguant d'autres garçons, je leur envoyais des messages et je flirtais en boîte, discrètement. Je te racontais tout. Tu assistais à la débâcle, sans mot dire, comme un psy qui hoche la tête en consultation. *D'accord, oui, continuez.* Tu m'écoutais en m'encourageant presque, d'un sourire parfois mystérieux, pour voir jusqu'où je pouvais aller, tu te grisais par procuration et je prenais ton sourire pour un assentiment. Séduire était une addiction. À peine mariée, je mettais en péril un avenir radieux et tracé, et surtout l'équilibre d'une petite fille d'un an. J'embrasais des corps comme si j'allais chercher le pain. La jouissance de renverser les garçons d'un seul regard, de jouer avec les mots, et puis disparaître, laisser mon empreinte dans *leur mémoire romantique (*Kundera, *L'Insoutenable Légèreté de l'être)* était devenue alimentaire et essentielle.

Séduire et flirter ne me calmait pas. Alors un soir j'ai couché avec Basile. Je voulais voir, me tester, je voulais aller au bout de ce qu'il avait provoqué, il n'avait qu'à assumer. J'ai insisté pour qu'il m'aide à réviser un truc chez lui. Il a très vite compris, à mon allure et mon rouge à lèvres. Il a hésité un peu mais il a fait le job, a sorti du vin, m'a emmenée dans sa chambre puis m'a raccompagnée chez moi après, courtois, sans me demander *pourquoi*. Il a dû comprendre, je lui ai assuré que ça ne se reproduirait pas, qu'il n'aurait pas d'ennuis, il m'a dit de faire attention à toi, de ne rien te dire, il ne te sentait pas.

Je n'allais pas mieux. Je m'étais trompée et j'avais trompé. Ce n'était pas Basile que je désirais. Lorsque je t'ai mise au courant de mes errances mentales, que je t'ai avoué mon adultère — de surcroît avec un mec que je t'avais proposé — ainsi que mon irréfrénable envie de voir Marceau le jour comme la nuit, l'été comme l'hiver, tu t'es inquiétée. Tu m'as mise en garde. J'étais allée beaucoup trop loin, je pétais les plombs, je ne devais en parler à personne. Ces secrets étaient trop moches et trop lourds à garder, mais je m'en moquais, je n'ai pas suivi les conseils de Basile. Je te disais tout.

Quelques mois plus tard, je t'ai appelée au premier SMS. Le premier SMS de Marceau. Celui matérialisant le fantasme et ouvrant une infinité de possibles : « Pourrais-tu sortir de mes pensées 5 min dans la journée STP ? »

Je souriais sans m'arrêter. Des centaines de textos ont suivi, je me cachais mal, je répondais tout de suite, enfiévrée. « Tu vas où, Brune ? Tu fais quoi ? Qu'est-ce que tu cherches ? Ne perds pas Valéry, tu te perdrais. »

Je n'avais, pour l'heure, aucune envie de comprendre quoi que ce soit. Chaque lever de soleil se faisait avec une telle aisance, je ne subissais rien, chaque instant de vie était propice à la volupté, je ne m'énervais jamais. Comment voulais-tu que je perde une seule seconde de cette vie idyllique en considérations psychanalytiques ? Je grimaçais à ta phrase préférée, « Cela va mal finir, votre petit jeu », je te répétais que j'étais sur mon petit nuage, même si j'avais totalement conscience que la vie m'en ferait redescendre un jour et violemment, je m'en moquais, je me sentais d'une immunité invincible, d'une forme olympique. Ma jeunesse, mes amies, ma fille, que pouvait-il m'arriver ?

Fin août, je suis revenue d'une semaine de vacances avec Valéry. Des vacances d'été avec Rose, pendant lesquelles j'avais feint un bonheur parfait. Seul mon regard lointain, lorsque le soir au balcon je fumais, laissait transparaître une envie d'être ailleurs. Je fermais les yeux et le visage de Marceau apparaissait, je revisitais mes sensations en soufflant une fumée bleutée.

Je ne l'avais pas recroisé depuis la soirée à la campagne, nous étions tous conviés à l'anniversaire d'Héloïse. Vers 1 heure du matin, nous avons commandé des taxis pour aller danser en ville. À l'époque nous sortions chaque samedi dans une discothèque minuscule mais branchée, située dans les hauteurs de la ville. C'était la maison de tous les jeunes de bonne famille âgés de vingt à vingt-cinq ans, friqués ou non, si la fille était jolie ce n'était pas utile. Le sourcil relevé, on embrassait le videur en demandant nonchalamment s'il y avait du monde.

« Salut ma belle. Oui c'est blindé. C'est normal, Frédéric Beigbeder est là. Il mixe même un peu avec Édouard. »

Frédéric Beigbeder ! Soudain j'étais folle. Un salon littéraire l'avait fait déplacer et il se payait le luxe de donner quelques leçons musicales et parisiennes à notre D-J résident.

Au moment où je montais, le D-J était redevenu écrivain et descendait prendre l'air. Je n'ai pas résisté à l'envie de lui parler, l'alcool me rendant impertinente et lui abordable. Au fond, il était là pour ça, pour que des gamines comme moi viennent lui parler de lui.

« Vous me reconnaissez ! l'ai-je abordé.

Il m'a dévisagée, perplexe.

– Je suis dans votre nouveau livre, *Un roman français*, l'amie d'enfance, vous savez ? Je porte le même prénom en tout cas, et j'ai le même nez, vous ne trouvez pas ? Même moi je me suis reconnue !

Il s'est détendu, parler de son livre réduisait la distance et me rendait amicale. Il m'a observée et, en optant pour une posture de dandy, il m'a répondu :

– Non, ce n'est pas vous, vous êtes beaucoup plus jolie. »

J'ai souri, je n'allais pas monter tout de suite. J'ai fait un signe au groupe pour dire *Ne m'attendez pas.* Je me souviens avoir proposé une cigarette à F.B., je ne sais plus s'il a accepté de la fumer ou non. Il était du genre à boire beaucoup et à se droguer, mais la cigarette, *quel intérêt.* Nous nous sommes retrouvés assis sur les marches, certains passaient sans même le remarquer quand d'autres hallucinaient.

J'étais en pleine interview sur son livre lorsque soudain Marceau est passé devant nous. Il sortait vraisemblablement de la douche et portait une chemise rose pâle. Lorsqu'il a vu que je discutais avec Frédéric Beigbeder, il a cherché Valéry dans le groupe situé à quelques mètres pour l'interroger du regard. Valéry a haussé les épaules, *laisse-la, elle est contente.*

« Vous voyez le jeune homme qui vient d'arriver là, ai-je dit à F.B., et qui parle à l'autre jeune homme. Je l'aime beaucoup. Ce n'est pas mon mari. Mon mari c'est l'autre, avec qui il discute. C'est ça le problème. Qu'est-ce que je ne dois pas faire ?

– Of, a-t-il soupiré. Une bonne baise, c'est comme une bonne choucroute, tu te régales et le lendemain t'oublies. »

Je buvais ses paroles comme la coupe du Christ. Je ne comprenais pas trop cette métaphore de la choucroute mais je consentais à y croire de toutes mes forces. Je me souviens qu'à l'époque j'avais fini par en faire une interprétation hautement philosophique. Aujourd'hui, je pense sincèrement que Frédéric Beigbeder aurait pu trouver plus poétique pour une phrase qui allait se retrouver dans un bouquin plus tard, à l'époque je me suis contentée de la griffonner dans un petit coin de ma tête.

Puis une grande blonde au teint diaphane s'est plantée devant nous en roucoulant : « Ah, Fred, tu es là, je te cherchais parrrrtout... »

Frédéric m'a confié beaucoup aimer les jeunes Russes, leur générosité, leur vodka, et il a pris congé.

Je me suis retrouvée seule et fière, sur les marches, à digérer cette discussion imprévue.

Je suis montée dans la boîte quelques instants plus tard, afin d'exulter toute ma sérotonine en musique. J'ai retrouvé notre groupe d'amis, les filles se trémoussaient généreusement pendant que les garçons servaient le whisky. Marceau m'observait en coin. Je dansais sur les tubes comme j'aurais voulu bouger sur lui, il me regardait à travers le verre lorsqu'il buvait. J'étais détendue, insolente et prétentieuse comme on peut l'être lorsque l'on a l'âge d'écrire notre vie dix fois.

Les néons illuminaient la moitié des visages, par saccades, les têtes décoiffées fronçaient les sourcils en chantant. J'avais ma place, toujours la même, sur l'estrade, entre toi et la cabine du D-J. Car tu étais là à cette soirée, pour une fois tu ne te préoccupais pas vraiment de moi. Samuel était à seulement quelques mètres, avec son groupe d'amis, et ton déhanché prenait depuis quelques minutes une vigueur inédite. Nous dansions côte à côte, nos cheveux bruns et blonds se mélangeaient, chacune connaissait les pensées secrètes de l'autre. Des bouteilles volaient vers notre table, coiffées de petits feux d'artifice, comme si chaque samedi soir était notre anniversaire.

Quand Samuel est passé près de toi, tu n'as pas pu t'empêcher de caresser son épaule. Il s'est retourné en criant : « Oh Brigitte, tu es là ! » Tu lui as souri telle une petite fille à couettes, France Gall en 1968. *Oui*, hurlais-tu intérieurement. *Oui, je suis là. Regarde, ils me draguent tous, et à chaque fois c'est pareil, je prends mon air hautain pour être tranquille. Il n'y a que toi qui m'intéresse. S'il te plaît danse avec moi.* Il a dû deviner tes pensées car il t'a entraînée dans un corps à corps voluptueux. J'étais heureuse pour toi, ce moment sensuel n'en finissait pas, je me suis éclipsée pour protéger ton intimité et ne pas gêner vos entrechats.

Je suis redescendue goûter le frais de la nuit. Au moment où j'allumais ma cigarette, Marceau est passé devant moi, et avec un discret signe de la tête il m'a dit : « Viens, suis-moi. »

Je lui ai laissé quelques secondes d'avance, non pour hésiter, plutôt pour savourer cet instant de *l'avant*.

Il courait presque, j'avais du mal à le rattraper, en robe et en talons. Il se dirigeait vers un parc, fermé à cette heure-ci. Juste avant l'entrée il y avait des buissons en contrebas, il a sauté et j'ai sauté aussi.

Nous n'avions plus peur, plus envie d'être sages. Sa main s'est agrippée à mon visage, comme pour vérifier si j'étais bien là, enfin, avec lui, dans un endroit où personne ne nous trouverait.

Ses mains ont plongé sous ma robe, et son corps dans le mien y est resté une heure, deux heures peut-être, debout et emmêlés aux branches, jusqu'à ce que nos portables hurlent en chœur, tout le monde devait nous chercher, continue s'il te plaît, attends, arrête, Elvire, Valéry et les autres, on s'en fout, viens, continue, tu es belle, tu sens bon, qu'est-ce qu'on va leur dire, je m'en fous, je ne sais pas, t'as qu'à leur dire que t'étais avec Beigbeder.

« Allô mon amour, tu m'as appelée ?

– Oui, je te cherche partout depuis tout à l'heure, tout le monde est parti, je suis avec Elvire. Tu es avec Marceau, on ne le trouve pas non plus ?

– Non pas du tout, tu ne devineras jamais, j'étais avec Beigbeder, à un after, j'ai pas eu le temps de te prévenir, désolée. C'était vraiment super, on était en petit comité, on a parlé du livre, et puis...

– Oui, bon, bon, j'espère que tu n'as pas pris de coke quand même. Tu me raconteras tout ça plus tard. Où es-tu ?

– J'arrive, je reviens, je suis là dans deux minutes. »

Marceau de son côté a prétendu avoir croisé des amis du lycée. Elvire, sobre à son habitude, nous a tous récupérés à des endroits différents de la ville. Comme précédemment dans la voiture, Valéry était à sa droite, et sur les sièges arrière, Marceau et moi, devant lequel j'improvisais haut et fort mon after inattendue avec Beigbeder, feignant la fille très éméchée. Il souriait et s'empêchait d'éclater de rire. Elvire et Valéry soupiraient en levant les yeux au ciel. « Pff... Brune et ses livres... »

À la dédicace du *Roman français* le lendemain, pour lequel il obtiendrait le prix Renaudot deux mois plus tard, Frédéric Beigbeder m'a reconnue dans la file et m'a fait un signe pour que je passe devant tout le monde.

« Alors cette choucroute ?

– Excellente... Je voulais simplement vous prévenir que vous avez été mon alibi cette nuit. J'ai dit à mon mari que j'avais passé la fin de soirée avec vous...

Il a éclaté de rire et m'a lancé, malicieux :

– La prochaine fois, vous passerez la soirée avec moi en disant à votre mari que vous étiez avec votre amant ! »

Et c'est ainsi que j'ai eu droit à ma dédicace.

À Brune, en souvenir de cette bonne choucroute.

Ah, les écrivains..., a commenté Valéry à la maison, dubitatif devant cette signature.

Valéry n'était pas jaloux. Personne ne lui avait expliqué comment tenir une femme. Il était profondément catholique, sans être coincé. Nos amis le surnommaient Candide. Au début de notre relation, il m'avait promis paix et harmonie. Dans sa famille, il n'y avait jamais eu de problèmes. Tous les couples vivaient heureux et s'aimaient sans s'être jamais trompés. Je lui avais confié l'inverse, mes parents, leurs amis... Tout le monde avait merdé, je ne connaissais pas de contre-exemple. Il avait ri de bon cœur. « Brune, ce genre d'histoires, les tromperies, ça n'arrive que dans les films ! » Il ne philosophait pas, ne déblatérait jamais sur la Vie, la Mort et l'Amour. Son naturel optimiste désamorçait d'une blague la moindre mauvaise humeur, le moindre doute. Il arguait souvent avec fierté qu'il n'avait pas d'inconscient, qu'il n'en avait pas besoin.

Il paraît qu'on se lie aux gens pour la même raison qu'on les quitte. Que leur plus grande qualité devient leur plus grand défaut. Ma famille décousue m'avait donné envie de stabilité, mais je ne savais comment m'y prendre, moi, avec la stabilité. Je l'aimais profondément et sans calcul, Valéry était un mari parfait, un père génial, ne se plaignait jamais. Jamais, pas une seule fois, je ne l'ai vu de mauvaise humeur. Il me proposait des sorties, des balades dont il avait étudié l'itinéraire la veille, à 8 heures le dimanche les sandwichs étaient prêts, et il me réveillait en chantant. Ma vie aurait pu être facile et agréable, nous aurions eu plein d'enfants joyeux et au nez droit, cultivés et bien dans leur peau. Mais je n'aurais rien appris et il me fallait comprendre. Je ne méritais pas la vie qu'il m'offrait, je voulais descendre sous terre, enterrer mon âme dans ses circonvolutions. Je voulais me noyer, étouffer, pleurer, regretter, hurler de joie. Je voulais savoir. Je voulais écrire.

6

Je ne t'ai pas vue cette nuit. Ce matin je me suis réveillée sans nausées, étrange. L'esprit brouillé de noir. À trois mois de grossesse, j'ai un beau petit renflement évoquant un goût prononcé pour la levure. Pour un deuxième, ça grossit toujours plus vite, m'a dit la gynécologue. Comptez un mois de plus pour la hauteur utérine. Il paraît que j'attends une petite fille, une demi-sœur pour Rose, avec des fossettes et des manières.

Je pense à l'accouchement et je suis morte de trouille. Pourtant tu as déjà accouché, me dit-on. Pourquoi tu stresses ? Je ne sais pas. Je n'arrive toujours pas à concevoir comment un si gros truc peut passer par un si petit trou. Comment tout s'écartèle là-dedans. Il y a une part de mystère non résolu. Que je n'ai pas découvert avec mon premier accouchement. J'étais trop endormie, je n'ai rien senti, j'ai divagué et puis on m'a montré ma fille. Je répète inlassablement que l'accouchement est stressant. Je n'arrive pas vraiment à penser à mon bébé, à qui il va ressembler, pour moi il y a deux bébés : le bébé dans le ventre, et le bébé à l'extérieur. Je n'arrive pas à me dire que c'est le même. La porte de sortie est trop petite, les cuisses si proches l'une de l'autre, il se désagrège forcément pour se remodeler en un nouveau bébé, c'est la seule solution.

À bien y réfléchir, ça fait quelques jours que tu n'es plus dans mes rêves. Je ne m'en suis pas rendu compte tout de suite, mais le troisième matin, j'ai réalisé que tu n'apparaissais plus ; ou bien je ne m'en souviens pas. Et ça a commencé à me travailler. J'avais pris l'habitude. C'est bien ton genre, ça, m'habituer à toi et disparaître, sans raison valable, ou certainement une bien mauvaise.

En Bretagne, lorsque tu étais revenue de chez Leclerc, la liste des courses rayée et le visage complètement fermé, j'ai compris que ton mal était plus grand que je l'imaginais. Car rien n'avait laissé présager ce revirement soudain de situation à mon égard. Après la soirée crêpes, la veille de cette volte-face au supermarché, tu étais prodigieusement proche de moi. À tel point qu'à la sortie de la crêperie tu nous avais confié à Iris et moi la nostalgie de notre trio au soleil, sans personne d'autre, tu regrettais amèrement d'avoir convié les autres filles. Elles faisaient toutes des histoires, c'était vraiment trop compliqué à gérer d'après toi. Rachel ne parlait que de son mec, Lucie te mentait, Héloïse n'était pas drôle... À se demander si certaines créatures sur terre trouvaient encore grâce à tes yeux. Tu semblais profondément déçue de l'intégralité de ton entourage, blasée et irritée. Envers moi, tu te confondais en déclarations d'amour démesurées. Tu me parlais déjà de l'année prochaine, de nouvelles destinations ensemble. Sceptique devant ton humeur instable, je ne t'ai rien répondu et j'ai senti chez toi une grande déception. Comme si tu m'avais tendu la main, une dernière fois, et que je ne l'avais pas saisie. Ma dernière chance, ton dernier sourire.

Et voilà qu'aujourd'hui tu recommences à me tourmenter. Peut-être que mes hormones se sont équilibrées avec mes rêves.

Ou peut-être me suis-je libérée de toi. Peut-être est-ce autre chose. Ton bébé, soudain, je le devine, ne bouge plus. Je le sens. L'angoisse s'empare de moi. En fait, elle m'en rappelle une ancienne, plus sourde, enfouie depuis longtemps. Ta première disparition.

7

Un matin, Marceau a quitté Elvire. Quitter quelqu'un le matin, c'est un meurtre de sang-froid avec préméditation. Tout le monde s'interrogeait. Quelle mouche avait piqué Marceau ? Qu'est-ce qui n'allait pas avec Elvire ? « Oh, ça fait un bout de temps que leur couple battait de l'aile », « Il est discret, tu sais », « Oui c'est vrai, pis elle n'a jamais été marrante », « Elle ne boit jamais un verre, il paraît qu'elle est frigide », « Ah oui, maintenant que tu le dis, ça se voit, elle fait très femme-enfant », « Elvire s'en remettra, ils trouveront chaussure à leur pied, Marceau est beau comme un cœur, avec toutes ces filles à la fac qui lui tournent autour, il doit vivre un peu ! ».

Toi, tu écoutais tout ce que l'on racontait sur eux, sans rien dire. Brigitte, un avis ? Oh moi, je m'en fous, je voudrais juste trouver un mec, un vrai, clamais-tu en épluchant les concombres et en en enfonçant un dans la bouche, fière de ce geste obscène et décalé.

Je te racontais mes regards, mes baisers volés, tu me racontais tes espoirs. Samuel à la dernière soirée, la soirée Beigbeder, t'avait murmuré des tas de choses derrière l'oreille, là où tu pulvérisais ton parfum Chloé. *Raconte-moi tout Brune, et je te raconte tout aussi.* Nous étions deux confidentes heureuses.

Je te narrais toutes mes entrevues avec Marceau. Mon erreur a été d'avoir besoin d'en parler. Ma culpabilité passait par la parole. Aussitôt déchargée du poids de mes mensonges, de mes combines honteuses pour le rejoindre — un retard de crèche, une course urgente à faire en ville — aussitôt tu prenais en charge le secret et je ne m'en voulais plus.

Tu restais muette, qu'aurais-tu bien pu me dire ? Tu répétais que toute cette histoire était folle, que j'étais incroyable. Tu me conseillais d'effacer tout. Je ne cherchais pas ton avis, je m'en moquais. Je te prenais pour le Mur des lamentations version jouissance. Le réceptacle de ma joie et de mes confidences. Tu m'avais demandé de tout te dire, tu as su les moindres détails, surtout les inavouables.

Marceau et moi nous volions des baisers derrière les portes, nous écrivions des SMS et mails enflammés. Un jour il m'a envoyé son premier zeugma, le premier d'une longue série : « Je suis en voiture. Je cherche une place et tes lèvres. » C'était le tout début des smartphones, l'année précédant les tablettes, les avalanches d'applications, la synchronisation des messages et des photos, avant l'archivage dans le « cloud ». C'était l'époque où l'on pouvait encore tromper son mari relativement facilement. C'était il y a seulement dix ans.

Cette période paisible a pris fin un jour d'automne. Un message anxieux de Marceau me disait : « Rappelle-moi vite, Brune. Elvire a compris, elle va venir chez vous. »

Au téléphone, Marceau m'a chuchoté : « Elle s'est doutée. Elle a prêché le faux pour savoir le vrai. J'ai juste dit qu'on s'était embrassés à la soirée Beigbeder, dis comme moi. »

Paniquée, je t'ai tout de suite téléphoné. Tu m'as rassurée : « Calme-toi, Brune, ce n'est pas grave. Tu diras à Valéry que c'était un jeu, que tu étais bourrée. Quelle conne celle-là. Je lui casserai la gueule s'il le faut ! Tu es mon soleil, ça va s'arranger. Maintenant il faut que tu arrêtes avec Marceau. C'est trop dangereux pour ton couple et pour Rose. »

À peine avais-je raccroché avec toi qu'Elvire sonnait à la maison. Valéry lui a ouvert. En furie, elle a demandé où j'étais. Je suis entrée dans la pièce. Je suis là, Elvire. Tais-toi, connasse. Ne parle pas à Brune comme ça, Elvire, qu'est-ce qui te prend. Attends, tu n'es pas au courant ? À la soirée Beigbeder, Brune et Marceau étaient ensemble, tout est mensonge. Et moi je me fais larguer comme une conne, ils prennent tout le monde pour des cons ! C'est vrai, Brune ? Oui c'est vrai, Valéry, Elvire a raison, j'étais bourrée, il y avait Beigbeder, j'étais tellement euphorique, j'ai embrassé Marceau, je n'ai aucun sentiment pour lui, c'était pour rire, c'était un jeu. C'est tout ? Oui c'est tout, bien sûr, je n'ai pas jugé utile de te le dire, c'était un délire, Elvire ne supporte pas de s'être fait larguer, elle remet tout sur ma pomme. Je te crois, mon amour. Elvire, aurais-tu l'obligeance de partir de chez nous, s'il te plaît.

Petit à petit, le groupe d'amis s'amincissait. Eloi restait avec Maud, Elvire ne venait plus. Pourtant Valéry ne semblait pas affecté par l'incartade de son meilleur ami. Il avait tapé dans le dos de Marceau en riant de bon cœur : « Quand je te demande de surveiller ma femme, tu ne le fais pas à moitié toi, hein ? » Marceau n'avait rien répondu, ni baissé les yeux ni présenté ses excuses.

Un après-midi que j'étais seule, tu es venue chez moi pour discuter. Tu m'as demandé si j'allais bien, si cela n'avait pas été trop dur de rayer Marceau. Si ma vie reprenait son cours. Je t'ai dit oui, ça va, je gère, ne t'inquiète pas. Sous la table je tapais un message à Marceau, un léger sourire sur les lèvres. « Je voudrais encore être dans tes pensées 5 min dans la journée STP. »

En appuyant sur *envoyer*, ma montée d'adrénaline ne t'est pas passée inaperçue. Tu as compris que je te mentais. Délibérément. Tu m'as regardée bizarrement, je me moquais de toi, je ne te prenais pas au sérieux.

J'ai profité de quelques après-midi volés. Dans un parc, face à une vue panoramique de notre ville — les hommes adorent les panoramas et encore plus quand ils ont une femme à côté d'eux — entre deux baisers Marceau m'a offert des phrases définitives, de celles qui ensorcellent. « Quoi qu'il arrive, Brune, on se retrouvera toujours, tu entends ? On se quittera peut-être, mais on se retrouvera toujours. Et on aura une vie de dingues. »

Un autre après-midi, j'étais chez lui en ayant prétexté une séance de shopping avec toi. Je t'avais envoyé un SMS de dernière minute, tu serais mon alibi, je te sommais de ne pas décrocher si Valéry t'appelait. Je n'avais pas le choix, toi seule pouvais me couvrir. J'abusais de ta patience, de ta tolérance. Tu n'as même pas pris la peine de me répondre, et vers 15 heures, Marceau ouvrait une bouteille de champagne, remplissait deux coupes, branchait les BB Brunes en fond. Les textes d'Adrien Gallo étaient les nôtres. Ils étaient la BO de notre histoire d'amour. Marceau a pris le temps de faire monter le désir, il ne m'a pas touchée, jusqu'à ce que je n'en puisse plus, que je lui saute dessus, que le champagne coule sur nos corps d'automne. Nous ne sentions pas le froid dans son appartement d'étudiant sans chauffage, nous étions hors saison. Il ne prenait jamais la peine de jouir, il ne voulait pas se donner, parfois il me poussait violemment par terre lorsque le plaisir était trop proche, juste pour reprendre le contrôle quelques instants, et, depuis le parquet glacé, je le regardais, amusée et inquiète devant l'inachèvement.

Elvire t'a appelée un jour pour boire un verre. Deux verres. Partir en week-end. Elle te parlait peu de sa rupture, elle ne voulait pas t'embêter avec ça, elle te parlait de toi. Elle te sortait, vous alliez au restaurant, elle te ramenait gentiment en voiture et tu pouvais boire. Tu n'as pas vu le danger arriver. Tu t'es sentie proche d'elle d'un seul coup. Toutes ces soirées passées avec elle, alors que moi j'étais si loin, tu ne me voyais plus très souvent avec mes histoires ridicules. Dire que deux ans auparavant je t'avais éloignée pour m'occuper de Valéry à temps plein, et voilà que je le trompais. Valéry était si gentil, ta mère disait qu'il ne méritait pas ça. Tu ne comprenais plus. Soudain tu as eu l'impression de trahir Elvire. Après deux bouteilles, tu lui as avoué tout ce que tu savais. J'imagine ta voix affolée, *écoute Elvire, il faut que tu saches quelque chose, je me sens mal de garder tout ça pour moi.* Tu lui as fourni toute la vérité. La soirée champagne, la soirée Beigbeder, les dates, les heures, le simple baiser n'était pas qu'un baiser. Tu lui as raconté les moindres détails. Tu lui as dit pour Basile.

Elvire t'a remerciée chaleureusement, heureusement que tu étais là, tu étais vraiment une amie. Munie de ces précieuses informations, elle a composé mon numéro.

« Bonsoir Brune, c'est Elvire. Oui, encore. Je sais tout, et sache que tout se paie, un jour. Tu ne peux rien nier, ta meilleure amie m'a tout raconté. Tout. Elle est à côté de moi. Et je te souhaite une longue et heureuse vie avec Basile », ricanait-elle, fière d'elle.

« Brune, c'est Brigitte. J'ai ouvert les yeux sur toi. Tu n'es qu'une égoïste, tu veux tout et tout de suite, tu ne réfléchis pas aux conséquences. Tu es comme ta mère. »

Tu avais vingt-deux ans et tu ne savais pas. Tes parents géraient encore ton linge et ta facture téléphone. Comment pouvais-tu autant me détester, effacer toutes ces années derrière nous, la terminale, la cellophane, les cours d'allemand ?

Dans la foulée, Valéry a reçu également le coup de téléphone cataclysmique d'Elvire, son ton vindicatif et triomphal. Patient et éprouvé, il a clos la conversation rapidement : « C'est tout ? Bien. Laisse-nous tranquilles maintenant, Elvire, s'il te plaît. C'est notre couple et on va le gérer. Merci. »

Il a raccroché dignement et s'est effondré dans le canapé. J'avais peur. J'avais honte. Je n'avais rien à dire. Je me suis assise, interdite, à ses côtés.

« Pardon, ai-je bafouillé, pardon, je t'ai menti, je t'ai trompé, je déraille complètement, je ne sais pas pourquoi, pardon, pardon.

– Tu l'aimes ?

– Je ne sais pas, oui peut-être, oui je l'aime, oui, oui. C'était de plus en plus ambigu entre nous, je ne pense qu'à lui, je suis désolée, je te promets, je vais me ressaisir, je vais l'oublier, je tiens à toi et à Rose, ça ne se reproduira plus. »

Valéry, une fois n'était pas coutume, n'a pas pris la chose à la légère. Nous avons eu une longue conversation. Nous devions surmonter cette épreuve, je devais parler à Marceau, lui dire *c'est fini*. Je lui ai promis, sur le coup, je ne pouvais que promettre. Au fond de moi, je n'en croyais rien. Marceau était devenu mon obsession, ma raison de vivre, malgré Rose, malgré la famille parfaite que j'avais construite. C'était une histoire bien trop démesurée, qui prenait toute la place, qui décimait les codes et les priorités. Je n'éprouvais aucun remords vis-à-vis de Valéry, aucune culpabilité. J'observais sa souffrance mais elle ne me pénétrait pas. C'était comme si une force mystérieuse m'empêchait de descendre vers la réalité, l'ensemble de mes émotions convergeaient vers un seul être. J'étais gênée, bien sûr, les larmes de Valéry contrariaient ma joie, pourtant quelque chose était corrompu, et malgré moi, je pensais que c'était bien fait pour lui, qu'il l'avait mérité. Qu'il m'avait trop fait attendre, trop fait pleurer, seule dans mon studio. Que c'était à mon tour de sourire. Elvire avait doublement raison : non seulement je devrais payer, mais ma dette serait double. J'avais payé avant, et je paierais après.

8

Je rentre d'une soirée entre filles, à Paris, effondrée par la nouvelle.

C'est Lucie, entre l'entrée et le plat principal, qui annonce cela d'un coup, comme un scoop.

« Ah au fait, vous savez pas quoi ? Brigitte a fait une fausse couche. Sa mère l'a dit à la mienne en la croisant au marché. »

Je reçois cette triple information comme une énorme claque :

- Tu étais enceinte, je le savais.
- Je ne te vois plus dans mes rêves car tu as perdu ton bébé.
- Ta mère le raconte partout.

Soudain, ta fausse couche est mienne. Je souffre pour toi, je me touche le ventre et j'ai mal. Nous avions le même terme, et me voilà seule à poursuivre cette maternité.

Tu avais une date, tu avais un plus sur un bâtonnet mouillé, des prénoms en colonnes notés sur la page d'un carnet. Tu avais des rendez-vous prévus, des nouveaux vêtements adaptés et des marbrures sur tes seins. Tu avais des pages enregistrées sur Safari, des envies de concombre, des applications femme enceinte dont les notifications rythmaient tes journées. Tu as perdu ton bébé. Ton bébé ne jouera plus avec le mien. Il est mort, il lui est arrivé quelque chose. Il a eu froid, c'est ma faute. Non, je suis en plein délire, absolument rien n'est lié. Je ne savais pas que tu étais enceinte, j'ai juste rêvé de toi. Je feins l'étonnement et je ne réponds rien.

Il faut que je le dise à quelqu'un. J'envoie un texto à Matilde. « Brigitte a fait une fausse couche. » Elle me répond : « Ah bon, elle était enceinte ? » C'est compliqué de lui expliquer que je le savais, que tu étais enceinte comme moi, que je l'avais senti, que tu m'en parlais, mais pas vraiment pour de vrai. Alors je ne lui réponds rien, parce qu'elle s'en fout, tu as disparu de sa vie à elle aussi, ça fait cinq ans maintenant, je suis ridicule, tu as disparu de la vie de tout le monde. Plus personne n'a d'avis sur toi. On voit une photo de ton mariage défiler, on reste silencieux. Il n'y a plus rien à dire sûrement. Toute la soirée je ne pense plus qu'à toi. Je n'arrive plus à rire avec les filles. Je pense à ton corps vide, à ton désespoir, à ton ventre inutile, à nos rêves soudainement écourtés. Je n'écoute plus les conversations. Je n'ai pas plus envie d'aller me coucher, je ne te verrai plus.

Les filles remarquent mon désarroi, le prennent pour de la fatigue, culpabilisent de me faire sortir enceinte, me commandent un Über. Sur le retour, je ne parle pas avec le chauffeur, je ne fais pas le tour des réseaux sociaux. Je n'ai plus envie de rien. Ma grossesse n'a soudain plus de sens, je n'arrive plus à communiquer avec mon bébé. Je ne l'imagine plus dans mon ventre rond. Pourquoi mon ventre est rond, le bébé n'est pas rond, rien ne tourne rond d'ailleurs.

Nous avions le même terme, nous devions accoucher ensemble, qu'est-ce que tu as foutu ? Ils auraient joué ensemble les nuits, peut-être un jour se seraient-ils rencontrés en vrai, sans nous, au mariage d'un ami commun. Pourquoi as-tu perdu ton bébé ? Pourquoi me laisses-tu seule dans ma maternité, j'ai encore deux trimestres à tenir, comment je vais faire ? Pourquoi ne réussis-tu jamais rien du premier coup ? Prends-tu du plaisir à m'abandonner ? Je t'en veux terriblement.

Tu me trahis à nouveau, tu passes ta vie à me trahir. Je te déteste. Tu es une incapable, et si je le pouvais, je partagerais cet embryon qui s'accroche à moi, pour te faire revenir, rien qu'une nuit, une seule, on rirait sur de la musique neuve en fumant des clopes, comme avant.

9

Tu étais ainsi devenue l'amie d'Elvire et je ne te voyais plus. Je me faisais petite, je purgeais ma peine. Je ne me montrais plus, je portais à nouveau les foulards de ma belle-mère, j'étais à l'heure et en forme aux repas dominicaux. J'aurais pu tomber malade de tant de vertu.

C'était l'époque où se coucher tôt, ne pas boire d'alcool et faire du sport était plus toxique pour le corps que l'inverse; à vingt ans, on passe son temps à stresser l'organisme, comme si l'abîmer était vital.

Les lendemains de soirée, Valéry avait coutume de dire en m'apportant une part de pizza réchauffée au micro-ondes, ce dont je rêvais à mon réveil embrumé : « Une bonne cuite, ça décrasse. » Et il avait raison, depuis ta trahison, je ne sortais plus, je me sentais toute encrassée.

Valéry m'avait expressément demandé de rédiger une lettre de « rupture » à Marceau, elle était d'autant plus importante qu'il avait prévu de partir avec lui dix jours, faire un rallye en Afrique. Quelques personnes au courant de l'ignominie lui ont demandé, les yeux écarquillés : « Quoi ? Tu pars quand même avec Marceau faire le rallye ? Tous les deux dans le désert, toute la journée dans une voiture, et dormir dans la même tente ? Tu n'es pas un peu taré ? Tu comptes l'enterrer vivant dans le sable une fois là-bas ? »

Hors de question de renoncer. Les sponsors étaient prêts à payer, depuis des mois Valéry avait tout préparé, il voulait gagner le challenge, ramener la médaille à papa-maman, checker l'objectif. Il n'avait pas d'autre partenaire et c'était dans deux mois, il avait décidé de le faire avec Marceau, il le ferait avec lui, il lui devait bien ça, non ? Comment l'expliquer à ses parents sinon ? L'année suivante il projetait déjà de partir en mer, et son père ne serait pas peu fier.

Marceau n'avait pas donné son avis, il laissait les gens décider à sa place, et entassait dans un coin de son âme sa culpabilité.

Il a reçu mon mail la veille de Noël, dicté par Valéry. « Je ne veux plus te voir, je ne t'aime pas. Joyeux Noël, Félix. » Valéry trouvait ça bien de mettre une référence cinématographique, *ça dédramatisait.*

Le soir du nouvel an, Valéry lui a charitablement proposé de passer, nous serions, sans surprise, à la même table que d'habitude, avec autant de bouteilles qu'il en faut pour franchir le cap de l'année nouvelle et des résolutions déprimantes. J'aurais collé des faux cils à paillettes que j'arracherais vers 2 heures, n'y tenant plus.

Je savais qu'il viendrait, qu'il ne pourrait pas s'en empêcher. Il est arrivé très tard, vers 4 heures du matin, ma coiffure tombait sur mon mascara coulant, et les yeux mi-clos, je dansais. Je dansais, je ne m'arrêtais pas de danser. Ivre, je lui adressais des mouvements de tête peu discrets pour qu'il me rejoigne. J'étais désorientée et surtout très soûle. Nous étions une vingtaine et je me sentais seule, sans amour et sans toi, ma blonde, mon soleil, seule sur mon podium, livrée aux regards des hommes.

Tandis que je me noyais dans ma transe, Marceau errait entre les tables. Lorsqu'il m'a vue, il s'est immobilisé, puis a préféré s'éloigner et s'approcher d'autres filles, moins dangereuses, des connaissances éphémères. Elles collaient leurs seins contre lui et lui touchaient l'épaule, le bras, le poignet, l'air de rien. Alors j'ai dansé de plus belle.

Soudain un inconnu s'est approché de moi, il me pensait sans doute célibataire, nullipare, offerte. Il a commencé à se mettre en rythme dans ma danse, à lever les bras près de moi. Alors Marceau est sorti du troupeau de biches pour dire à Valéry : « Fais quelque chose, sinon je vais y aller. » Valéry a toujours eu horreur de se battre — Lune en Balance — il s'est approché mollement du type à qui je ne répondais pas. Le type a envoyé Valéry se faire voir d'un revers de main, alors Marceau a pris sa défense et a bondi — Lune en Lion — et l'a mis à terre, l'a roué de coups, jusqu'à ce que les videurs débarquent et le secouent, puis chassent Marceau de la boîte. Valéry est sorti pour le rattraper, Marceau l'a rejeté. Je me suis approchée de la fenêtre, et en passant ma main sur la buée, je l'ai vu repartir, en courant, les mains dans les poches, seul dans la neige. Je me suis aperçue dans le reflet, pitoyable et coupable.

Le lendemain, un mail dans ma boîte, en réponse à mon précédent message de rupture.

1er janvier. 13 h 56.
Marceau C. à Brune L.

Voilà on y est. Pour ceux qui n'avaient pas encore compris, maintenant c'est fait. Valéry doit être sur les nerfs, il commence à comprendre qu'entre nous ce ne sera jamais fini.

Je l'ai poussé à sauter sur le mec, que t'allumais, malgré toi, et j'ai suivi, je ne sais pas pourquoi, parce que je l'avais encouragé, parce que c'était toi, parce que j'avais envie de me faire défoncer, et après la fuite, la lâcheté, je voulais surtout m'échapper de moi-même, je ne me suis pas reconnu. Pas par rapport au mec, mais par rapport à toi, je cherche des réponses sans connaître les questions, je fais tout pour te voir, alors que je sais que c'est du suicide, tu te demandes pourquoi je ne danse pas avec toi, pourquoi je te tourne le dos, déjà de se regarder dans les yeux, on s'est tout dit, et tout le monde a compris. Je t'écris, mais je ne reçois pas de texto, j'imagine le pire, ce matin j'étais pas bien, Brigitte avait raison, y en a un qui souffrira, ce sera sûrement moi. Je l'entends te dire il y a quelques mois « ça finira mal ». Valéry perdu au milieu de gens qui ne le voient pas, et toi, perdue dans ton trip, ta zik, ton kiff, que tout le monde regarde, tes jambes, et moi, au milieu de tout ça…

Un pote que j'utilise pour me rapprocher de sa femme, sa femme qui se déhanche à en faire baver tous les mecs sur leur canapé, les mêmes canapés où je me retrouve au bras de ses amies, pour tester sa jalousie, un instant, cette jalousie que moi seul connais en fait, quand j'observe tous ces mecs que tu allumes, ton mari, ces filles qui font semblant de s'amuser, ces mêmes filles qui me dévisagent, me frôlent, me fixent, en attendant un geste de ma part, et qui comprennent que je ne suis pas là pour elles, que je suis dans ma bulle, une bulle de champagne qui éclate au contact de tes lèvres lorsque tu m'embrasses, comme celles que tu bois chez moi, sur mon canapé, chez toi, dans ton lit, ces lits où toutes ces bulles éclatent et font, un instant, un petit je ne sais quoi, qui me fait trembler.

Ce mail exprimait toute l'intensité dramatique de notre liaison. Une force invisible poussait le bateau de notre amour au large, à la dérive complète sans que nous ne puissions rien faire, sinon attendre le retour d'une accalmie propice à la douceur d'un courant qui nous porterait vers un lieu inconnu.

A débuté une longue période de vides et de creux, une sorte d'hibernation de trois ou quatre mois dont aucun souvenir ne m'est resté, si ce n'est celui de m'endormir blottie dans des rêves que j'avais déjà vécus.

10

Mon ventre a grossi d'un coup. Je m'installe dans mon hamac et j'écoute les oiseaux. J'observe mon nombril se soulever, parfois ce sont des petits coups rapides, parfois ce sont comme des boules qui roulent. Je m'efforce de concevoir que ces mouvements sont ceux d'un bébé, peut-être sa tête, peut-être ses pieds. Je ne réalise pas, je vais bientôt résoudre le mystère, que se passe-t-il vraiment quand on accouche normalement, sans aide, sans ocytocines, quand on laisse le bébé prendre son temps, sans le droguer. Quand on ne nous abandonne pas pendant cinq heures allongées sur le dos à poil dans une salle climatisée, avec des tuyaux partout. Est-ce que les vaches et les chattes accouchent sur le dos percées de cathéters ? Non. Peut-être parce que je considère que notre reproduction n'est pas supérieure à celle de la vache et la chatte, je veux accoucher sans péridurale. Je me suis lancée ce défi bizarre, et c'est devenu une obsession. Ce n'est pas pour l'effet de mode, plutôt me pendre que de faire des trucs *wild*, nuits en yourte et autres réjouissances médiévales. Non, c'est autre chose, je voudrais savoir, je voudrais le vivre, je voudrais accoucher *vraiment*. J'accoucherai en salle nature, dans un bain chaud ou suspendue à des lianes.

Je ne sors pas beaucoup de chez moi. Je ne pense plus à rien, je ne pense plus à toi. Depuis la soirée filles, je suis en convalescence de ta peine que je partage, bien malgré moi. Je ne parviens pas à savoir si je préfère ne plus te voir la nuit. J'ai bien essayé d'en parler à Iris, mais elle t'a en horreur. Iris te hait depuis *l'évènement*.

« Quel intérêt de rêver de Brigitte, franchement, Brune. Tu veux la revoir ? Non, bon alors, tu veux quoi ? Recevoir un faire-part ? Pense plutôt à ta grossesse. Elle ne mérite pas tout ce temps pris pour elle dans tes pensées.

– Tu crois que je le fais exprès ? Nous sommes restées sur cette amitié inachevée, il y a une brèche non refermée, je ne sais pas pourquoi elle est partie.

– Elle est partie parce qu'elle est comme ça, extrême, parce qu'elle a peur qu'on lui pique son mec, parce qu'on lui rappelle son échec. Elle veut s'éloigner de tout ça, c'est comme si on était un gros paquet de merde. Elle voulait construire sa vie sur un terrain vierge, avec des gens nouveaux. Laisse tomber, elle nous déteste, si tu avais entendu comme elle hurlait dans le téléphone : *Des putes, des putes, vous êtes toutes des putes !* Ils se sont bien trouvés si tu veux mon avis, il est fou à lier lui aussi. »

Iris a au moins eu le privilège de rencontrer ton futur mari. Cela est arrivé dans cet ordre : tu as rencontré ton mari à un mariage en août, tu m'as quittée pendant la semaine de vacances en septembre, tu l'as présenté à Iris à la Toussaint, puis tu as quitté tout le monde.

Iris a passé la soirée des présentations à draguer ton Oscar — comment pourrait-il en être autrement dans ta version des faits ? Musicienne comme lui, elle l'a accompagné à la guitare, puis au piano et à la flûte de pan. Tout ça la robe relevée jusqu'à mi-cuisse, elle ne portait sans doute pas de culotte et l'envoûtait par des prières chamaniques. La garce, c'est évident, elle voulait le séduire, et non pas seulement jouer la carte de l'amie sympa pour te faire plaisir! Tu t'es raidie devant son attitude odieuse et Oscar dans ton regard a senti une foudre imaginaire s'abattre sur lui pour des semaines entières. Tu es partie te coucher, il a bu quelques bouteilles tout seul et, foutu pour foutu, il a plaqué Iris contre ton frigo tandis qu'elle y rangeait ta tapenade cellophanée, pour tenter de l'embrasser. Comme toute sorcière qui se respecte, Iris s'est effarouchée et esquivée.

Ne supportant pas le poids de la culpabilité et du mensonge, Oscar t'a tout avoué quelques jours plus tard en implorant ta miséricorde. Tu lui as offert ton pardon et sûrement quelques nuits d'abstinence. Tu as téléphoné à Iris pendant des heures, il t'avait fallu deux bouteilles de rosé, as-tu dit d'emblée — comme si quelqu'un t'avait forcée — et tu l'as insultée, l'as descendue plus bas que terre, l'humiliant sur son passé, ses parents. Tout le monde y est passé. *Des putes, vous êtes toutes des putes*, en boucle. La détruire psychologiquement ne t'a pas suffi. Munie de tous les petits secrets qu'Iris t'avait confiés depuis le début de notre amitié commune, tu as eu l'étrange idée d'en dévoiler la totalité par SMS à Aristide, l'amoureux d'Iris. Comme il la connaissait bien et avait une expérience de la vie plus large que la tienne, il a su faire la part des choses, a haussé les épaules sans accorder le moindre crédit à tes messages et les a effacés dans la foulée. Non, il n'apprendrait pas qu'elle avait flirté un soir avec un interne six ans auparavant.

Justicière de l'espace! est un euphémisme pour décrire la médiocrité de tes actes. À écouter tes discours et ta philosophie parfaite, il était invraisemblable que tu atteignes ce niveau de bassesse. Tes valeurs semblaient écrites dans ton âme à l'encre sympathique.

Après, par prudence, tu les as toutes rayées. Iris, Matilde, Lucie, Rachel et les autres. Tu as incendié l'intégralité de la maison de ton passé pour éviter tout témoin ou empreinte compromettante. Étrangement, tu as gardé Valéry dans la liste de tes amis proches, tant pis pour le risque que tu prenais.

Au vu des évènements avec Iris, j'étais contente de ne pas avoir à être cordiale avec Oscar. J'ai souvent imaginé le croiser, ce prince tant attendu, et je lui aurais tenu ce genre de discours :

« Bonjour Oscar, je suis Brune, la meilleure amie de Brigitte avant que tu ne débarques dans sa vie. Je suis celle que tu as remplacée. Je suis celle qui veillait sur elle comme tu le fais aujourd'hui, je connaissais ses envies et ses démons. On se disait je t'aime. Je suis heureuse de te rencontrer, prends bien soin d'elle. »

Et je lui aurais tendu un relais imaginaire.

Cette soirée-là, Oscar était déjà désespéré devant ton foutu caractère et, à part boire à outrance et séduire une alliée, ce qu'il recherchait surtout c'était une clé pour te désamorcer. Nous le cherchions aussi, ce cher passe-partout qui aurait déverrouillé ta mauvaise humeur.

Après cet épisode, tu as sans doute appris à vivre comme tous les couples le font : avec des casseroles aux fesses, des déceptions et des rancœurs engendrant de nouvelles déceptions. Des Iris de toutes sortes et de tous bords, il y en aurait souvent entre votre mariage et votre mort. Ces désillusions font hélas partie du cheminement de la vie conjugale. Personne ne peut y échapper, tout le monde vit avec les ombres de l'autre. J'aurais aimé être ta confidente à ce moment-là de ta vie, recueillir ta première fureur, calmer tes angoisses. J'imaginais ton cœur battre, les doutes t'envahir. Rien de bien méchant au fond dans cette histoire, pas de grande trahison dans ce baiser rageux, mais je savais le romantisme qui t'habitait parfois. Tu n'oubliais rien. Toi non plus, tu n'aimais pas être déçue.

11

À cette période de ma vie où le temps filait sans moi, résignée et figée à nouveau dans une existence qui ne me correspondait pas, Valéry et Marceau sont partis à bord d'une petite voiture couverte d'autocollants. Leurs sponsors comptaient sur eux et leurs parents les prenaient en photo. Ils posaient côte à côte, leurs bagages en main, une casquette sur la tête. Ils souriaient simplement. J'étais là bien sûr, Rose dans mes bras, je faisais bonne figure. Bon voyage, les garçons. Après le signal, leur coccinelle a démarré dans un bruit infernal, Rose battait sa petite main en l'air, vainement. J'observais la tache rouge s'éloigner, emportant mari et amant, ensemble pour quinze jours. Quelle drôle de vie m'étais-je choisie?

Quatre mois s'étaient écoulés sans te croiser, sans te parler. Pas un seul échange non plus avec Marceau depuis le nouvel an. Le néant. J'en profitais pour m'occuper de Rose et aller chez le coiffeur.

Cet évènement anodin et totalement superficiel me permet de me repérer chronologiquement. Il y eut un avant et un après la frange.

La chienne, comme disait mon père. Une chienne, et tous mes démons sont revenus. Elle s'arrêtait net sous les sourcils, elle était épaisse, à la mode et structurait mon look. Ma frange m'a donné envie de porter un short en jean et des bottines. Mon short et mes bottines m'ont fait danser, danser m'a fait racheter des cigarettes, fumer m'a menée à écouter Gainsbourg. Il était de nouveau très tendance en 2010, un film était sorti, ses tubes étaient repris, un souffle d'insolence flottait dans les mentalités, nous vénérions ce poète maudit et disparu.

Je redevenais ainsi une catastrophe. Je me sentais magnétique et mon âme grande ouverte aggravait mon cas.

C'est dans cet état que je t'ai recroisée, et c'est ainsi que je t'ai reconquise. Un jour que je devais retrouver Matilde en ville, je l'ai appelée sur le trajet pour la prévenir d'un léger retard et j'ai senti qu'elle était gênée. « Je suis tombée sur Brigitte... je suis avec elle là, en fait... On boit un verre... Tu peux venir quand même si tu veux, enfin, elle veut bien, elle aimerait bien je crois. Fais comme tu veux. »

N'ayant rien à perdre, j'ai annoncé que je vous rejoignais.

Lorsque tu m'as vue, j'ai lu du plaisir et de la bienveillance dans ton regard. À ce moment précis, j'ai mis de côté ta trahison, j'étais si heureuse de te revoir.

Tu avais l'air détendue par les quatre verres de blanc précédemment avalés.

« Écoute, Brune, je ne veux pas gâcher cette soirée, et je ne veux plus reparler de tout ça. Je voulais juste te dire que je m'en voulais. Je m'en veux terriblement de t'avoir trahie. Tu me manques. Quand je pense à ton sourire, je suis très triste. Quand je te vois avec cette nouvelle coupe, ta joie de vivre, je ne veux qu'une chose, c'est revenir dans ta vie et que tu me pardonnes de t'avoir trahie. Tu es mon amie, j'ai été manipulée par Elvire, je l'ai compris trop tard, je sais que ce n'est pas une excuse. J'étais à côté de mes pompes, je ne te comprenais pas. Je ne pense pas t'avoir totalement comprise, mais je m'en moque. Je t'ai jugée et je n'avais pas à le faire. Pardonne-moi. »

Comblée par la joie de te revoir, j'ai acheté une rose à un vendeur ambulant. Tu m'as offert un grand sourire, puis tu t'es levée en criant : « Allons danser ! »

Je me suis levée à mon tour, nous sommes parties toutes les trois, tu as laissé la rose sur la table, tu ne voulais pas t'encombrer, sans doute. Une heure plus tard, nous nous sommes serrées dans les bras l'une de l'autre sur un tube à la mode. C'est ainsi qu'a débuté la période la plus faste de notre amitié. *I'll never be the same, if we ever meet again.*

12

Notre amitié renaît, et tu réapparais.

Cette nuit, tu m'as fait un très beau cadeau, une crème de luxe anti-vergetures, je dois bien la refermer après chaque utilisation car elle coûte une fortune. Si ma silhouette est fine, ma peau l'est beaucoup trop, et elle pourrait bien ne pas reprendre toute son élasticité d'avant bébé. À trente ans ce n'est pas pareil qu'à vingt, me dis-tu. Assise à côté de moi, je te laisse effectuer ta démonstration. D'un air médical, tu effectues des petits mouvements circulaires avec le pouce, pour bien faire pénétrer le produit, la vitamine E.

« C'est important que tu commences à l'appliquer au moins deux fois par jour à partir du quatrième mois ; c'est là que tout se joue. »

Je ne te contrarie pas, tu prendrais la mouche, même en rêve.

Tu es à nouveau enceinte, j'en suis sûre, tu es revenue dans ma vie comme tu l'as fait des années auparavant.

Je me réveille doucement en pensant à toi. Cela doit être tout frais, le temps de te remettre de la fausse couche, nos bébés auront quatre mois d'écart. Hier dans mon rêve, tu es venue, belle et fière, ton petit carré blond, une sage robe vichy coupée au-dessus du genou, me l'annoncer.

Mes rêves n'ont pas changé de décor, ta maison de Bretagne revient immuablement. Il y fait souvent beau, le jardin est calme, l'arrosage automatique se mêle au chant des éperviers. Le soir, la fraîcheur tombe très vite et tu me couvres les jambes d'un plaid très doux.

Nos conversations sont toujours bizarres, compétitives. Tu veux systématiquement comparer la taille de nos ventres. Souvent tu mesures avec ton mètre ruban nos hauteurs utérines. Puis tu me dévisages longuement avec un air de reproche.

Je cherche dans mes rêves des explications, des indices, mais tu ne me dis presque rien. Seul ton regard est lourd de sous-entendus. Tu viens me voir comme si tu n'avais pas le choix, ou alors comme si tu n'en avais pas le droit. La différence semble énorme, pourtant à bien y réfléchir elle est mince. Je crois que je suscitais chez toi le rejet et l'attraction simultanément. Il y a toujours un moment dans le rêve où nous sommes en phase, et même si ce moment est court, il me régénère, je m'y accroche de toutes mes forces. Je me refais cent fois le film, à la fin je ne sais plus ce qu'il s'est passé, je brouille moi-même les cartes.

Si cette maison de vacances est le lieu de nos rencontres nocturnes et de mon enquête, il est aussi celui de notre rupture. Nos derniers moments, tes regards assassins, tes sursauts quand j'entre dans la pièce, tes silences. C'est un lieu irrésolu.

13

Quelques jours après le soir de nos retrouvailles, j'ai croisé Marceau dans un couloir de la fac. Je l'avais seulement revu en photo, sur celles du rallye. Valéry me les avait montrées en commentant leurs parcours, leurs embûches. Il était rentré bronzé, n'avait pas évoqué Marceau, aucune difficulté ou tension n'a été mentionnée, c'était la technique de l'autruche ou du compost, tout allait bien, tout était rentré dans l'ordre.

Marceau n'a pu s'empêcher de m'attraper le bras.

«Tu t'es coupé les cheveux devant, a-t-il lâché, nerveux.

– Oui, tu vois bien.

Il m'observait, perplexe.

– Tu vas où?

– J'allais me prendre un café.

D'un mouvement de tête, il m'a fait comprendre qu'il m'accompagnait.

La cafétéria était par chance déserte, et déjà coupables d'être ensemble, nous sursautions à chaque craquement.

– Bon. Comment tu vas, toi? lui ai-je lancé, faussement gaie.

– Comment tu voudrais que ça aille ? Quinze jours avec ton mari, Brune, comment tu veux que ça aille.

– Mon mari, c'est ton ami à la base.

Il regardait vers le bas, en touillant machinalement son café sans sucre.

– Tu sors ce soir ? a-t-il osé, en guise de réponse.

– Oui, on fait une soirée filles, chez Sidonie et les autres.

Il a planté enfin son regard dans le mien.

– Et après, tu fais quoi ? »

Dans mes yeux perdus sous ma frange, il a aperçu la brèche.

Quelques heures plus tard, j'étais chez Sidonie. Elle se pomponnait tandis que je fumais à sa fenêtre. D'ordinaire, je ne la fréquentais qu'à la fac. Il était rare que je mélange les deux mondes. Cela m'arrangeait bien, puisque personne là-bas n'était au courant de mes écarts avec Marceau. Tu n'avais pas eu la bêtise de raconter ma vie sur tous les toits. Je n'aimais pas vraiment Sidonie. De fait, l'ambiance universitaire n'était pas pour moi. Sidonie était une des moins pires. Alors je me forçais un peu.

« Tu crois qu'il sort, Marceau, ce soir ? m'a-t-elle demandé, rêveuse.

– Marceau ? ai-je répété d'une voix aiguë. Pourquoi tu me demandes cela ?

– Comme ça... je l'aime bien. Et puis, depuis qu'il est célibataire il est devenu beaucoup moins timide. C'est le mec le plus mignon de la fac, j'aimerais bien sortir avec. Tu as de la chance qu'il soit dans ton groupe d'amis depuis le lycée. »

Plus tard, chez Gaston, un bar huppé de la ville, de mon Nokia rose bonbon, j'ai rédigé quelque chose comme : « Où es-tu mon amour ? Nous chez Gaston. » Et Marceau de débarquer, Sidonie heureuse d'un seul coup, ses clins d'œil survoltés à mon égard. Marceau en jouait, il nous a payé quelques verres, puis il s'est dirigé vers la sortie. D'une main il a remonté le col de sa veste et il a planté l'autre dans ses cheveux fins.

Une heure plus tard, j'ai pris congé de Sidonie. Non sevrée et irrécupérable, je n'ai pas résisté à la tentation de passer devant chez Marceau. Il m'attendait sagement, tout en haut de l'immeuble. Sa fenêtre au cinquième étage jouxtait le ciel, l'apercevoir en train de me guetter me procurait un vertige inversé. La porte s'est ouverte sans que je sonne. J'ai quitté le froid de la nuit pour m'engouffrer dans le marbre du hall d'entrée.

J'ai gravi les trois cents marches, lentement, très lentement, à tâtons, sans allumer la lumière.

« Le meilleur moment dans l'amour, c'est quand on monte l'escalier », écrivait Clemenceau. J'aurais pu passer la nuit à monter les marches, vers l'amour qui m'attendait en haut. Cela faisait quatre mois sans lui. Le clac de mes talons, régulier. Tout se jouait dans l'escalier, dans l'ascension de mon corps vers le sien. Clac-clac-clac-clac. Il devinait ma silhouette, mes ondulations de hanches entre chaque pas, mon ombre danser vers lui. Clac-clac-clac. Je suis arrivée à sa hauteur, il a senti mon essoufflement. Clac-clac. Ce que nous faisions était vraiment très interdit, c'était de la récidive, nous risquions *perpète*. Clac. La porte s'est refermée sur notre folie.

Voilà comment, quatre mois et une frange plus tard, je vous avais reconquis tous les deux. Le printemps s'offrait à moi, l'hibernation était finie, je m'offrais un second tour de grande roue.

Puis nous avons repris l'habitude de nous retrouver toutes les deux, comme avant mais en mieux, comme un couple qui aurait surmonté des épreuves, en totale fusion de notre amitié. Samuel était un électron libre. Il pouvait te parler pendant une heure et puis t'oublier des mois, ne pas répondre à tes SMS. Tu souffrais pendant des jours en attendant que ton portable sonne, et tu finissais par pleurer de rage. Alors tu t'es mise à en fréquenter un autre. Un certain Jérôme. Son grand malheur était d'être foncièrement gentil. Cette relation démarrait mal, tu faisais tout pour l'éviter. La première fois, tu t'étais encore endormie dans ses bras, pendant sa démonstration d'amour. Forcément, ça l'avait refroidi. Il avait une très grande bouche, tu l'appelais *mon batracien*. Il était fou de toi. Quand il a compris l'importance que j'avais dans ta vie, Jérôme s'est rapproché de moi. Il voulait tout savoir de toi, de nous, il voulait des tuyaux, des confidences, des récits d'enfance. Quand il avait bu, il dansait d'une façon un peu efféminée, et tu le lui disais. Il ne se vexait jamais, il persévérait. Il était brave et trop con, il ne mettait pas assez en avant son intelligence (Taureau). La seule raison pour laquelle tu ne quittais pas Jérôme le batracien était qu'il était le meilleur ami de la sœur de Samuel. Et la sœur de Samuel vous invitait régulièrement chez elle, dans les Vosges, dans son chalet, où Samuel séjournait souvent. Pendant que Jérôme l'aidait à préparer le barbecue, tu conversais tranquillement avec Samuel en rangeant la terrasse. « Alors tu as repris tes études, comment t'occupes-tu en ce moment ? »

Bon sang, Brigitte, Iris et moi te hurlions par SMS, ne lui parle pas de ses études ! Pose-lui des questions embarrassantes, pique-le, il s'en fout du temps qu'il fera demain, de vos relations en commun ! Il manquerait plus que tu lui parles de ses hobbies ! Tu veux devenir une confidente chiante ? Plaque-le dans un coin, dis-lui que tu as envie de lui, kidnappe-le et tirez-vous !

Samuel n'était pas sot, il savait très bien manier les ficelles avec toi. Tantôt sain et lumineux, il te proposait un tour de via ferrata, il troquait alors son pantalon à pinces pour un short et une casquette, il passait devant toi en ajustant ton mousqueton, tu n'avais plus qu'à admirer ses mollets galbés durant la balade. Tantôt dépressif et cynique, il te lançait une pique acide sur ta façon de t'habiller *trop classique*.

Il te gardait sous le coude et sous le bras à la fois, te tourmentait autant que son âme l'était. Le batracien ne captait rien à votre petit jeu, il semblait ravi que tu t'entendes avec sa meilleure amie et son frère, loin de se douter qu'ils étaient la raison de ton rapprochement avec lui. Quand, bien des mois plus tard, la meilleure amie a déménagé dans le sud de la France et que Jérôme ne te servait plus à rien, tu as été confrontée à l'évidence de votre rupture.

Dès nos retrouvailles, je t'avais reparlé de Marceau. Je ne pouvais pas me passer de lui, je le revoyais depuis peu. Tu as été touchée par cette confiance aveugle que je te vouais. Je prenais un risque démesuré de me confier à nouveau à toi.

Ton comportement avait changé, tu ne me faisais plus la morale, tant qu'à être au courant et complice de mon adultère, tu tenais à m'aider, être informée. Tu m'as promis d'être le meilleur alibi possible, tu voulais te faire pardonner de m'avoir trahie. J'aurais pu refuser, mais ta proposition était tentante.

Tous les mercredis, je disais à Valéry que j'allais te rejoindre, et je retrouvais Marceau pour un après-midi volets fermés. Je devais ruser pour entrer chez lui car Sidonie passait son temps à l'espionner. Elle avait remarqué les volets clos — *Tu sais quoi, Brune, Marceau passe ses journées dans le noir.*

Valéry était ravi de nous savoir réconciliées. Il t'aimait beaucoup. Nous avions partagé des moments forts en terminale, puis en médecine. Nous avions surmonté des épreuves intenses, il était heureux de te revoir avec nous, à la maison, jouer avec Rose, et s'entendait plutôt bien avec Jérôme.

C'est ainsi que j'ai passé les meilleurs moments de ma vie avec Marceau, tout un été, à l'abri de ton secret. Des mots d'amour par milliers, des mails, des poésies, des cheveux dans l'herbe, le soleil sur nos corps à moitié dévêtus, sa voiture garée à l'improviste sur le bas-côté d'une route de campagne, ma fille à la crèche, Valéry jamais là — il avait trouvé un job saisonnier pour que l'on soit *indépendants*. Tout cela était trop beau pour être vrai et tellement honteux. L'univers entier conspirait à ce que je le trompe avec facilité. Je vivais les choses, j'expérimentais, je te racontais.

À bien y réfléchir, notre amitié n'a jamais été aussi forte et extatique que pendant toute cette période, celle située entre ce que j'appelle « tes deux trahisons ». Tu ne m'as jamais autant aimée que lorsque j'étais folle d'amour, délurée, perchée, rebelle, mystérieuse, poétesse, hors cadre. Tu m'aimais pour mon anticonformisme, pour tout ce que je réveillais en toi de différent de ton éducation et de ta mère. Tu m'aimais quand je dépassais les limites, et que tu les franchissais avec moi, toutes ces soirées à défaire et refaire le monde avec Iris, notre trio infernal, nos *lardis soir*. Inventer des jeux de mots vulgaires, boire du champagne à outrance, n'être jamais malade, tout encaisser. Imaginer des plans pour que tu revoies Samuel, écrire des scénarios, des messages non aboutis ou très crus à Marceau, se réveiller le lendemain et s'appeler pour chanter *« All the crazy shit I did tonight »*. Le *lardi* d'après, même bar, même vin, toutes les trois, l'heure tournait, nous ne pouvions nous arrêter, nous attendions le dernier moment, nous exécrions le raisonnable et l'utile, nous métaphorions d'un mot, d'un moment, et pour rien au monde nous n'aurions voulu que la magie des *lardis soir* s'évanouisse comme elle l'a fait. Une telle liberté serait forcément compromise un jour, nous profitions de ce rab d'irresponsabilité, nous rattrapions les années perdues entre les deux P1 et les stages à l'hôpital. Nous voulions exhiber nos robes et notre franc-parler, nous nous prenions pour trois artistes sous la lune, nous voulions rire allongées par terre en mangeant des pommes.

Un jour que nous nous promenions toutes les deux, tu as formulé une requête, d'un air hautement sérieux :

« Promets-moi, Brune, que plus tard, lorsque j'aurai rencontré mon mari, tu seras mon alibi comme je l'ai été pour toi. Je partirai en week-end rejoindre un amant suédois, et tu me couvriras. » Je t'ai promis, je te devais bien cela, puis plus tard en me quittant tu m'as épargnée, je ne connaîtrai jamais la culpabilité d'être l'alibi de quelqu'un. Parfois je t'imagine, heureuse avec ton Suédois au coin du feu.

14

Passionnée des planètes, j'ai contacté une astrologue avant de tomber enceinte, avant de créer une nouvelle famille avec l'Homme de ma vie. L'astrologie, tout le monde s'en moque et tout le monde veut savoir. *Ah, moi j'y connais rien, tu sais. Et sinon les Gémeaux alors, ils sont comment?* Je ne lis pas les horoscopes, je m'intéresse aux thèmes astraux. Je crois à l'influence des fréquences et des signaux physiques, à l'empreinte vibratoire que les planètes ont inscrite en nous à notre naissance, à leurs discordances et leurs affinités. Je crois aux éléments et à leur énergie. Je crois aux marées émotionnelles que la Lune, Jupiter et toutes ses copines ont gravées en nous. Je crois que je pourrais bien m'entendre avec tous les signes d'air tellement cet élément m'est indispensable. L'astrologie est pratique, elle permet de prendre en charge les comportements.

Voilà la question que j'ai posée à l'astrologue : est-ce que j'allais finir comme ma mère, vu que jusqu'ici j'avais reproduit le schéma? Est-ce que j'allais finir par le quitter lui aussi, faire du mal à tous les hommes?

L'astrologue m'a dit de ne pas m'inquiéter, j'avais affronté les trente premières années de ma vie la problématique de

Pluton placé en maison IV, celle de la famille. Traduction : « Vous voulez comprendre, car l'amour de vos parents dont vous êtes issue n'existe plus. Vous répéterez le schéma jusqu'à ce que vous compreniez. »

J'ai compris, il me semble. J'ai ainsi passé trente années à résoudre ma problématique familiale, à subir et faire subir toutes les conséquences qui en ont découlé.

Quand mon éditrice vénérée aux dons divinatoires et psychanalytiques me demande innocemment de relater un souvenir de mon enfance avec ma mère, un seul me revient systématiquement en tête : je l'attends. Je suis chez mamie et papy, j'ai passé le week-end ou le mercredi chez eux, il fait nuit et *j'attends maman.* Comme d'habitude, elle n'arrive pas. Je suis fatiguée et j'aimerais retrouver ma chambre et ma maison. Je suis debout, immobile, postée devant la baie vitrée de la salle à manger. Je sais qu'elle fait ça chaque fois, qu'elle n'est jamais à l'heure, moi je me tiens toujours prête, j'ai fermé mon livre et l'ai rangé dans mon sac. Papy regarde la télévision et mamie trie mes affaires. Je guette l'angle de la rue, celui où les voitures arrivent; à chaque bruit de moteur l'espoir gonfle ma poitrine, avant d'apercevoir la *mauvaise* voiture, celle qui n'est pas à ma mère. À l'époque elle avait une petite Golf décapotable bleue. Maman a toujours eu des décapotables. J'adorais quand elle venait me chercher à l'école et qu'elle avait *décapoté.* Je traquais la jalousie dans les pupilles de mes copines, sautais fièrement dans l'engin et enfonçais sur ma tête la casquette qu'elle me tendait pour éviter les insolations.

Je suis toujours chez mamie, une heure se passe, maman et ses SMS n'arrivent pas car les portables n'existent pas. *Elle va arriver,* affirme mamie pour me rassurer. Je finis par m'asseoir en manteau devant la fenêtre et j'observe les lumières de la rue, les chats qui traversent. Papy râle : « Bon sang, où est-ce qu'elle est encore barrée ta mère ! », mamie hésite à aller chercher un jeu, maman pouvant arriver à tout instant. Alors elle s'assoit à côté de moi et me propose de compter les voitures rouges. Puis les voitures vertes. Puis toutes les voitures. Et quand je ne m'y attends plus, à la millième voiture noire peut-être, un bruit de moteur tonitruant envahit l'espace, la voiture déboule à l'angle de la rue. Maman en sort, merveilleuse et flamboyante. Qui pourrait lui reprocher son retard ? Je crie *maman !* et m'enfonce dans son long manteau ouvert. Et son parfum, et ses bijoux. Je rentre à la maison.

Quelle problématique résolvait-elle, ma mère ? Que faisait-elle, à trente ans ? Après quoi courait-elle, toutes ces heures ? Cherchait-elle l'argent, la réussite, la reconnaissance ? Une identité, une classe sociale ? Elle, à trente ans, peu après ma naissance, s'est teint les cheveux en blond et dansait tous les soirs. Je n'ai jamais connu ma mère avec ses cheveux noir de jais et crépus. Souvent, petite, je devais l'aider à faire son brushing et lisser sa crinière blonde. *Plus haut, tiens bien la brosse, Brune ! Je ne vois rien derrière, je suis sûre que c'est tout plat !* Je l'accompagnais chaque semaine chez le coiffeur pour qu'elle camoufle ses racines. Sur les photos de moi bébé, à la maternité, ses grands cheveux noirs et frisés m'effleurent le visage. Je ne la reconnais pas. La voiture que j'attends n'est peut-être pas de la bonne couleur.

15

Un soir, j'ai volontairement jeté mon portable contre le mur du salon. De toutes mes forces. Tellement violemment qu'il s'est éteint. C'est exactement ce que je voulais, qu'il s'éteigne. Valéry s'est précipité dessus, a trituré tous les boutons. Quelques instants plus tôt, il avait subitement déverrouillé au tournevis les W-C dans lesquels j'étais tranquillement enfermée.

« C'est quoi ton code PIN bon sang, c'est quoi ??

– Je ne sais plus, ai-je répondu calmement.

– Je suis persuadé que tu écrivais à Marceau, ça fait une heure que t'es aux toilettes, qu'est-ce que tu fabriques ? Tu crois que je ne te connais pas ? Que je ne vois pas quand tu as les yeux qui divaguent ? Tu me prends vraiment pour un abruti. J'ai bien vu comment vous vous êtes regardés quand on est partis, de la soirée. Tu lui écrivais quoi ? "Oh t'es trop beau, je t'aime, j'ai envie de toi" ? Rallume-moi ce portable sinon je le bloque.

– Bloque-le, ça ne me dérange pas.

Valéry m'a contemplée, effaré.

– Franchement Brune, arrête de me prendre pour un con. Avoue-le, tu vois toujours Marceau ?

– Non pas du tout, tu te fais des idées.
– Pourquoi tu ne veux pas me montrer ton portable, pourquoi tu le balances contre le mur si tu n'as rien à cacher ?
– C'est mon portable, tu n'as pas à fouiller dedans. »

Je détestais répondre ce genre de phrases, comme Valéry détestait ce genre de scènes. J'essayais de sauver encore quelques meubles, et sans mot dire nous écoutions Brel dans la voiture :

Et chaque meuble se souvient, dans cette chambre sans berceau, des éclats des vieilles tempêtes... Ô mon amour, mon doux, mon tendre, mon merveilleux amour...

Ces moments gênants survenaient de plus en plus fréquemment. Valéry cherchait une preuve. Pourtant Marceau et moi prenions quelques précautions, nous ne nous écrivions que sur une boîte mail cachée, au mot de passe improbable, en navigation privée pour ne pas retrouver le serveur dans l'historique. À peine adultes, nous connaissions honteusement toutes les ficelles des relations adultérines.

Seulement voilà, entre deux lignes de cours, Marceau m'avait écrit *Tes mains tes yeux ta bouche tes mains ta bouche* au crayon de papier, pour que je tombe dessus en révisant. Jamais Valéry ne prenait mes notes, malheureusement ce jour-là il n'arrivait pas à se relire, était allé chercher mon classeur, était tombé sur ces mots.

Il me les a mis sous le nez, heureux d'avoir enfin une preuve tangible. Jamais Valéry n'avait pensé à me quitter. Il m'a simplement demandé de mettre à nouveau fin à cette relation. Pour ce faire, il a appelé Marceau lui-même, lui a donné rendez-vous au parc en bas pour qu'il me présente ses adieux, puis à l'heure dite, m'a expressément sommée de m'y rendre, lui dire *cette fois c'est fini, vraiment*. Ma fille, dans les bras de

Valéry, me souriait, elle n'avait que deux ans, ne comprenait rien à la teneur de notre conversation. Ses grands yeux me regardaient intensément, avec admiration. Je pleurais, j'étais une si mauvaise mère, aveuglée par un amour démesuré. J'avais vingt-trois ans et j'étais poussée par l'impétueux courant de la vie.

Au parc, Marceau et moi sommes restés silencieux. Il n'y a pas eu de dernier baiser, nous pleurions tous les deux dans la même direction.

Je suis remontée, Valéry m'a accueillie par un « C'est bon, c'est fait ? ». Oui, lui ai-je répondu les yeux rouges. Il a trouvé un peu de pitié et m'a laissée une heure seule pour me remettre, mes larmes impossibles à contenir étaient intolérables. Quand il est revenu avec Rose, elle m'a tendu une rose de couleur rose, achetée pour me consoler de mon amant perdu, et passer à autre chose. Valéry était un évangile, l'effort, le pardon et la résilience bouillonnaient en lui. Il voulait sauver notre couple, et mon égoïsme gâchait tout. Je t'ai mise au courant de la situation par messages, tu avais l'air vraiment très contrariée. Pas une seule phrase de morale, pas une seule phrase de compassion non plus. Cette histoire ne t'allait pas. Tu semblais pourtant être de mon côté.

J'ai tenu bon vingt-quatre heures. Pire qu'une junkie. Le lendemain, un immense bouquet de roses écarlates m'attendait dans mon casier à la fac, elles sont tombées sur ma tête en me piquant les joues. Marceau était passé le matin, très tôt sans doute, déposer la preuve de notre incapacité à nous oublier.

Sidonie a vu la scène, a écarquillé les yeux devant l'immense bouquet. Elle a ouvert la bouche comme pour en sortir un son, d'un regard je l'en ai dissuadée. C'était trop tard, tout le monde avait vu et semblait surpris, il était étrange que Valéry me fasse cette surprise. Quelqu'un a ramassé un morceau de papier sur lequel était écrit : *On ne s'en sortira pas vivants.*

Je les ai emportées avec moi, fièrement, tous m'ont vue déambuler dans la rue, cet énorme bouquet de roses d'un mètre dans les bras. Chez moi, je les ai disposées dans un très grand vase, à côté du soliflore où baignait la rose rose de Valéry qui, dans un déni total, n'a *absolument* pas remarqué la présence du bouquet les jours suivants. J'ai fini par jeter toutes les roses en même temps, une fois fanées. Avant cela, le soir même, Valéry de sortie et seule chez moi, je me suis déshabillée, j'ai pris toutes les roses de Marceau dans mes bras, et, allongée à même la moquette, je me suis photographiée, le corps recouvert d'épines et de pétales rouge carmin. J'ai envoyé ces photos de nu à Marceau et t'ai mise en copie dans les destinataires. Je voulais que tu saches, que tu comprennes, la violence de notre amour, sa puissance, son irréductibilité. Je voulais te montrer, que cela était possible, d'aimer quelqu'un au-delà de toute raison, de tout avenir. Je voulais que tu me trouves belle, étendue ainsi dans mes roses rouges. Je voulais un témoin de mon amour pour lui, pour qu'un jour tu puisses justifier nos atrocités. Que tu dises oui c'était dégueulasse, cette histoire de nana qui se tape le meilleur ami de son mari, mais tout était si intense, je voulais que tu me confortes dans ma créativité, que tu me défendes le moment venu, au nom de l'amour.

Je t'ai retrouvée quelques jours plus tard. Tu étais calme, sereine.

« Maintenant, Brune, il faut que tu quittes Valéry, votre amour est assez fort avec Marceau, s'il s'en sent capable vous devez prendre une décision, vous devez assumer vos actes. »

Je n'étais pas prête, pas sûre, je voulais rester avec ma fille, je ne pouvais pas prendre cette décision. C'était trop tôt. J'ai écourté notre conversation.

C'est Marceau qui a décidé de la suite. Il allait partir à la rentrée suivante. Il avait choisi l'Italie, afin d'effectuer sa dernière année de fac, en Erasmus. Pour s'éclater, pour m'oublier, pour que je sauve mon couple et ma famille. Et de toute façon, *Brune, où que j'aille, quoi que tu fasses, n'oublie pas, on se retrouvera toujours.*

Nous n'avions plus que deux mois à nous voir, alors nous en avons profité. Nous nous sommes vus partout. Nous faisions l'amour tout le temps, n'importe comment, dans des jardins, des parcs, sur son capot de voiture, dans la rue la nuit, contre un mur. Je faisais des détours d'une heure parfois pour le croiser à son cours de tennis, l'apercevoir à travers les filets. Lui courait sous la pluie pour m'arracher un baiser mouillé pendant que je sortais les poubelles. Nous nous écrivions des poèmes, des chansons, des anagrammes. Nous nous embrassions comme si nous n'avions que deux mois à vivre, ce qui était le cas. Nous prenions des petites routes de campagne, nous nous hurlions *je t'aime* à tue-tête à bord de sa décapotable, mes cheveux volaient à l'air libre, nous prenions des photos que nous effacions aussitôt. Je le faisais fumer et il toussait pour me faire rire. Nous avons rempli notre cœur d'images parfaites et de moments romanesques, nous étions cela, une histoire d'amour insatisfaite et désespérément romantique, nous aspirions à être les héros damnés d'une pièce de Shakespeare.

Un jour, il est parti. Sidonie avait également choisi de passer sa dernière année en Erasmus, de surcroît en Italie. Pour plus de facilité, ils se mettraient en coloc. Je sentais Sidonie jubiler. Je n'avais rien à dire. Plus de mille kilomètres, pour une durée totale de dix mois. Tous les ingrédients étaient là pour clôturer notre histoire. Et pourtant. Jamais nous ne nous sommes autant aimés que pendant ces dix mois. L'absence et le manque ont révélé notre amour et nous avons réduit en bouillie la distance qui nous séparait.

16

J'ai souvent essayé de me mettre à ta place. Pour comprendre le besoin que tu avais de m'éradiquer de ta vie. À quel point je devais être toxique pour que tu ne prennes même pas la peine de m'expliquer. Notre rupture m'obsède, et pourtant je ne me suis jamais vraiment remué les méninges sur le sujet de ton départ. *Rack one's brains*, avais-tu écrit à Samuel une fois qu'il ne comprenait pas tes avances. Avec Iris on avait ouvert de grands yeux.

« Ça veut dire quoi *rack one's brains* ?

Et tu nous avais expliqué, fière, sans te démonter.

– Cela veut dire *creuse-toi la cervelle* ! Je trouve ça génial comme phrase, Samuel va passer sa soirée à en chercher la signification, ça va l'intriguer c'est sûr. »

Iris et moi nous étions regardées, consternées. Comme si Samuel allait vraiment passer sa soirée à chercher. Comme si Samuel s'intéressait à autre chose qu'à sa mélancolie.

Dans l'enquête sur ton départ, je ne me suis jamais *racké* la cervelle. Dans un premier temps, j'ai bien sûr essayé de soutirer des informations aux personnes que tu voyais encore avant de déménager définitivement chez Oscar, notamment à Matilde. D'après elle, tu te serais plainte de mes talents de manipulatrice. J'ai été surprise. Trop spontanée, trop franche, incapable de garder un secret, ça oui. Volage, égocentrique, bruyante, voyante, j'en conviens volontiers. Mais *manipulatrice*? J'étais presque flattée devant ce qualificatif.

J'ai tenté de glaner des informations auprès de Lucie, car c'est Lucie qui t'avait accompagnée chez Leclerc, aux dernières vacances, ce fameux jour où ton regard s'est chargé en haine de façon définitive. Je lui ai demandé mille fois s'il s'était passé quelque chose dans ce supermarché, si elle t'avait posé des questions, si tu lui avais parlé de quelque chose. Lucie m'a affirmé que non. Elle se souvient de t'avoir vue t'éloigner pour téléphoner. Un coup de fil important, avais-tu dit. Plus tard Lucie a soutenu ne pas être allée au supermarché avec toi. Les souvenirs s'estompent, pour tout le monde, l'enquête est devenue impossible. Le plus probable est un malentendu, une rumeur à laquelle tu as cru. La tristesse de cette hypothèse si elle se révélait vraie, croire quelque chose sans chercher à me confronter, stopper net une amitié de plus de dix ans pour un vulgaire mensonge, tout cela m'a plongée dans une telle détresse que j'ai cessé mes investigations. Quelle que soit ta raison, elle n'était pas bonne, elle était seulement un prétexte pour me faire disparaître de ta vie, tu voulais une page vierge, sans le souvenir de tes précédents échecs, un homme inconnu au bataillon, une nouvelle ville, des copines fraîches et un diaporama vide à ton mariage. Tu ne voulais pas d'une meilleure amie casserole, divorcée, fille-mère. Pourtant je ne t'ai jamais menti, jamais trahie, toujours aimée.

17

En Italie, Marceau était entouré de magnifiques *brunes*. À en croire ses e-mails, les Italiennes répondaient toutes au stéréotype Monica Bellucci : pulpeuses et drapées d'une longue crinière parfumée, des mots chantants naissaient de leur immense bouche rouge et suggestive. Leurs mollets fins sautillaient sur leurs escarpins, elles instauraient une chaleur inédite. Leur attitude contrastait fort avec la sauvagerie française.

Tu restes ma BB Brune à moi, tu sais.

Dans un premier temps, je voyais ses photos sur les réseaux sociaux, j'en crevais de jalousie. Je restais seule face à mon ordinateur. Valéry en profitait pour partir en vadrouille tous les soirs. Entre le hors-temps et le vide, la vie continuait sans moi. Je plaçais une façade sur mon visage, j'étudiais, je dormais, me levais, jouais avec Rose. J'évoluais dans le monde sans le vivre. Mes seuls moments de bonheur étaient ceux où je m'autorisais à revivre nos scènes d'amour et à les écrire. J'avais mis un mot de passe sur mon texte, et chaque soir, je replongeais dans des souvenirs charnels.

Cette période n'a pas duré très longtemps. Passé le temps de l'installation, Marceau cherchait constamment du réseau pour m'appeler ou m'écrire. Je lui répondais. Plusieurs centaines de mails se sont ainsi succédé. Dès leur arrivée à Padoue, Marceau avait avoué à Sidonie notre liaison. Elle en était restée sans voix. Elle comprenait mieux pourquoi il repoussait ses avances. Marceau passait ses soirées enfermé dans leur appartement à m'écrire plutôt qu'à sortir, nos mails faisaient parfois dix pages, nous nous racontions tout, et tu m'encourageais.

Iris aussi était au courant de ma liaison, et le trépied d'amitié parfaitement équilibré que nous formions suppléait le vide que Marceau avait laissé. Je me nourrissais de ses lettres, lui envoyais quelques colis parfumés, des playlists sur CD de nos souvenirs, j'ai même décidé d'apprendre l'italien en cachette. Au cas où, et puis parce qu'il l'étudiait aussi, je voulais être un peu avec lui, dans sa nouvelle langue. Je pouvais désormais comprendre les mots de ses amis sur Facebook.

Deux mois à peine s'étaient écoulés depuis son départ quand Valéry m'a annoncé l'anniversaire de Maminette qui, pour marquer le coup, invitait toute sa famille à Venise. La Cité des Doges était à une demi-heure de Padoue, et j'y séjournerais avec douze personnes. Lorsque je l'ai annoncé par mail à Marceau, il m'a renvoyé :

« Parce que tu crois vraiment que l'on réussira à ne pas se voir ? Qu'est-ce qu'on fait, je te mets des indices dans tout Venise, je t'attends sur une gondole, je t'appelle par une fenêtre, tu te retournes, je ne suis plus là, je t'appelle par une autre, et je finis juste derrière toi, je te prends la main, la serre, et je te chuchote dans l'oreille, comme sur les quais de la gare à Paris... Ou ça se termine en course-poursuite dans tout Venise avec des cascades, des sauts de bateau en bateau, des pigeons qui s'envolent, des cafés renversés, des cris, et des coups de pied... ? »

Le week-end est vite arrivé. Installation des bagages dans les appartements, premier dîner, première nuit, la brume d'automne enveloppante. Le rose des maisons baignant dans le vert de la lagune, le fer forgé des fenêtres, le calme, le clapotis, Venise la sublime.

8 heures, le lendemain. Il m'a envoyé un mail très court.

« Je serai sur le Rialto à 16 heures. Je n'ai pas de portable. Je t'aime. »

Comment pouvais-je opérer pour le rejoindre ? Je jugeais plus difficile le fait de ne pas le voir que le contraire. Je n'avais pas de plan, je savais seulement que j'y parviendrais.

Sur le Rialto à 16 heures, sur le Rialto à 16 heures…

Imaginer la rencontre, le revoir, le toucher, une seconde, une minute peut-être. L'angoisse et l'excitation me tordaient le ventre. Je me suis levée d'un bond et j'ai préparé le petit déjeuner pour toute la famille.

10 heures. Après la classique visite du palais des Doges, nous avons gravi les marches du campanile, sauf Maminette qui préférait gesticuler des grands coucous depuis la place Saint-Marc.

À cet endroit divin, devant ce panorama inégalable, un plan machiavélique a germé, le pire de toute mon existence de menteuse.

« Valéry, mon amour, penses-tu que cela soit possible que nous déjeunions tous les deux ? Nous sommes dans la ville des amoureux tout de même, puisque nous y sommes en famille, ils comprendront peut-être que l'on veuille s'éclipser quelques heures juste toi et moi ? »

Valéry était contrarié mais, au vu du peu de requêtes que je lui avais adressées l'année passée, il a accepté.

12 h 30. De douze personnes, nous n'étions plus que deux. Il ne m'en restait plus qu'une à éliminer, mon mari. Nous avons choisi un restaurant, j'ai fait exprès de le contredire, je me rendais volontairement insupportable.

13 heures. Nous n'avions toujours pas trouvé le restaurant. Je jouais à la princesse, trop de monde, de touristes, de soleil, de vent, pas assez joli, pas de terrasse pour fumer. Valéry contractait les mâchoires. Nous avons fini par nous installer dans une guinguette, je critiquais l'ensemble alors que tout était superbe. Valéry était triste et las. Lorsque nous sommes sortis de table, il a proposé une exposition et j'ai grogné. Je m'arrêtais à chaque boutique, surtout les plus laides, il me suivait en traînant dans les rayons, pire je m'intéressais aux boutiques attrape-touristes. Lorsque j'ai voulu essayer une robe *I Love Venezia*, il m'a demandé si je blaguais, je suis restée des plombes en cabine, à changer trois fois de taille pour ne finalement pas l'acheter. Il devenait très énervé, j'étais près du but.

15 h 45. Je suis entrée dans une énième boutique de déguisements et masques vénitiens. C'est là qu'il a dit exactement ce que j'attendais : « Bon. Je te laisse faire du shopping toute seule. Perso, je ne suis pas à Venise pour ça. Je retrouve papa-maman, dans une heure on se rejoint ici. » J'ai confirmé d'un geste neutre, masquant ma jubilation. Ok, on fait comme ça. Voilà, j'étais seule. Une sale menteuse, mais enfin libre.

16 heures. J'ai couru vers le Rialto et je l'ai abordé par l'ouest, lorsque au même moment Marceau arrivait par l'est, sur la même rive piétonne du pont. Nos yeux se sont heurtés, nous nous sommes retrouvés en haut, au centre du Grand Canal, sous le soleil. Ses paupières se sont plissées.

Ciao bella.

Un vaporetto est passé sous le pont à l'instant où il m'a embrassée, des touristes nous ont immortalisés sur leur pellicule. Il n'y avait plus que lui et moi à Venise.

Cependant, rester là était risqué. Il m'a pris la main, m'a entraînée dans les ruelles, là où quelques heures plus tôt les Vénitiens marchandaient entre les étals. La *calle* étroite dans laquelle nos corps se sont retrouvés finissait sur l'eau en une étroite fente, de laquelle on pouvait apercevoir les *vaporetti* passer. Cette ruelle était sans nom, elle empestait le poisson et soudain j'ai aimé l'odeur du poisson. J'aimais cette ruelle qui puait, humide, c'était la plus belle que j'avais jamais vue, je voulais y dormir, y habiter, me noyer à son extrémité. Je ne voulais plus jamais en sortir. Je le lui ai murmuré, il a répété. Il tremblait, il était heureux puis plus du tout heureux, il était perdu, il ne savait pas où il allait, sans moi, à quoi ça rimait, tout ça, de m'avoir laissée là-haut, en France, avec Valéry. Nous rattrapions le temps perdu en une heure. Tous les mots d'amour étaient inédits, nous tremblions en nous embrassant. *Je vais devoir repartir.* Marceau pleurait, je pleurais. Il riait, je riais. Il a fini par disparaître derrière la ruelle sans nom. Je me suis rendue au point de rendez-vous, rejoindre ma belle-famille, ma vie concrète. Valéry a remarqué d'emblée l'absence totale d'achats pendant mon heure de quartier libre, et m'a félicitée.

Le soir, discrètement, j'ai tapé à Marceau deux mots :
Je reviendrai.
Il a aussitôt répondu :
... Et tu resteras.

Cette histoire était la mienne, ma vie n'aurait plus jamais la même intensité. J'exprimais enfin toute ma folie retenue. La pleine conscience de savoir ces moments uniques m'apportait fierté et douleur à la fois. J'étais née pour vivre cette tragédie, l'écrire et mourir. Marceau m'avait été envoyé comme cadeau, et je me devais d'en faire un roman très beau.

Ma façon de te le décrire en rentrant, enflammée, rendait vaine toute tentative de procès à mon encontre. Impuissante, tu as gardé pour toi tes mises en garde et tu as prétendu être heureuse pour moi. Tu me répétais que j'étais extraordinaire.

Suite à cette aventure, grâce à l'extase que j'éprouvais en continu, je communiquais avec tous les amoureux, je ressentais l'infinie tristesse des adieux sur les quais de gare, les regards de jalousie lancés à des dîners, les tremblements des mains et les plus discrètes parades de séduction. Je comprenais tout à coup le sens de certains livres, et de l'Art en général, je percevais enfin l'amour du monde.

18

J'attends une petite fille. Elle aura mes yeux, la bouche de l'Homme de ma vie et un sourire communicatif. Elle sera grande et elle aimera rire, car je lui transmettrai ça, le rire, à tue-tête, rire très fort, rire pour de vrai, ne jamais se retenir de rire. Elle ne saura rien de toute cette histoire que je t'écris, elle sera née après, elle me prendra pour une adulte accomplie, de celles qui ne se posent pas de questions et qui vous donnent les bonnes réponses. Pour un enfant, un adulte va toujours bien. Une maman est toujours là, un papa est toujours fort. Ma fille ne saura pas, ma vie avant son père, l'Homme de ma vie. Ce n'est que bien plus tard, quand elle-même construira sa famille, qu'elle se demandera ce qui est arrivé *avant*. Quand elle aura mon âge, cet âge où je la porte dans mon ventre, elle réalisera qu'a priori elle a atteint ma maturité mentale, qu'elle est capable de raisonner autant que moi, de transposer à sa situation. Elle pensera à sa sœur aînée, elle imaginera sa joie d'avoir une petite sœur malgré le divorce, malgré l'éclatement de la cellule familiale. Elle ne saura pas que Rose est née dans ma première vie, et elle dans la deuxième. Et même si elle aura toujours eu conscience de la présence d'un ex-mari, dans son for intérieur, ces choix d'adultes se seront opérés en toute quiétude et de façon responsable, dans un temps très lointain qui ne la concernait pas, et soudain le présent rejoindra son passé, qui sera le mien, et elle ressentira le chaos d'alors, elle comprendra les non-dits, se souviendra des phrases étouffées, peut-être même qu'une grand-mère ou une tante lui en parlera de façon mystique. Je touche mon ventre et je compose, entre mes deux vies, l'air de rien, tout est normal, tout va bien, je ris et il n'y a plus de problème.

Dans les placards, ma petite fille trouvera des photos où tu poses avec moi, des dizaines de photos que je n'aurai jamais réussi à jeter, elle me demandera *c'est qui ?* et je lui répondrai *c'est Brigitte, une amie du lycée.* Elle n'aura rien à demander d'autre, elle ne saura pas ce qu'il y avait entre nous, cette fusion incroyable, l'importance de l'amitié, elle la vivra avec d'autres Brigitte, mais elle ne percevra jamais le manque lié à ta disparition. Peut-être que Rose lui parlera de toi, peut-être qu'un jour elle te croisera, toi ou tes enfants.

Plus tard, mes deux filles devenues adultes discuteront de moi entre elles, me noieront de reproches, elles se jalouseront, se confieront, s'entretueront peut-être, mais elles s'aimeront beaucoup, comment peut-il en être autrement lorsque l'on vient du même ventre ?

Je n'ai pas eu de sœur, toi non plus. Une sœur c'est quelqu'un qui vous voit grandir, vous observe, vous adore et vous déteste. Et si une sœur, par définition, est quelqu'un qui subit *le même sort* que vous, alors nous avons été sœurs souvent. Par chance, nous étions trop différentes physiquement pour que l'on ait l'idée de nous comparer. C'était notre force, notre complémentarité. Toi, blonde et d'apparence sensuelle, froide et sèche à l'intérieur, et moi l'inverse, grande asperge brune et hautaine, mais débordant de tendresse et de larmes à la moindre occasion.

J'attends une petite fille. Comment sera-t-elle ? Douce, brutale ? Gentille ou colérique, femme farouche ou sûre d'elle ? Le miracle de la vie l'attend, elle a tout à découvrir. La chair de ma chair grandira, bourrée de tout l'amour dont je déborderai, mes filles ne sauront pas quoi en faire, à part le transmettre à leur tour. Et c'est ainsi que la terre tourne depuis toujours, entre le besoin et le trop-plein, à donner ou à recevoir.

19

Tu en avais assez du batracien. Entre mon voyage à Venise et Noël, tu as voulu sortir et danser avec moi, *comme avant*. Rien de plus simple. La nuit ne nous avait pas oubliées, elle était même heureuse de nous retrouver. *Salut miss, tu vas bien ?*

Sans l'avoir calculé — pour une fois — tu es tombée sur Samuel à l'entrée de la boîte. Son sourire t'a illuminée, ses deux bras sont passés autour de ton cou. Il était d'humeur câline. Tu as replongé instantanément, malgré tout ce que tu t'étais promis, malgré nos conversations raisonnées à son sujet et l'énorme panneau « sens interdit » collé sur son front.

Il t'a amadouée, payé un verre et m'en a offert un aussi. Je le regardais en coin, méfiante. Il avait intérêt à assurer ce soir. Je ne disais rien, je vous laissais bavarder.

Puis comme dans un mauvais rêve, Elvire a surgi. Nous ne rêvions pas, elle tournait vraiment autour de nous, hargneuse. Elle nous a jaugés tous les trois, cela faisait presque un an que je ne l'avais pas vue, depuis sa rupture avec Marceau, depuis ta trahison. Elle semblait profondément déçue de ne pas avoir réussi à matraquer notre amitié. Je sentais dans son regard un élan profond de colère, elle plissait les yeux, puis soudain elle a disparu, tel un oiseau de mauvais augure.

Au fil de la soirée, ton corps se rapprochait de celui de Samuel, il n'avait d'yeux que pour toi et il avait l'air prêt ce soir, disponible comme jamais cela ne lui était arrivé. Dans un coin tranquille, mon corps dansait, autonome et serein, je vous surveillais du coin de l'œil.

Tout à coup Samuel s'est éloigné, il avait une envie pressante, t'a fait signe qu'il revenait dans cinq minutes. Les cinq minutes me paraissaient longues quand toi tu ne semblais pas t'en inquiéter.

Un mauvais pressentiment m'a fait voguer vers les toilettes, pas de Samuel. J'ai descendu les escaliers, très vite, en bousculant quelques verres, me suis fondue en excuses maladroites. Lorsque je me suis retrouvée enfin à l'extérieur, j'ai avalé l'air de l'hiver, et je l'ai recraché, fumant, le corps brûlant.

C'est alors que j'ai aperçu Samuel. Il était de dos et s'en allait. J'ai crié *Samuel!* Il ne s'est pas retourné, seule la personne qui marchait à ses côtés a pivoté, c'était Elvire. Elle l'entraînait quelque part. Elle savait très bien ce qu'elle faisait, elle avait dû lui proposer quelque chose d'immédiat, de facile, Elvire cernait parfaitement les failles des êtres comme lui, elle avait réussi à panser en une minute sa peine et son désir. Je m'époumonais et elle continuait de marcher, se collant à Samuel qui la prenait dans ses bras. Voilà comment Elvire avait décidé de me faire mal, en te punissant toi. Elle fabriquait ta colère, pour nous détruire encore, que notre amitié soit à nouveau en péril. J'assistais ainsi, impuissante et fautive, à ce désastre.

Tu étais redescendue et tu avais vu la scène. Tu ne t'es pas énervée, tu serrais les poings avec sang-froid, tu as allumé deux cigarettes en même temps, m'en as tendu une. Devant mes larmes, tu m'as embrassée et m'as rassurée, tu m'as assuré que ce n'était pas ma faute, ils étaient cons tous les deux. Je ne savais pas quoi dire, à part que Samuel te ne méritait pas, qu'il fallait que tu l'oublies, que tu passes à autre chose. Tu hochais la tête en fumant nerveusement. En rentrant à 5 heures du matin, encore un peu imbibée, j'ai posté sur le mur Facebook de Samuel la vidéo de France Gall : *Laisse tomber les filles, un jour c'est toi qu'on laissera.* En me réveillant quelques heures plus tard, je l'ai supprimée.

Quand tu t'es remise de cette humiliation, tu as quitté le batracien et commencé à fréquenter un nouveau garçon, Henry. Votre relation n'a pas duré longtemps même s'il te sortait au cinéma et riait aux blagues de tes frères. Vos deux cœurs non épris se sont mutuellement quittés et sans grande peine. Il y a quelques mois, sur Facebook, j'ai appris qu'Henry et Elvire s'étaient mariés. Un ami qui sortait beaucoup répétait sans cesse : « La vie est une partouze et les enfants regardent. »

Les fêtes de fin d'année sont arrivées, et avec elles le désir de revoir Marceau. Il avait prévu de rentrer pour Noël. Nous comptions sur l'effervescence des évènements pour nous croiser un instant, et sur notre imagination pour inventer des heures qui n'appartiendraient qu'à nous.

Le dernier soir de mon stage, localisé à cinquante kilomètres de chez moi, j'ai prétexté une excuse bidon, l'équipe du cabinet organisait un pot pour mon départ. Fatiguée et alcoolisée, il était préférable que je me prenne un hôtel. Bien sûr, personne n'avait organisé quoi que ce soit, Marceau m'a rejointe et nous avons passé ainsi notre première vraie grande nuit. Un dîner dans un restaurant anonyme, un vin bien choisi, une mise en situation d'amoureux. C'était étrange et nouveau, monter ensemble dans notre chambre, se laver les dents, prendre son temps avant de se dévorer, et puis ne pas dormir, ou quelques secondes peut-être, le temps après l'extase. Entre deux assauts, ses doigts effeuillaient mon dos, légers, hypnotisants, jamais il n'a voulu s'endormir, il m'observait, me caressait, murmurait mes mots préférés. L'amour remplaçait le sommeil.

Le retour de bâton s'est fait sentir un mois plus tard lorsque mes dernières endorphines ont complètement disparu. Marceau était reparti à Padoue, j'étais en manque, je pleurais beaucoup, je ne parvenais pas à me résigner à ces moments épars. Énigmatique, tu m'as proposé un verre et un plan. Pour le verre, un saint-estèphe, pour le plan, je ne pouvais qu'accepter.

Tu me suggérais d'aller à Padoue un week-end, avec toi. Faire une surprise à Marceau. Débarquer à l'improviste et déboulonner son cœur. Tu n'avais jamais pris l'avion, et tu voulais « t'envoyer en l'air » avec moi. Paris-Venise, ton premier vol.

C'était une proposition insensée, je te remerciais, t'embrassais. Tu allais te dépuceler des airs à mes côtés, ne pourrais jamais le dire à quiconque, de plus tu t'engageais clairement dans mon adultère, risquant de perdre l'amitié de Valéry qui t'était chère. Tu me proposais de feindre un week-end shopping à Paris toutes les deux, nous y ferions une ou deux photos de nous, pour y prouver notre présence, puis nous filerions à Orly Est. Tu as balayé mes scrupules d'un revers de la main. « Je te dois bien ça, je m'en voudrai toujours de t'avoir trahie. » Nous avons fixé une date ensemble, tu as acheté les billets avec ta carte bleue.

Comme j'aurais aimé mettre sur pause ce moment unique, celui que je considérerai toujours comme le plus beau de toute notre amitié. Le jour J, une heure avant le décollage, nous nous sommes installées sur le rooftop de l'aéroport, le coin fumeur d'Orly Est, l'excitation à son comble, une demi-bouteille de champagne à la main. Nous les avions aperçues dans la vitrine du duty free, ces fameux flacons d'ivresse roses et dorés. Tu m'avais fait un signe de tête : *On s'en prend une ?* Il était 11 heures du matin, notre ventre se tordait de stress, nos mains étaient moites et tremblantes, moi de faire cette surprise à Marceau, toi de prendre l'avion pour la première fois. C'était le moment de s'offrir *un petit apéro.*

De ce lieu magique, nous avons observé les avions décoller en fumant une cigarette exquise, notre ivresse était potentialisée par notre secret. Nous parlions à peine, nos pupilles dilatées s'en chargeaient, notre amitié était à son sommet. Nous n'avions plus besoin de partir, ce que nous étions venues chercher était là, dans ce défi bizarre, s'envoler ensemble quelque part, protégées par le vertige complice de l'aventure.

20

C'est dimanche soir, j'attends sur une aire d'autoroute. Je suis rarement en avance, alors je prends le temps d'observer l'activité des personnes qui y passent. Une fois par mois, je récupère Rose à équidistance de nos domiciles respectifs. Je ne revois Valéry qu'en ce lieu froid et impersonnel. C'est toujours la même aire, toujours à la même heure.

Visiblement nous ne sommes pas le seul couple divorcé. Sous mes yeux, des dizaines d'enfants changent de parents en une quinzaine de minutes. Des enfants mais aussi des adolescents, des bébés parfois. Souvent leurs géniteurs ne se parlent pas, sortent à peine de la voiture. Les échanges s'opèrent tels des tours de passe-passe ou des deals de cocaïne : dans la honte et le silence. Donne-moi mon enfant, je te donne ta pension. Et une valise sort d'un coffre pour entrer dans un autre, on oublie que ce ne sont que des vêtements, que ce n'est pas si grave ; que, de toute façon, c'est foutu.

Plus rarement, certains semblent heureux de se retrouver, blaguent ensemble, partagent une cigarette, un pique-nique. Leur enfant profite les yeux brillants de cet éphémère moment de vie à trois. Ses parents semblent si bien s'entendre dans leur divorce qu'il se demande pourquoi ils se sont séparés. Il attendra fébrilement le prochain week-end, et l'espoir que ces derniers se remettent ensemble bouillonnera en lui longtemps.

On n'a encore aucun recul sur cette jeune génération. Je me demande ce qu'il en ressortira des statistiques, comment fait l'enfant pour se construire avec l'image de ses parents ensemble uniquement sur une aire de repos. Peut-être une phobie de la voiture ou de l'autoroute, des mariages au péage.

Notre couple de divorcés fait partie de ceux dits *assez intelligents* pour faire comme s'il n'y avait pas de malaise, Rose aussi, elle prend un air détaché alors qu'elle est occupée à nous scruter d'un œil. Valéry observe mon ventre rond, me complimente, cela me va toujours aussi bien, dit-il poliment. Je lui souris, reconnaissante d'entretenir de bons rapports. Parfois ça dérape tout de suite, le mépris cogne, les remarques fusent, et je préfère ne pas m'éterniser, surtout si Rose est sale et fatiguée, nos visions de la vie et des priorités ont trop divergé.

« Brigitte est enceinte, maman ! C'est papa qui me l'a dit », m'annonce Rose en rentrant dans la voiture. Elle sait bien que j'aime avoir des nouvelles de toi, et qu'elle est mon seul *indic*. Je feins la surprise, masque mon contentement. Tu es enceinte de trois mois. Cette fois-ci, ton bébé est bien accroché.

Je fais coulisser ma ceinture sous mon gros ventre et je démarre. Je suis si heureuse pour toi que je lance l'album complet de France Gall volume maximal. Rose et moi nous mettons à hurler les paroles de *Ma déclaration*, *Ella, elle l'a*, *Ce soir je ne dors pas*, et enfin *Poupée de cire, poupée de son*. Rose ne sait pas que ces chansons appartiennent à notre amitié, que tu les adorais, mais de me voir si enjouée elle chante à tue-tête, fière de notre joyeuse complicité. Je regarde son petit profil, si délicat, son nez droit, son grain de beauté en dessous du sourcil.

« Qu'est-ce qu'il y a, maman, tu as l'air si heureuse !

– Je le suis, mon amour, tu es belle, je t'aime, je suis fière de toi. »

Je la gave de mots d'amour pour qu'elle ne se pose jamais la question.

Te savoir à nouveau dans le même bateau que moi, celui de la maternité, me comble de joie. Je nous revois complices dans mon studio, puis à la fac, et enfin à Orly sur le rooftop.

Boucle ta ceinture de sécurité, darling, l'avion de notre meilleur souvenir s'envole. *Viens, je t'emmèèèène,* chante Rose.

21

Le pilote a annoncé le décollage et tu m'as serré le poignet très fort. Je t'avais placée près du hublot, tu te sentais bien, tu écarquillais grands les yeux. La compagnie nous a servi une légère collation et très rapidement la vue aérienne de Venise s'est présentée à nous. La lagune, le Grand Canal, la place Saint-Marc. Tu observais, silencieuse. C'était en compagnie d'un couple illégitime que tu t'apprêtais à visiter la Sérénissime.

Évidemment, Sidonie était prévenue et participait à la surprise. Depuis l'aveu de Marceau, elle en était devenue la confidente et *elle savait que je savais qu'elle savait*. Elle s'était remise de son étonnement et de sa déception, et flirtait depuis quelques semaines avec un Italien. Je lui avais expressément demandé d'inventer une excuse cohérente pour faire venir Marceau à l'aéroport. Elle avait pensé à son propre cousin, que Marceau adorait mais ne connaissait pas assez pour l'appeler ou lui écrire. Quand il a appris que le cousin en question venait leur rendre visite, il a tout naturellement accepté de faire un peu de route pour l'accueillir.

Je tremblais de tous mes membres lors de l'attente des bagages. Nous nous sommes postées toutes deux, dociles, devant l'entrée de l'aéroport.

C'est toi que Marceau a repérée en premier. Son regard s'est figé, il ne comprenait pas ce que tu faisais là, à Venise. Les yeux écarquillés, il t'a fixée une ou deux secondes, jusqu'à ce que ses yeux se décalent de quelques centimètres et me trouvent, se plissent enfin, jusqu'à ce que je me lève et que je marche vers lui, et qu'il m'entoure de ses bras en tremblant. *Brune, tu es là, mais, mais... qu'est-ce que vous faites là, oh mon amour...*

Toi et Sidonie observiez nos retrouvailles, c'était la première fois que vous nous voyiez ensemble, vous étiez les premiers témoins visuels de notre amour. Puis par pudeur, votre regard s'est détourné et une conversation factuelle a couvert le bruit de nos baisers.

Le premier soir, nous l'avons passé à Padoue, Marceau et Sidonie nous ont fait visiter leur quartier, nous avons rencontré leurs amis italiens, j'ai ainsi pu mettre en pratique mon apprentissage autodidacte de la langue. Pour toi c'était compliqué, impossible de rire aux blagues, tu subissais la conversation, et n'appréciais pas beaucoup ce Carlo très tactile placé à ta gauche.

Le lendemain, nous avons pris un train tous les quatre pour Venise. Quelle émotion pour moi d'y retourner et pour toi de découvrir la Cité des Doges. Tu ne cessais de répéter, c'est incroyable, c'est incroyable, je suis à Venise, je suis à Venise! Subitement, le soir, attablés à une *osteria*, tu t'es mise à pleurer doucement. Que se passait-il, tu regrettais d'être venue? Je ne m'occupais pas assez de toi, à embrasser Marceau toutes les trente secondes? *Non, ce n'est pas ça!*

Ta tristesse s'est transformée alors en colère, tes spasmes en gestes violents.

« C'est aujourd'hui la date anniversaire de la mort de Leonardo ! Et personne n'y pense, tout le monde s'en moque ! Pas un message, de personne, tout le monde s'en fout ! »

J'ai alors fait tout ce qui était en mon pouvoir pour t'apaiser, te consoler, tenter une diversion. Je m'en voulais, j'étais égoïste, on pouvait rentrer tout de suite à l'appartement si tu préférais. Tu t'es isolée quelques instants avec des cigarettes. Lorsque tu t'es assise à nouveau avec nous, une mouette est passée très près de toi en chantant, tu as hurlé : « Ta gueule, la mouette ! »

Le silence à table s'est fait pesant, personne n'osant la moindre transition, si possible se faire tout petit, voire disparaître, ne surtout pas se transformer en mouettes. Peu à peu tu as réussi à te calmer, puis à faire comme si de rien n'était, à nous rabrouer si l'on te lançait des « ça va ? » inquiets.

Ainsi tu avais donné rendez-vous à Leonardo à Venise, en Italie, son pays natal. Tu avais toi-même choisi la date, tu avais voulu, consciemment ou non, superposer notre mensonge à ton deuil, et par la même occasion tester notre mémoire. Je n'y comprenais rien, et de toute façon, qui étais-je pour te juger ?

Le soir même, le dernier du séjour, nous avons dansé jusqu'à l'aube dans un bar du Lido, insouciants, et c'est après une nuit complètement blanche que Marceau nous a déposées à l'aéroport le dimanche au petit matin.

En sortant nos bagages du coffre, il m'a soufflé dans l'oreille :

« La prochaine fois, je monte avec toi. »

L'avion a décollé et par le hublot j'observais Venise disparaître. Devant mon visage trempé de larmes, tu m'as prise dans tes bras et m'as consolée doucement.

TROISIÈME PARTIE

ÉVIDEMMENT

Y a des silences qui disent beaucoup
Plus que tous les mots qu'on avoue
Et toutes ces questions
Qui ne tiennent pas debout...

MICHEL BERGER,
pour France Gall, 1987

1

Cette nuit tu me trouvais grosse, beaucoup trop grosse, tu me conseillais de me faire vomir, comme lorsque nous étions étudiantes. *Ce n'est pas grave, Brune, avec tout ce que tu bouffes, le bébé ne sera pas carencé.* Dans ce rêve angoissant je t'écoutais, je n'osais pas te contredire, jusqu'au moment où tu essayais de mettre tes propres doigts au fond de ma gorge, je me suis alors réveillée d'un clignement d'yeux. Fini le rêve, va-t'en Brigitte.

Je voulais tant te voir avec ton gros ventre que Lucie m'a montré une vidéo récente de toi en ligne sur internet, un témoignage de femme enceinte sur un site type forum. Elle m'a envoyé le lien la semaine dernière. Je t'ai enfin revue et j'ai nagé en plein cauchemar. Tu étais assise à côté d'Oscar, qui ma foi est très charmant, toi aussi d'ailleurs tu es toujours très belle, mais tu n'étais pas là, toi, *ma Brigitte,* je ne t'ai pas reconnue.

« On peut tout à fait vivre normalement, boire et manger tout ce que l'on veut, avec modération bien sûr, moi je n'ai rien changé à mes habitudes pendant ma grossesse. Je ne fume pas, je pratique des activités sportives régulièrement. J'ai toujours fait attention alors je continue, surtout pour après, ah ça oui, je pense beaucoup à l'après, retrouver mon corps facilement, c'est très important.»

Ultra-contrôle, absence d'autodérision, poncifs. Tes sourires crispés m'ont consternée, j'avais la gorge nouée. J'ai quand même visionné la vidéo jusqu'au bout, pour me prendre le coup de massue final, entendre *la* phrase : «Non, vraiment, la grossesse n'est pas une maladie.»

Je suis restée ébahie. J'ai cligné des yeux, ta mère en plus jeune. Ce n'est pas possible, me suis-je dit, tu allais tirer la langue, imiter un smiley MDR avec ton visage et ajouter : «Nan j'rigole, c'est super chiant, je peux pas picoler, ce n'est pas une maladie la grossesse, c'est pire qu'une maladie ouais, j'aime pas être enceinte, fuck l'Urssaf, fuck la grossesse!» Non, tu es restée sérieuse. Jusqu'au bout. Et tu t'écoutais en plus, tu aimais ce que tu racontais. Tu y croyais de toutes tes forces. Tu parlais avec les mains pour dire que la grossesse c'est merveilleux, que le rôle du conjoint est très important. Tu en aurais bien parlé encore pendant quatre ou cinq vidéos. C'était atroce, un supplice de t'écouter, on aurait dit une adulte. Alors voilà, nous y sommes, tu m'as quittée pour devenir *ça*. Et ton nouvel entourage croit que tu es vraiment *cette fille-là*. Pire, peut-être que tu l'es en réalité, que tu as effacé l'autre. Peut-on supprimer une partie de soi définitivement?

Je regrette de t'avoir vue. J'aurais préféré rester sur l'image de notre rupture, de toi debout sur le perron de ta maison de vacances, souriant parce que tu me rayais de ta vie, au moins c'était audacieux, c'était toi, ton choix. Ou non, peut-être était-ce déjà *l'autre toi*. Je suis complètement perdue, je ne sais pas, je n'ai jamais su qui tu étais vraiment, l'une, l'autre, ou bien ces deux personnes si différentes. Je ne sais pas non plus ce que je préfère croire. Sans doute est-il préférable que tu aies changé, que tu ne me plaises plus, ainsi je ne te regrette pas.

Je referme mon ordinateur portable et je soupire de dépit. J'inspire comme la sage-femme me l'a appris. Par le ventre. Ça ne passe pas, une angoisse sourde m'ankylose. Sans compter que je m'approche dangereusement du neuvième mois.

Pour moi, la grossesse est non seulement une maladie, mais l'accouchement en est la mort. Je me mets une pression monstrueuse pour une délivrance naturelle, alors que tout le monde se moque de la façon dont je vais accoucher. Et quand bien même j'y parviendrais il n'y aurait aucune prouesse, des milliards de femmes ont toujours accouché sans péridurale depuis la nuit des temps partout dans le monde. Cela fait à peine trente ans que l'on a inventé cette immense piqûre pour chevaux qui vous troue le dos. Qu'est-ce qui me fait si peur ? m'interroge mon manuel d'autohypnose dont l'évaluation quotidienne démontre que je stagne à 9/10 sur l'échelle du stress, ce qui est quasiment le maximum. Je ne pense pas que cela soit la douleur, non, ce qui me bloque le plus dans le processus, c'est le but lui-même. C'est un circuit sans fin et vicieux, car lorsque je m'imagine échouer, c'est-à-dire accoucher *comme tout le monde*, avec une péridurale, je ressens une angoisse encore plus intense et je grimpe à 10/10 sur l'échelle de l'auto-évaluation.

L'Homme de ma vie me soutient tous les jours, au fond je sais qu'il s'en moque complètement. Je l'imagine raconter l'accouchement. « Ah Brune, elle ne tenait plus, elle avait trop mal, elle n'a pas réussi, elle a fini par demander la péridurale. Oui, oui, c'est vrai nous avions passé neuf mois à nous préparer pour l'accouchement en salle nature, ce sera pour une prochaine fois, pour le *garçon*. »

Je n'ai aucune tolérance envers mes échecs et une sévère phobie du non. J'ai choisi médecine pour éviter les entretiens d'embauche et leur part d'incertitude, *non désolé, cela ne va pas être possible*. Je ne suis pas sûre d'être capable d'entendre une telle phrase. Tu es la seule personne qui m'ait refusé quelque chose, et pas des moindres : mon amitié.

2

Ce deuxième retour de Venise a été encore plus difficile à supporter. Je n'arrivais plus à faire semblant. Il me fallait prendre une décision et tu m'y encourageais. Tu me disais que Valéry le sentait, qu'il était malheureux, qu'il t'avait questionnée, qu'à force de lui mentir tu étais mal à l'aise, j'avais assez joué avec le feu, me disais-tu, si j'étais sûre de mes sentiments, je devais faire un choix. Je ne devais pas laisser la vie le faire pour moi.

Iris n'était pas aussi catégorique que toi. Elle ne me conseillait pas de tout plaquer tout de suite, Marceau resterait à Padoue pendant plusieurs mois, elle me disait d'attendre encore un peu, me séparer maintenant, en plein hiver, affronter seule la famille et la belle-famille, sans l'amour de Marceau pour me tenir chaud serait trop éprouvant. Marceau quant à lui refusait d'être la raison de mon départ. Il voulait une période de transition et me poussait à chercher d'autres griefs dans mon foyer afin de justifier la rupture, puis de nous mettre ensemble à son retour, quand l'orage serait passé. Comme si quelques mois suffiraient à Valéry pour s'en remettre et ne pas comprendre que je le quittais pour Marceau. Il me sommait de me recentrer sur mon mariage pour être sûre, de faire un bilan, qu'est-ce qui n'avait pas fonctionné entre nous, pourquoi en étais-je arrivée là. Je le traitais alors de lâche, il ne supportait pas la culpabilité de la destruction de ma famille, je devais tout prendre en charge.

J'étais engagée dans mon amour-passion, j'étais sans doute allée trop loin, avais franchi un point de non-retour. La maison n'était plus un foyer rassurant pour notre petite fille, elle n'était qu'un courant d'air où nous nous relayions. Alors deux mois plus tard, j'ai dit à Valéry :

« C'est fini. Je pars ce week-end, en Italie, je vais le rejoindre, je n'ai jamais cessé de l'aimer.

Valéry a dégluti et a répondu :

– Je le savais. »

À partir de ce week-end, mon existence a sombré dans le fracas des conséquences, et ce pour de nombreuses années. L'apocalypse commandée est arrivée à bon port, et son intensité était inversement proportionnelle à tout le plaisir que j'avais pris auparavant.

Valéry avait parlé. Il n'était pas allé se plaindre, non, mais il n'avait pas menti, à la question « Brune n'est pas avec toi ce week-end ? », il avait répondu la vérité. *Elle en aime un autre, elle veut me quitter. Mon meilleur ami, mon témoin de mariage. Presque deux ans que cela dure.* Il y avait eu réunion au sommet, papa-maman, mon père, ma mère, ma belle-mère, ma grand-mère, tout le monde avait été averti en même temps et tombait des nues.

Valéry m'avait juste dit : « Réfléchis bien, Brune. Je suis prêt à te pardonner encore. On peut surmonter cette épreuve. Reste à la maison. » Je ne l'écoutais plus. Je lui parlais déménagement, garde d'enfant. Il répondait un *oui* étouffé à tout ce que je demandais, des boutons lui poussaient sur le corps, il cachait des anciennes photos de nous dans mes sacs, afin de susciter des regrets qui ne venaient pas. J'étais déterminée, butée, aucune négociation n'était possible, je voulais vivre mon amour au grand jour, il serait tellement flamboyant qu'il éradiquerait tous les problèmes.

Mon père hurlait dans le téléphone.

« Tu as une petite fille belle comme le jour, tu as fait un magnifique mariage il y a trois ans, et tu quittes un mari adorable ? Qu'est-ce que tu as dans la tête ? Pourquoi tu pars avec ce guignol capable de séduire la femme de son meilleur ami ?

– Je suis amoureuse, papa. Ce n'est pas un guignol. Il m'écrit des centaines de lettres tous les jours.

Et j'entends encore la grosse voix de mon père hurler dans le combiné :

– Mais qui ne le ferait pas ! Qui ne le ferait pas !? »

Ma grand-mère secouait la tête dans tous les sens en pleurant. « Ma pauvre enfant, voilà que tu fais comme ta mère à ton âge, et ta fille, as-tu pensé à ta fille ? Comment allez-vous faire pour la garde ? Vous en avez parlé au moins, avec ton nouvel amoureux ? »

Ma mère, la seule capable de comprendre, était venue me chercher à la gare. Devant son air grave, j'ai réalisé que la situation l'était aussi. Elle n'était pas en colère, non, elle était inquiète, terriblement. Elle ne savait que trop ce qui m'attendait.

Marceau, quant à lui, n'avait pas semblé se réjouir de la décision que j'avais enfin prise, de mon aveu, de ce troisième aller-retour symbolique en Italie. Je n'avais pas respecté le délai de carence. J'avais quitté Valéry pour lui. Pendant le week-end il s'était muré dans un silence obtus et m'avait tourné le dos dans le lit dès le premier soir, m'avait fait une scène quand je lui ai dit avoir parlé de nous à une copine de la fac. Alors comme ça je racontais *tout* à tout le monde ?!

Je faisais éclater ma famille pour lui, pourtant pas une fois il n'a eu l'idée en deux jours de me prendre dans ses bras. Je n'attendais rien de moins que le tapis rouge, et je n'ai pas reçu le moindre sourire. *Les problèmes des hommes seront toujours plus grands que les nôtres*, me répétait ma mère.

Ainsi dès le premier jour de notre relation officielle, Marceau m'offrait une première et cuisante *déception*. Sans doute mesurait-il l'étendue des conséquences et des responsabilités qu'il devait soudainement assumer. Nous y étions enfin, notre petit nuage avait crevé et nous nous fracassions sur le sol de la culpabilité.

Heureusement, je pouvais compter sur toi. À mon écoute, rassurante. Tu me proposais des sorties en attendant que Marceau rentre d'Italie, tu m'écrivais des SMS de réconfort tous les soirs, tu venais promener ma fille au parc avec moi. Tu m'aidais à chercher un appartement, m'emmenais chez Ikea avec Lola, et les dimanches soir, toutes les quatre avec Iris, nous montions des portants « Rigga » en buvant du vin. C'était l'époque où je considérais l'amitié comme le pilier majeur et salvateur de ma vie. Tu me disais de relativiser, j'allais enfin vivre mon histoire d'amour sans me cacher, Marceau rentrerait d'Italie frais et dispo, et nous continuerions nos *lardis soir.*

Le divorce a été prononcé le jour de la Saint-Gabriel, mon premier amour, celui qui ne voulait pas de moi, celui que tu avais sucé un après-midi d'été. Boucler la boucle, faire correspondre les dates et les prénoms.

Valéry et moi avions donné et signé les papiers devant la juge des affaires familiales. Finalement, briefé par l'avocat de ses parents, Valéry voulait à tout prix une garde alternée pour notre fille. Je n'étais pas d'accord mais je n'avais pas le choix. Celui qui part n'a que sa liberté en bagage, c'est comme ça, tous les quitteurs le savent. J'avais assez ri et dansé, il ne me restait plus qu'à payer, lui laisser le piano et la machine Nespresso. Ne plus voir ma fille de trois ans pendant sept longs jours. Accepter qu'elle m'appelle *papa* quand je la récupère, car trop déboussolée. *Tout se paie dans la vie, Brune*, m'avait dit Elvire. Ma fille a malheureusement participé au règlement de cette dette, jamais je ne pourrai la rembourser ni réparer le mal que je lui ai fait. Je répétais le schéma, le contre-modèle de ma mère, un enfant à vingt ans, un divorce à vingt-quatre. Des pleurs, du désordre, un beau-père, une absence de structure. J'avais dû me piquer au rouet de mon destin.

Je te répétais que j'allais la récupérer à temps plein, que ce n'était pas possible de rester comme cela, elle était si petite, ça allait forcément changer. Tu me regardais, navrée :

« Oh non, je ne pense pas, Brune, il va falloir que tu commences à te faire à l'idée. C'est comme ça, c'est dans votre contrat. Le père a autant besoin de voir l'enfant que la mère. Déjà que tu es partie, tu ne peux pas tout avoir. Tu as fait beaucoup de mal à Valéry, tu ne peux pas en plus lui prendre sa fille. Et puis, tu as Marceau maintenant, tu pourras profiter de lui une semaine sur deux, il sera content lui aussi, pense à ton nouveau couple et ne sois pas égoïste, ta fille a besoin de ses deux parents. »

Et je voyais Rose sortir de l'école, prise en charge par *ex-belle-maman*, qui la ramenait à pied chez elle, à une demi-heure de là, qu'il vente ou qu'il neige, ma fille de trois ans et demi. Fatiguée de sa longue journée elle passait devant mon nouvel appartement, celui que j'avais choisi tout près de son école, pour plus de facilité quand je croyais que j'en aurais la garde complète, ma fille que je guettais cachée derrière les rideaux à 16 h 30, surtout ne pas me montrer pour lui éviter la confusion, la tristesse. Ses petits yeux s'accrochaient à la porte, ses doigts touchaient le heurtoir : « C'est chez maman là. »

Je luttais contre l'envie animale de descendre, de l'arracher aux bras de ma belle-mère, lui offrir un chocolat chaud et la saturer de bisous. À la place, je pleurais contre la fenêtre jusqu'au soir sans m'arrêter, jusqu'au lendemain, même heure. Je me suis mise à travailler, et il le fallait, car j'avais beaucoup de choses à acheter, pour meubler mon appartement, nourrir ma fille, payer mes dettes. Travailler et mettre ma peine en sourdine.

3

Il n'y a pas si longtemps j'ai recroisé Elias à une soirée. Ton coup de foudre des petits gâteaux. Il avait divorcé. Il est venu me parler de toi, il savait que l'on ne se voyait plus. Il a trouvé une sorte de dénominateur commun entre lui et moi. À tes yeux, nous étions la même chose, deux égoïstes, divorcés, nous avions suivi nos envies, nous ne te méritions pas. Outrée, je lui ai rétorqué que pour ma part je ne t'avais jamais ni trahie, ni menti, ni trompée. Il m'a regardée d'une façon un peu étrange et m'a répondu : « Peut-être que si, mais tu ne t'en es jamais rendu compte. »

Toi, tu t'es mariée il y a deux ans. La vidéo du mariage est aussi sur internet, filmée par des drones, en qualité *very HD*, tu es superbe. Ta robe et ta coiffure sont exquises, la musique donne envie de chialer. Une fois de plus je ne te reconnais pas. Tu souris désormais comme les Chinois, qui ne possèdent que la moitié des muscles zygomatiques. J'aurais voulu voir ton mascara dégouliner. La vidéo s'arrête sur ta crispation. Je l'ai regardée avec Iris et Matilde, nous étions consternées, toute ta vie tu resterais une épouse blonde. Infiniment sérieuse et raisonnable, vos beaux enfants, votre façade, jamais tu ne t'occuperais de tes aspirations profondes, jamais tu ne partirais pour ton Suédois.

De vidéo en vidéo, je repense à la nôtre. Celle que nous avions faite avant le retour d'Italie de Marceau, juste après mon divorce, déguisées, ivres, nous l'avions postée sur YouTube, avions regretté au réveil. Complicité, hilarité, toi au comble de ta bonne humeur, la preuve que tu peux être autre chose qu'un petit macaron bien emballé. Que tu es pleine de folie, d'envie, de sensualité. Alors, enivrée à l'idée de te retrouver telle que je te connais vraiment, je clique avec empressement sur le lien enregistré dans mes favoris. « Échec, vidéo introuvable, pour plus d'informations cliquez sur le lien ci-dessous. » YouTube m'informe que nous avons volé les droits d'auteur. Que ma perruque, ta guitare, la bougie dans laquelle tu chantais avant que ma perruque ne prenne feu en direct, la preuve visuelle et animée de notre amitié véritable a disparu. Tout ça parce que nous avons plagié Dalida et Delon en récoltant 67 pauvres petites vues. Cette nouvelle me plonge dans une détresse abyssale. YouTube l'a supprimée sans m'avertir, ni la conserver. Je ne l'ai nulle part ailleurs, hormis dans mes souvenirs. La toile connaîtra uniquement l'envers de ton sourire.

On nous bassine avec le danger d'internet, le cloud, les vieilles photos compromettantes, alors que tout est infiniment volatil, les traces de nous disparaissent, quoi que l'on fasse. De nouveaux disques durs remplacent les anciens, et nous n'imprimons plus les photos car nous en créons 2 500 par seconde dans le monde. Et nous ne sommes toujours pas devenues Kate Middleton, les grands hackers de la planète ne s'amusent pas à conserver nos photos de soirée. Seuls quelques souvenirs — les meilleurs ou les pires, selon le point de vue — subsisteront. Les moments anodins échouent sur les rives de notre mémoire et je me sens vaine. Que me reste-t-il de toi ? Comment sauver notre amitié, puisque nous sommes condamnées à ne plus nous revoir ? Nous écrire était la seule finalité.

4

Pour le retour de Marceau, j'avais préparé deux tournedos accompagnés de pommes de terre sautées. Tu t'étais esclaffée lorsque je t'avais annoncé le menu au téléphone :

« C'est complètement porno, ton truc ! »

L'appartement dans lequel j'avais emménagé grâce à deux Roumains édentés était rangé et propre, j'avais tout acheté moi-même avec les quelques économies qui restaient sur mon livret Écureuil, de jolis petits coussins, des draps neufs, des bougies aux senteurs sensuelles. Bien entendu, ma visite chez l'esthéticienne avait précédé l'achat d'une robe bleu ciel et succédé à trois heures chez le coiffeur. Deux bouteilles de champagne étaient au frais, un bourgogne premier cru s'aérait docilement sur la table. Mon compte bancaire était conséquemment à découvert.

Depuis la cuisine, j'ai perçu la porte d'une voiture claquer. C'était lui. J'ai dévalé les escaliers, lui ai sauté au cou, mon amour enfin, ça fait bizarre, oui, c'est fou, je suis heureuse, je suis heureux aussi, enfin chez nous.

Je lui ai fait visiter notre nouveau nid, notre terrain neutre, le début de notre vie. Il arrivait d'Italie et nous n'avions plus qu'à profiter, sans compter les heures ni nous cacher. Mon sublime amoureux, je l'avais tant attendu, tant de sacrifices pour se retrouver là, à vérifier que les pommes de terre ne collaient pas.

Au moment de servir le rouge, Marceau s'est figé brusquement.

Que se passait-il ?

« Tu vois, ta soirée, Brune, c'est comme si tu m'offrais une superbe Lamborghini, et qu'il y avait une énorme rayure sur tout le côté. Tu me prépares un excellent repas et l'on boit dans les verres de ton mariage. »

J'avais commis cette erreur. J'avais presque dû, comme Fantine, vendre mes cheveux et mes dents pour nous installer dans cet appartement, je m'étais brouillée avec toute ma famille, j'avais abandonné la moitié de ma fille, et plutôt que d'inventer un zeugma amoureux, il m'offrait une comparaison pourrie sur de malencontreux verres que je n'avais pas changés. Je n'avais pas anticipé qu'il puisse être hargneux de mon passé et ma fatigue ne m'avait laissé aucune tolérance.

« Pars de chez moi.

– Brune, ne le prends pas mal, c'est vrai quoi... C'est dommage.

– Oui, très. Dégage, va chez ta mère. »

J'ai claqué la porte sur ses petits mocassins italiens et j'ai mordu très fort mon oreiller pour qu'il ne m'entende pas hurler ma souffrance sur cette nouvelle *déception*.

5

« Tu sais, Brune, je pense que tu n'auras pas d'autres enfants, m'avais-tu déclaré un soir, après mon divorce, alors que nous dînions toutes les trois, Iris, toi et moi.

J'avais alors froncé légèrement les sourcils.

– Pourquoi dis-tu cela ?

– Tu es beaucoup trop légère, et surtout très égoïste, tu as eu Rose jeune, heureusement, parce qu'elle sera comme une amie pour toi, tu n'as pas l'âme d'une mère au foyer, avec Valéry qui faisait des concessions, ça marchait, il s'occupait de tout chez vous, sans jamais râler, mais je te prédis que tu n'en auras plus. Et je pense que tu ne resteras pas toute ta vie avec Marceau, qu'il n'est pas fait pour toi.

– Tu penses que j'aurais dû rester avec Valéry ?

– Non plus. Ni l'un ni l'autre. »

Tu m'avais dit ça d'un ton à la fois sérieux et tranquille, *ni l'un ni l'autre*, jamais je n'avais envisagé une telle possibilité, moi qui n'avais aimé que deux fois dans ma vie, et toi, voyante dotée d'un si grand pouvoir de conviction que les choses qu'elle annonce finissent par influer sur nos actes. Bien sûr, je n'ai pas pris cette phrase à la légère. À vingt-quatre ans, « Tu n'auras plus d'enfants ». Pourquoi ne me faisais-je pas immédiatement retirer les trompes, les ovaires et l'intestin grêle ?

À partir de ce moment-là, je me suis mise à douter de moi au lieu de douter de toi. J'aurais dû protester, j'aurais dû creuser, te demander à quel point tu avais de la peine pour Valéry pour prononcer à mon endroit des phrases si définitives. Ton discours prouvait bien ton absence d'objectivité quant à mon couple saccagé. Valéry était une entière victime et moi la plus grande égoïste que la terre ait portée. Tu étais intérieurement du côté de Valéry mais continuais à me fréquenter, ce qui équilibrait ta bonne conscience. C'était ta manière de redonner vie au triangle équilatéral que formait notre amitié d'antan.

Il y a un certain apaisement à faire un enfant de façon légitime, d'en parler en couple, de faire l'amour *pour concevoir*, puis de l'annoncer en sachant que cette nouvelle va être bien accueillie.

Je ne vis certainement pas cette grossesse de la même façon, je redécouvre tout et cette fois-ci je ne me cache pas, j'exhibe fièrement mon ventre, j'ai l'âge qu'il faut, je réponds aux médecins et spécialistes avec assurance, plus comme la jeune fille honteuse d'autrefois.

Je suis plus expérimentée aussi, plus à l'aise avec mon corps, il reconnaît les symptômes, l'empreinte de l'ancien bébé est toujours là, ma deuxième fille s'est positionnée pareil, tête en bas, dos à droite. La sage-femme me dit que, si j'en fais un troisième, la tête et le dos viendront naturellement à droite, l'utérus est préformé maintenant, mon corps sait accueillir, il est une excellente maîtresse de maison. Installez-vous, prenez place, détendez-vous et grandissez, j'assure le service en eau et en minéraux.

6

Le lendemain, Marceau est revenu avec toutes ses affaires, et a monté un dressing afin que nous puissions tous deux ranger nos vêtements dans le petit appartement. Nous avons dîné tous les trois avec Rose, elle s'efforçait d'être à l'aise, drôle et attachante, sans réaliser que cette situation n'était pas provisoire, qu'il ne s'agissait pas d'un jeu ni d'une pause dans la vie de maman et de papa. Marceau, cet homme qu'elle avait côtoyé depuis sa naissance, était au contraire invité à déjeuner et dîner chez nous pour une durée indéterminée. Ce n'est que quelques mois plus tard, lors d'une promenade à trois, que particulièrement pensive elle a posé la question fatidique : « Alors c'est comme ça, plus jamais on ne fera une promenade tous les trois avec papa ? »

Et ses petits poings de se crisper si fort, et ses sanglots de soulever son corps, la détresse de l'enfant dans sa compréhension du monde, quelque chose était disloqué, terminé, elle n'avait jamais souhaité cela et elle ne pouvait rien y faire. Pire : elle en était peut-être responsable. Soudain on lui expliquait qu'il était absolument impossible de voir papa et maman en même temps, comme dans les dessins de ses livres.

Je l'ai serrée fort, je n'ai pas su quoi lui dire, même pas pardon, peut-être je t'aime. Marceau regardait au loin, en serrant les masséters. Dans quoi s'était-il embarqué, quelle était exactement sa part de responsabilité ?

Plus tard, j'entendais Rose répéter à l'école, sur la place Saint-Charles ou à l'aire de jeux : « Oui, là c'est ma maman, mes parents ils sont séparés », comme si tout s'expliquait, sa tristesse dans les yeux, ma solitude sur le banc, mon jeune âge, ma robe courte.

La vie en nous a tenté de reprendre un certain équilibre, nous jouions un rôle et chacun cherchait sa place. Au fond j'étais agitée, Marceau était ailleurs, Rose dormait mal la nuit et grinçait des dents. Rongé par la solitude et la colère, Valéry passait hebdomadairement devant l'appartement et klaxonnait très fort pour nous pourrir l'existence. Rose criait « C'est mon papa ! », Marceau plissait alors ses yeux remplis d'éclairs et s'enfermait dans un mutisme qui pouvait durer des jours.

Dans ces moments-là, j'avais envie de hurler, pour qu'il reparle enfin, qu'il prenne sur lui, qu'il réalise qu'il n'était pas le seul à souffrir de la situation. Il aurait fallu que l'on discute, que l'on brise la glace, qu'il m'énumère ses souffrances, la manière dont il se sentait illégitime, « le remplaçant », comme il aimait s'appeler lui-même. Hautain et mutique, il balayait ma compassion d'un revers de main et je me retrouvais face à mes problèmes, qui sans tendresse ni amour compensateur me paraissaient tout à coup beaucoup trop lourds à porter.

Plus je montrais mon impatience devant son attitude fermée, plus il persistait dans un silence pesant. Rose ne comprenait pas et ses petites mains se posaient sur lui, « Pourquoi tu ne parles plus, Marceau ? », alors il se levait d'un bond et fonçait vers la chambre en claquant la porte pour qu'on lui fiche la paix. Lorsqu'il volait la tristesse de Rose, je l'aurais étranglé.

Énervée d'avoir lutté pour lui soutirer un sourire ou un mot gentil pendant la semaine où Rose était chez nous, j'évacuais la pression la semaine impaire où elle résidait chez Valéry. Pour ce faire, je t'appelais, et nous sortions, déraisonnablement. Plus il fallait être sages et prudentes, plus nous buvions et rentrions très tard, ou trop tôt. Nous effleurions l'aube et philosophions avec des inconnus. Si nous nous mettions à danser, nous étions alors fusionnelles et extravagantes, nous rejetions toute coupe de champagne qui nous aurait rendues redevables.

Le lendemain, tu m'envoyais une photo de ta boîte de Doliprane, et je te répondais : « Pareil, la journée va être longue, mais c'était trop cool, je t'aime. » Notre amitié était à son paroxysme. Tu m'appelais *ma crème*, expression déclinable à l'infini : ma crème anglaise, ma crème noisette, ma crème fouettée — ta préférée. Tu m'avais toute à toi, et je prenais le meilleur de ton âme. Ivres nous déblatérions sur n'importe quoi et j'enregistrais tes citations dans les notes de mon portable. Une fois par semestre, nous nous amusions à toutes les relire, fières de nos bêtises.

Au moment où nous nous retrouvions, nous éprouvions l'excitation intense d'une première soirée, notre coupe et nos yeux pétillaient de symbiose, notre sourire était large et notre maintien impeccable. Chaque fête était une nouvelle vie, un nouveau monde. Qu'en attendions-nous réellement ? Ce n'était pas la quête d'un homme qui nous motivait car nos cœurs étaient pris, moi par Marceau, toi par Samuel, qui te résistait toujours. Je pense plutôt qu'en vivant ces moments nous pressentions leur précarité, le très mince laps de temps dévolu à la légèreté dans nos vies s'envolerait bientôt. À cette époque, nous n'étions pas encore lassées d'être grisées.

Même si ces soirs-là nous ne faisions rien d'autre que nous enivrer, Marceau restait seul à l'appartement, ruminait et m'en voulait terriblement. Je culpabilisais tout en me disant qu'ainsi il comprendrait, je pensais le punir de son mutisme nocif qui rendait ma fille affolée quand elle était là. Ce schéma de vengeance ne marchait pas aussi bien que je l'espérais, il en devenait fou, et les fois où nous sortions en couple et que l'alcool lui montait à la tête, il se montrait jaloux et violent. Persuadé que le monde entier nous en voulait, chaque soirée finissait par une bagarre à laquelle Marceau était mêlé, un portable fracassé, des insultes vociférées dans le noir.

Une nuit, la police a dû nous arrêter. Il était fatigué, j'étais amère et les reproches pleuvaient entre nous. Un ami nous avait trop arrosés, et soudain Marceau a vrillé. Je me souviens que la blague de notre hôte était particulièrement bonne. Marceau n'appréciait pas qu'un autre homme me fasse ainsi rire, voir ma figure déformée, presque vulgaire, la bouche grande ouverte. Son visage s'est décomposé, et l'autre face de Marceau est apparue. Agressive, démoniaque. Il s'est levé et a quitté la soirée après m'avoir jeté un regard menaçant.

Très vite, je l'ai suivi, dans l'escalier, puis dans la rue. Il n'a pas supporté que je marche à côté de lui. « Dégage, va rigoler avec l'autre connard. » Je m'efforçais de garder le contrôle, « Tu te fais des idées, tu as trop bu, calme-toi s'il te plaît, mon amour », rien n'y faisait, Marceau était un être qui n'avait pas envie qu'on le désamorce et qui s'opposait totalement aux tentatives de réconciliation. Il était en pleine crise, il en avait besoin, il voulait et devait exulter. Il en remettait une couche, j'ai fini par perdre patience, par lui dire qu'il était bête, qu'il n'était qu'un petit garçon qui ne savait pas se tenir, qu'il faisait des caprices à tout bout de champ. Alors il a pris la voiture. Elle était garée quasiment devant chez nous, il n'en avait pas besoin, mais la voir lui a donné envie de rouler, d'écouter son moteur ronronner ou de ne plus m'entendre.

Il avait à peine fait dix mètres qu'un gyrophare l'a intercepté. Nous ne nous en étions pas rendu compte, mais notre engueulade avait été si violente que la police nous suivait, et pressentant notre alcoolémie, avait sauté sur l'occasion de nous arrêter.

Ils ont demandé platement à Marceau s'il avait bu. Il s'est calmé d'un coup et a obtempéré :

« Oui.

– Très bien, m'sieur, garez votre véhicule ici et donnez-nous vos papiers, nous vous emmenons au poste. Quant à vous mademoiselle, vous pouvez rentrer chez vous. »

Il n'y avait en effet rien de mieux à faire que de rentrer chez moi. J'étais à quelques mètres de ma porte d'entrée et de mon lit douillet. Étrangement, c'est une tout autre idée qui m'est venue à l'esprit. D'un bond je suis montée sur le capot de la voiture de police dans laquelle Marceau allait être emmené, dans l'idée fixe de rester campée dessus, et ainsi de faire partie du voyage, ne pas quitter mon délinquant. J'ai crié quelques mots inutiles, mais suffisamment osés pour qu'ils me coffrent aussi.

Une fois en cellule, j'ai repensé au *Roman français*, dans lequel Beigbeder se retrouve chez les flics pour une raison similaire — trop d'ivresse, trop de risque, trop d'inadaptabilité au monde — et se dit alors : « Si seulement j'avais un livre ou un stylo. » J'ai ainsi fait un rapprochement entre Beigbeder et moi, nos similitudes, nos excès, notre goût des lettres, le complexe de notre menton, je parlais toute seule en écrivant des trucs dans mon portable. Puis ils m'ont dépouillée, m'ont ôté ma ceinture, mes chaussettes, ma veste. J'avais froid et j'avais trop bu. Les néons jaunes clignotaient et le bruit de la ventilation m'empêchait de penser correctement à Beigbeder et à ma situation préoccupante. Allongée sur une paillasse étroite et sale, j'observais les murs qui portaient des traces d'ongles et de vomi séché, j'ai eu soudain une nausée terrible et j'ai vomi à la vue de tous. Marceau, dans la cellule d'en face, faisait les cent pas mais ne répondait pas à mes signes de main. Il m'avait vue à travers la vitre, je lui dessinais des cœurs avec les doigts, il semblait n'en avoir rien à faire, voire tout à fait honte.

Qu'étaient mes preuves d'amour face à son dénigrement et son mal-être ? Jamais je n'avais fait et ne referai ces gestes, et plus je lui en donnais, moins il m'en était reconnaissant. Il me préférait mariée et inaccessible, ai-je alors pensé. Dans la cellule d'à côté un homme hurlait, il devait être en décompensation de quelque chose. Dans une autre en face, un type se masturbait allègrement, peut-être pour trouver le sommeil et quelques endorphines abrutissantes.

Après la plus longue nuit blanche de ma vie, j'ai supplié mon geôlier de m'amener un verre d'eau, ou au mieux un café. Il a ricané et m'a dit : « Encore une heure, ma belle, la machine à café n'est pas prête. »

Quelques minutes plus tard, il a libéré Marceau, j'ai frappé comme une damnée contre ma vitre, Marceau n'a pas tourné les yeux vers moi, une peine immense continuait à s'accumuler dans mon cœur. Comment en étais-je arrivée là ? Il était 9 heures du matin, il avait appelé sa mère et celle-ci était venue le chercher, sans poser de questions, pour le ramener à notre appartement. Il n'avait pas eu un regard pour moi, ni même un sourire gêné, personne ne viendrait de mon côté — j'avais bien trop honte —, alors j'ai attendu patiemment midi, heure à laquelle mon geôlier narquois m'a fait remarquer que j'avais un drôle d'amoureux. Il n'avait même pas pris la peine de m'attendre, je devais sacrément regretter de m'être allongée sur ce capot de voiture. Je n'avais rien à rétorquer, j'ai repris dignement mes affaires et je suis enfin sortie à l'air pur. Mon premier réflexe a été de t'appeler.

« Ma Bri, s'il te plaît, peux-tu venir me chercher ? Je suis dans un état lamentable. Je suis chez les flics, je t'expliquerai... »

Dans ta voiture proprette, je me suis installée, hirsute, puant la sueur, le vomi et le désamour.

Tu m'as offert un sourire mi-grave, mi-compatissant. Tu n'appréciais pas ce que je te racontais sur Marceau, notamment quand je t'ai avoué ses accès de colère et de mutisme. Tu as déclaré d'un ton scandalisé : « Tout ça pour ça... Si seulement tu avais fait pour Valéry le quart de ce que tu as fait pour Marceau, il aurait été le plus heureux des hommes. »

Je n'ai rien répondu. Tu avais oublié toutes ces heures passées à donner de l'amour à Valéry qui n'en voulait pas. L'attendre, l'appeler, espérer, le faire travailler sa première année de médecine. À croire que je choisissais des hommes encombrés de tout ce que j'avais à leur offrir. Je ne savais pas m'y prendre, je ne donnais que du manque.

Tu m'as déposée chez moi et j'ai monté les marches. Marceau ne m'attendait pas en haut, non, il regardait au loin, allongé sur le lit, l'air désespéré, comme s'il avait perdu un proche.

« Je vais peut-être retourner chez mes parents, Brune, c'est vraiment de la merde ce que l'on fait. »

Et moi, l'air hagard, les cheveux sales, à chanter *Bonnie and Clyde* dans le salon et à publier un statut Facebook hermétique :

Quelle importance qu'ils me fassent la peau

Moi Bonnie je tremble pour Clyde Barrow...

Personne n'a commenté, et Marceau s'est endormi sur mon lit.

7

À quel degré ton absence s'inscrit-elle dans mon quotidien? À bien y réfléchir, lorsque l'inconscient verrouille hermétiquement tous les clapets, il n'est pas de névrose insurmontable. À partir de vingt-cinq ans dirais-je, l'âge où les parents enlèvent ostensiblement leur cape de protection affective, financière et administrative, en d'autres termes l'âge où l'on doit se démerder car ils tolèrent moyennement que nous soyons encore à leur charge — cela les renvoie à une confirmation de ratage dans l'éducation — à partir de vingt-cinq ans environ, donc, l'inconscient *déborde*. Il déborde car nous sommes sans doute trop occupés à devenir responsables et autonomes, et nous oublions de le verrouiller, plus de videur à l'entrée pour réguler les névroses, c'est l'anarchie des sensibilités.

L'entrée fracassante dans le monde du travail surtout, et l'image que l'on doit renvoyer à la société, un être impeccable, ponctuel, personne de confiance, mature, cela nous pompe tellement d'énergie qu'il est absolument impossible de surveiller son inconscient qui en profite alors pour se lâcher : claustrophobie, dénis en tout genre, blocages sexuels, tics et tocs sur le visage.

Avant, tout nous glisse dessus comme sur les plumes d'un canard, ou presque. Nous recevons les informations graves avec peine bien sûr mais sans symptôme médical notoire — à part pour les chagrins d'amour.

Des amis développent des phobies par centaines, de l'avion par exemple, des crevettes, ou encore de la viande, ou des tas d'autres phobies *tendance*. Matilde est phobique des bruits de bouche, elle ne peut manger que seule, les autres convives l'écœurent, surtout si elle n'a pas bu. Marceau était lui-même incapable de manger des yaourts et des produits laitiers en société — rapport à son père qui raclait le fond du yaourt longtemps, très longtemps. Voilà comment se constituent nos névroses, à partir de rien, car même sans traumatismes notre inconscient finit toujours par déborder, et notre corps par somatiser : boutons, maux de dos, névralgies, paralysies. Nous consultons des voyantes, des astrologues, des chamanes, participons à des séances de reiki, menons l'enquête sur notre passé, qui est l'abject parent responsable de nos troubles bizarres ? Nous n'acceptons rien, nous sommes des éponges émotionnelles, devenus si sensibles que nous passons notre temps à résoudre des problématiques inutiles et à pleurer devant *Babar*.

Toutes les deux, nous nous sommes justement quittées à la charnière, à vingt-cinq ans. À vingt-cinq ans, tu as réalisé que peut-être tu ne me supporterais pas toute ta vie. Tu t'es mise à ne plus cautionner mon passé, à déplorer mes actes, à regretter l'absence des tiens.

Un jour, peu avant ton grand départ, tu m'as dit : « J'ai bien essayé de te comprendre, Brune, j'ai même lu Beigbeder, je t'ai un peu cernée. Mais pas complètement. »

Je pense que ta bibliographie était incomplète, j'aurais dû te présenter ma bibliothèque.

Il faut préciser quelque chose. Ton absence me pèse autant car tu existes toujours. Si notre histoire est finie, notre amitié ne l'est pas. Elle perdure malgré nous car elle a eu un commencement, un début. Il y a un *nous* qui existe, des choses ont été dites. Toutes les amitiés seront évaluées à l'aune de celle-ci, sans le vouloir, comme pour un premier amour. Personne ne te devine à travers moi, personne ne peut savoir que tu fais partie de mon sourire, parfois de mon humour. À partir du moment où tu es entrée dans ma vie, rien n'a pu t'effacer, ni te soustraire. Tu es toujours là et nos maternités superposées ne sont pas le fruit du hasard.

Au fil des ans, les souvenirs se floutent, ton visage s'efface. Je ne te connaîtrai jamais vieille, je ne sais pas quelle dame tu es devenue, tu ne me vois pas aujourd'hui, assagie, hormonalement rangée.

Je ne me souviens déjà plus du son de ta voix. Je n'ai aucune vidéo dans mon téléphone, je ne parviens plus à restituer ton « bonjour ». Je visualise en revanche parfaitement tes dents et tes yeux démaquillés, ta bouche aussi, sans doute ce que tu as de plus beau, le parfait profil qu'elle dessine avec ton petit nez. Quand je continue l'exploration de ton corps, il me revient en tête tes mollets, la veine qui sillonne ta jambe droite, derrière, là où la peau est plus blanche, et je te revois la camoufler, déposer du fond de teint, puis de l'autobronzant. Et puis ton sexe aussi, il est rare à présent de voir le sexe de ses amies à trente ans, on ne se balade plus vraiment nue, on ne découche plus l'une chez l'autre. J'avais été frappée, ta vulve ne ressemblait pas à la mienne, les grandes lèvres étaient presque inexistantes, on tombait directement sur tout ton intérieur, une fente très rouge, sous un pubis très plat, quand le mien semble s'inspirer du mont Blanc, et que tout est caché par les deux grosses lèvres ressemblant à des fesses.

Je me souviens de tes cheveux et du parfum que tu y vaporisais, derrière, au niveau de la nuque. Je me souviens de ta taille épaisse, de tes hanches larges qui se déboîtaient quand tu dansais — clac-clac-clac — Iris et moi nommions cela *la danse du serpent*. Tu en faisais trop, tu levais les bras, et tu donnais de violents coups de hanche à droite à gauche, comme si tu voulais tous nous mettre par terre, il n'y avait rien de doux dans ce mouvement discontinu, pourtant à te regarder l'exécuter la bouche entrouverte, tu semblais trouver cela terriblement sensuel.

Je ne saurai jamais à quel degré tes paroles et tes actes ont influé sur le cours de ma vie, ni s'ils y tiennent encore un rôle, si l'empreinte de ta présence a marqué mon comportement pour toujours. Ils y ont sans doute joué leur partition, comme celle de mon héritage maternel, aux côtés de mon inextinguible besoin de savoir et de comprendre. Peut-être m'as-tu aidée à m'épanouir, peut-être es-tu partie au bon moment. Peut-être est-ce moi qui suis partie, sans m'en rendre compte. Peut-être ai-je mis de la distance, amorcé la séparation, ou du moins t'ai-je laissée partir, fatiguée, plus la force pour te retenir. Je ne saurai jamais quels étaient les enjeux précis de notre complicité et de tes trahisons. Je ne cherche plus les raisons, notre histoire était écrite comme cela, une amitié avortée, une grossesse que l'on ne voulait plus mener à terme, malgré l'amour fondateur.

Car je t'aimais.

Après ton départ, je t'ai souvent souhaité une nouvelle amie qui t'aime autant que je t'ai aimée. Quelqu'un auprès de qui tu puisses tout dire, tout lâcher, tout oser. Une amie avec qui tu referais le monde jusqu'à l'aube, une amie à qui tu chuchoterais *quelques mots d'amour*.

8

Après le retrait de permis de Marceau, nous n'osions plus sortir, nous voulions disparaître de la surface de la ville. Nos parents désappointés étaient inquiets et toi avec. L'ambiance à l'appartement était toujours aussi lourde. Heureusement, Marceau partait du lundi au jeudi travailler en Alsace et cela me permettait ainsi de respirer de l'air non vicié et de profiter de Rose et de toi une semaine sur deux. Ma vie était alors une double voire une triple garde alternée entre Rose, Marceau et toi.

Le *lardi soir* était toujours d'actualité, parfois nous étions seules au bar et il n'y avait rien de déplaisant, car il y avait déjà nous. Je me souviens exactement des robes que nous arborions l'été, et des grosses parkas au col en fourrure que nous portions l'hiver. Nous étions très chics et sur-sapées, sortir fumer dans le froid de la rue toutes les dix minutes était toujours un évènement, nous empruntions des airs de dames en enfilant nos beaux manteaux, nous remettions du rouge à lèvres et promenions nos flûtes pailletées sur le trottoir. Ces souvenirs me plaisent autant car ils représentent une liberté saine. Rien ni personne ne nous attendait, ces soirs-là nous étions *jeunes*, encore *dans le coup*, et innocentes. Il n'y avait aucun mal à rester toutes les deux à nous étourdir de bulles, car aussi étrange que cela puisse paraître, cela nous suffisait. Pétillantes comme des minettes de seize ans dotées d'*un tout petit supplément d'âme*. Personne ne savait que nos métiers étaient rébarbatifs, que nous passions nos journées à toucher des gens dégoûtants, qui sentaient confusément le tabac, la sueur et l'ail — ainsi sont faites les patientèles, la majorité des gens sentent très mauvais, se lavent mal les dents et la nouille, comme si ces deux extrémités de notre tronc allaient de pair, comme si les individus possédaient un cloaque réversible. Nous nous sommes souvent interrogées sur la vie sexuelle des gens sales, l'abolition inévitable du baiser et des préliminaires oraux qui en découlent.

Tu me parlais encore parfois de Samuel, surtout quand Iris venait nous rejoindre, plus rarement car elle préparait le concours pour l'internat de médecine. Nous montions des scénarios improbables pour que tu le revoies, nous le suivions dans la rue pour connaître son emploi du temps, provoquer une rencontre qu'il pense fruit du hasard et fille du destin. Nous avons réussi plusieurs fois notre coup, tu le croisais nonchalamment dans sa rue, « Oh, Samuel, que fais-tu ici ? ».

Tu lui proposais ensuite d'aller boire un verre. Malheureusement pour les deux essais concrètement réalisés, il ne s'est pas montré disponible, alors la chute imaginée (que le verre s'éternise et que la soirée soit féconde) n'a jamais abouti. Parfois, nous le croisions en soirée et discrètement je ne pouvais m'empêcher de lui demander si un jour il finirait par venir te chercher, au lieu de te faire miroiter une fois par an qu'il t'aimait sans jamais le prouver. Il me ricanait au nez, je devais être très idiote, et encore plus crédule que toi.

Un soir, tard et très ivre, tu as fini par lui envoyer un SMS proposant de le rejoindre dans son lit illico presto. Il a répondu :

« Si tu veux. » Excitées toutes les trois, nous avons sursauté de joie, tu t'es remaquillée rapidement dans les toilettes et as filé chez lui : il ne t'a jamais ouvert la porte. Tu as attendu deux heures, dans le froid, en vain. Il s'était finalement endormi.

Tu as fait une crise de nerfs le lendemain.

Iris et moi n'arrivions pas à te calmer, alors nous sommes parties à Paris passer un week-end improvisé. Cela faisait partie de mes rituels avec Iris, une fois par an nous nous y rendions pour étrenner nos plus belles robes et danser dans des lieux inconnus. Nous avions déjà réussi à entrer dans des lieux très sélects, le Baron, le Montana, nous avions ainsi dans notre répertoire quelques connaissances heureuses de retrouver notre bonne humeur de provinciales contrastant avec la nonchalance des Parisiennes. C'est ainsi que nous t'avons présentée au patron du Chacha Club, notre endroit préféré pour danser. Prendre du bon temps t'a calmée, puis sans nous prévenir tu es rentrée seule à pied te coucher. Iris et moi étions désappointées, nous aurions voulu que tu réussisses à oublier Samuel, rien qu'une nuit.

Un *lardi soir* tu as abordé le sujet Valéry. Tu l'avais appelé pour avoir des nouvelles, pour montrer que tu ne prenais pas parti entre lui et moi. C'est normal, m'avais-tu dit, *je n'ai jamais voulu couper les ponts avec lui, moi*. Tu tenais à le voir régulièrement, c'était ton ami aussi, *à l'origine c'est un pote de mon frère*.

Il n'était pas bien, il n'arrivait pas à m'oublier, il m'attendait, persuadé que je reviendrais, il saurait me pardonner. Selon toi, je ne réalisais pas à quel point je l'avais blessé. Même s'il avait été un peu gamin à l'époque, il ne méritait pas tout ça. Je n'ai pas pu te contredire, tu le décrivais comme le meilleur mari au monde, mais nous les femmes, avons-nous vraiment besoin du *meilleur mari au monde* ?

Après ton discours, j'étais perdue. Tu semais le doute dans mon esprit. Avais-je pris la bonne décision ? Non seulement rien n'allait désormais dans ma vie personnelle, mais en plus tout le monde souffrait, et c'était ma faute.

L'hiver a été très long. Il y a eu énormément de disputes avec Marceau, des crises insensées. Un soir il a pleuré à même le sol de notre chambre. Deux heures plus tôt, un groupe de mecs le tabassaient en sortant de boîte par solidarité masculine envers Valéry.

Marceau était désespéré, il n'avait plus un seul ami, et visiblement ma seule présence n'arrivait pas à combler ses manques. Nous faisions l'amour souvent, trop souvent peut-être pour rester cordiaux, nous nous explorions pendant des heures, j'ai découvert à cette époque quelque chose d'indéfinissable, au-dessus de l'animal et du chimique, une notion qui s'apparente à la soumission sans doute. Dans mon esprit, avant, faire l'amour était quelque chose de simple et de sain, on donnait et on prenait. Partage équitable des plaisirs.

Marceau m'a fait découvrir une autre facette de l'amour charnel. Il n'envisageait les rapports humains, en amour, au travail, en famille ou encore en amitié, que comme un rapport de forces, une compétition, une échelle des êtres. Dans sa conception, il y avait toujours un meilleur, un moins bon, un au-dessus et un en dessous.

Marceau m'a appris que j'aimais me laisser conquérir puis dompter par un homme, sans violence et sans que cela n'ampute au respect que l'on se porte. Il m'a fait comprendre qu'il y avait quelque chose de corrompu chez l'homme et la femme, qu'il était très excitant de frôler les limites. Les mêmes gestes mais dans une démarche différente, dans le but de me sentir tenue et de plier devant lui. Comme si, en moi, derrière la femme libre et indépendante, il y avait cette femme-là, celle qui avait besoin d'être initiée, offerte, enfin enchaînée à un homme.

9

Aujourd'hui j'ai envoyé un courrier à ma mère.

Je lui ai expressément demandé de ne plus me raconter *tout ça.* Sa vie intime, ses problèmes d'argent, les partouzes de ses copines. Ça faisait longtemps que j'aurais dû le faire, j'ai écrit trois pages. Je voudrais une mère, et une grand-mère pour mes enfants, j'ai écrit cette lettre comme on envoie un mot de reconquête, plein d'espoir et en larmes.

Quand j'ai eu l'âge d'avoir un lit deux places, ma mère s'est assise dessus en tailleur et m'a tout confié. Régulièrement, j'avais droit à un petit résumé de sa vie du moment. Au programme, faits divers sexuels, professionnels, sentimentaux. Je ne suis pas certaine d'avoir été capable tout de suite de participer aux débats, et encore moins d'envisager les conséquences psychologiques de tels aveux. À l'époque j'étais surtout très fière que ma mère me fasse l'honneur de me livrer ses confidences. Mes amies du collège, à qui je relatais aussitôt ses histoires le lendemain dans la cour — il me fallait décharger —, ont toujours tout su de ma mère. Bien évidemment, maman m'avait priée de ne rien en faire, mais il était autant impossible pour elle que pour moi de se retenir. Je ne pouvais garder des secrets intimes aussi lourds, des pratiques sexuelles dont j'apprenais l'existence. Toutes me disaient : « Oh, elle est carrément cool ta mère, t'as de la chance d'avoir une mère aussi ouverte, avec la mienne on ne parle jamais de rien. » Il est vrai que pour les poils, les règles et la pilule, au moins il n'y a pas eu de tabous. Souvent même, mes copines venaient à la maison dans l'espoir de questionner ma mère au café. Plus tard, il nous est arrivé de nous croiser en soirée, dans un bar l'été, mes copines se confiaient à ma mère comme à une des nôtres. Une fois j'ai retrouvé Rachel au petit déjeuner échangeant ses déceptions et ses joies avec elle. Aujourd'hui encore, une des premières questions que me posent mes amies d'enfance quand je les retrouve est : « Et comment va ta mère ? », persuadées d'entendre à nouveau un récit d'aventures divertissant. Tandis que leurs yeux pétillent, je soupire. La vie de ma mère était un *soap opera* dont j'étais l'agent. À présent je leur répondrais que je n'en sais rien, que je ne veux plus rien savoir, que ça m'a fait trop de mal. J'aurais voulu qu'elle me protège.

« Oh, Brune, comme tu es prude ! Vis avec ton temps ! Tu es coincée, ma fille, on ne peut plus parler c'est ça ? Je fais ce que je veux, encore heureux ! » *Ma mère et sa liberté*, titre d'un volume de douze tomes qu'elle lira au paradis.

Sans parler des apéros et dîners copines à la maison où, galvanisée par la fête et l'ensemble du troupeau très enivré, ma mère se lâchait encore plus. Des phrases entières se sont gravées dans ma mémoire sans que je ne puisse rien faire pour les en retirer. Allez « tailler une pipe » à un garçon quand la première personne qui vous en a parlé est votre mère. Jouissez avec naturel quand vous l'avez entendue gémir dans la chambre d'à côté. *J'y peux rien, on avait un tout petit appart ! J'avais pas de vie, moi, à cause de toi !* Laissez-vous filmer par un homme quand un jour en voulant piquer un des pulls de votre mère vous êtes tombée sur une VHS dont elle est la vedette d'un soir. *Je t'interdis de prendre mes pulls, tu vas encore les suçoter aux manches* — oui je suçotais les pulls à défaut des mecs, CQFD. J'ai toujours eu conscience que la sexualité de ma mère avait inhibé la mienne. Là où elle bave devant des types bodybuildés je ne choisis que des jeunes hommes secs ou imberbes. Là où elle m'envoie la photo des pectoraux de sa dernière conquête, je recherche avidement le regard profond de l'Homme de ma vie. Impossible de m'inscrire ni même de rentrer dans une salle de sport, ce lieu de dépravation suintant l'hormone chaude du Latino souriant niaisement en faisant tressauter ses biceps, où je l'accompagnais pendant qu'elle y faisait son marché, me dégoûte au plus haut point. Longtemps je n'ai pas pu regarder un sexe d'homme en face — ou de biais, c'est selon. Lorsqu'en vacances elle participait gaiement aux jeux apéros avec douze GO très tactiles, je sursautais dès qu'un inconnu me touchait le dos. « Franchement, Brune, tu es asociale, je ne t'emmènerai plus jamais en vacances », puis prenant à partie ses amies devant moi : « J'ai honte, je te jure, elle est prétentieuse à ne pas vouloir répondre aux hommes qui l'abordent ! » Et ses amies hochaient la tête, en m'adressant un clin d'œil triste, la contredire c'est la faire entrer dans une colère noire. Ma mère ne s'entoure plus que de gens sans caractère.

Mais c'était ma mère. Et je l'aimais comme ça, débordante, dévorée, hypersexuée. Bien évidemment, toi et ton éducation n'ont pas fait bon ménage avec elle. Le jour où tu es devenue mon amie, c'est toi qui t'es installée sur mon lit en tailleur. Peut-être t'ai-je par la suite attribué ce rôle maternel qui m'avait tant manqué, toi la sage(-)femme charismatique et droite dans ses bottes. Peut-être as-tu endossé cet habit trop grand et senti le besoin de me cadrer, d'être celle qui me dicterait ma conduite, me donnerait des conseils judicieux et apaisés. Une chose est sûre, c'est qu'avec ma mère vous vous partagiez la place de l'amitié.

10

À partir d'un certain moment, Marceau n'a plus voulu de toi dans ma vie. Il ne pouvait pas te sentir. Pourtant, vous aviez essayé tous les deux, pour me faire plaisir, tu lui donnais des surnoms de poissons d'un ton qui se voulait enjoué. Ton attitude empruntée le confortait dans l'idée que tu empestais la fausseté, tu m'avais déjà trahie une fois et rien ne t'empêcherait de recommencer.

« Mais comment, maintenant que nous n'avons plus rien à cacher ? lui avais-je demandé.

– Tu verras, continue à la fréquenter, et tu sauras. »

Sentant son hostilité à ton égard, tu te perdais dans la mélancolie de nos années de lycée, où Valéry, toi et moi formions un trio positif et enthousiaste. Tu déplorais ce nouvel homme si gris et si méfiant. C'était dans sa nature, il n'était pas quelqu'un que l'on roule, ni que l'on trompe.

« Il n'est pas fait pour toi, ma crème, me disais-tu lorsque nous en discutions. Il est trop jaloux, trop fou. Tu vois bien qu'il n'a pas confiance en lui, tu mérites tellement mieux. Finalement Valéry te correspondait peut-être plus. »

Tu tenais souvent ce genre de discours après une crise de Marceau, quand je sortais et qu'il boudait indéfiniment, il pouvait rester des heures assis sur le canapé du salon, les yeux en fente, la mâchoire serrée — attitude qui ne permettait pas l'amorçage du moindre dialogue, *hello ça va?* Il boudait car il n'avait pas supporté quelque chose, j'avais ri, ou j'étais sortie, ou j'avais reçu un SMS de Valéry qui en total déni m'écrivait : « Et si on allait se balader en forêt tous les trois avec Rose ce dimanche ? »

Valéry s'humiliait et Marceau se sentait menacé. Je vivais dans l'angoisse de lui plaire et de le faire sourire. Je voulais qu'il redevienne celui pour qui j'avais tout quitté, pourquoi se métamorphosait-il ainsi ? Alors souvent, n'en pouvant plus, je sortais te rejoindre, et ses fentes se plissaient davantage, ses mâchoires se serraient, jusqu'à ce que le dialogue devenu impossible se transforme en crise au premier verre d'alcool. Il attendait patiemment que je lui fasse ce qu'il redoutait le plus : partir.

J'essayais d'être douce, présente à l'appartement des jours entiers, portable coupé, cuisiner/dialoguer/porter des sous-vêtements affriolants. Pourtant, au moindre mot de travers, il s'énervait, il y avait toujours quelque chose pour le ramener à la réalité de la situation et à sa culpabilité.

Alors je m'énervais à mon tour, moi qui lui donnais tant, et lui dépressif, inapte à la gratitude et à l'empathie. En enfilant ma fourrure et en claquant la porte sur lui, je lui lançais : « Je sors ! Comme ça tu auras une vraie raison de faire la gueule ! »

Je ne rentrais jamais sereine. J'appréhendais énormément sa réaction à mon retour, toujours avec l'espoir ridicule qu'il soit redevenu le petit Marceau d'avant, cet être timide qui tremblait lorsque nos mains se frôlaient dans les couloirs de la fac.

Souvent il regardait la télé sans tourner la tête quand j'ouvrais la porte d'entrée, et je le hélais d'un ton suraigu : « Ça va, mon amour ? Qu'est-ce que tu regardes ? »

Il ne prenait jamais la peine de me répondre.

Un soir, tu m'as envoyé un SMS très bref : tu n'étais pas disponible. J'ai rejoint Héloïse avec qui nous sortions parfois. Quand je suis arrivée au bar, Héloïse m'a annoncé :

« Brigitte vient de passer, elle était avec Valéry, ils allaient manger au resto !

– Ah ? Oui c'est vrai, elle m'en avait parlé, Valéry est son ami, ça l'embête d'avoir perdu le lien. Tu veux boire quoi ? Une coupe ? »

11

L'été précédent, peu avant le retour d'Italie de Marceau, nous étions parties dans ta maison de vacances en Bretagne ; juste toutes les quatre, Iris, toi, moi et Rose. Sans hommes et sans ta mère. Nous avions surnommé ces vacances *le jardin d'Éden.*

Rose, contrairement à Marceau, t'adorait, comme elle t'adore toujours. Elle t'appelait « ma Bribrie », tu la faisais rire et elle était toujours dans tes pattes. « Viens, ma Rosie, on va préparer la table ensemble », et ses petites jambes frêles couraient derrière toi. Le lien tissé entre vous depuis sa naissance semblait fort et tu ne manquais jamais une occasion de me le rappeler : à peine sortie, tu avais vu ses grands yeux, elle te regardait intensément.

Souvent Rose t'aidait à disposer les coussins sur les marches de l'escalier menant à la piscine, et de ses bras tremblants elle portait le plateau apéritif jusqu'au pool house sans rien renverser. Fière, elle attendait le feu vert pour se jeter sur la tapenade et s'appliquait en tirant la langue pour la confection des toasts.

Le jardin d'Éden consistait à ne jamais sortir de la maison et à ne porter aucun vêtement la journée. Cela ne posait de problème à personne, encore moins à Rose. À trois ans et demi, elle affectionnait particulièrement promener ses petites fesses à l'air et elle était trop petite pour nous juger.

Le planning était le suivant : dormir le plus longtemps possible, dorer au soleil toutes nues, se baigner nues, se prendre en photos nues, faire à manger nues, prendre l'apéro nues, boire du rosé nues. Avec une dizaine de cubis de rosé au frais, nous pouvions vivre en autarcie une semaine complète. Le soir seulement, lorsque Rose était couchée, nous enfilions une robe et un châle, enclenchions le mode retardateur de l'appareil photo et saturions la carte mémoire en nous désinhibant crescendo. Rien ni personne ne manquait, nous nous autosuffisions.

L'absence de vêtement et de maillot de bain empêchant nettement l'évaluation de notre bronzage, Iris a eu l'idée prodigieuse d'emprunter quelques gommettes de Rose, et nous avons chacune collé trois lettres dans le bas du dos. SEA, SEX, SUN. Tu te dévouas pour le SEX car tu étais la seule célibataire. J'ai pris le SUN et Iris le SEA. Nous avons conservé méticuleusement, pendant une semaine, les gommettes collées à dix centimètres au-dessus du coccyx. À la fin, en les décollant, ô joie, nous avions une démarcation très nette, les lettres étaient parfaitement lisibles.

Je ne sais pas si tu as gardé les photos de nos trois petits culs bronzés légendés SEA, SEX and SUN. Tu vois, cela fait vraiment partie des choses que j'aurais voulu mettre sur ton Powerpoint le soir de ton mariage.

Parce que des dossiers sur toi, sur nous, j'en avais des tas. Je t'aurais fait pleurer, moi, Iris et Matilde m'auraient aidée. Tu m'aurais prise comme témoin, n'est-ce pas ? Tu avais bien été le témoin de mon mariage désastreux, tu avais cru en l'amour de Valéry, puis de Marceau, tu t'étais trompée.

Nous n'avons pas été invitées à ton mariage. Nous étions les témoins de ta vie d'avant, celle dont tu ne préfères pas te souvenir. Tu as préféré organiser un mariage lisse et parfait, sans bavure. Passer pour la jeune fille convenable.

L'époque *jardin d'Éden* était révolue. La rentrée et l'hiver suivants n'auraient pas cette légèreté. À force de t'étourdir une semaine sur deux à te narrer mes tergiversations amoureuses, tu ne m'écoutais plus. *Quitte-le bordel, si t'es pas heureuse, t'as peur de quoi, d'être toute seule ? Je suis célibataire et je ne suis pas morte, je te signale.*

Quelque chose d'imperceptible semblait prendre forme en toi. Une lueur de révolte dans le regard, des mouvements saccadés, une façon de disparaître de la conversation. Je n'y ai pas prêté suffisamment attention car tu n'avais jamais été très stable moralement.

Pour le nouvel été, tu avais préparé *le jardin de l'Enfer.*

Tes huit amies, dont moi, ont été conviées par une notification à un événement sans photo, intitulé sobrement : « Vacances en Bretagne août ». Nous étions alors en juin, tout allait bien. Nous avons toutes cliqué dans l'heure suivante sur l'icône « je participe », il n'y a pas eu de « peut-être », de « je verrai avec mon planning », personne n'avait envie de se froisser avec toi. Toutes celles qui sont venues cet été-là ne s'en sont toujours pas remises.

Tu as commencé par arrêter de fumer. Passer d'un paquet à zéro cigarette ne s'est pas fait sans une certaine évolution de ton humeur. Au début tu compensais avec l'alcool, puis plus tard avec l'autodiscipline absolue de ton corps. Courir, nager, courir. Boire du jus de grenade et de pruneau, parce que la cigarette était quand même un laxatif très efficace.

Puis tenir des discours très appliqués. « Je faisais mal à mon corps, Brune, je l'abîmais, j'ai pris conscience qu'il fallait prendre soin de moi. Je me sens tellement mieux, j'ai appris à me connaître, je suis en harmonie avec moi-même.» Dieu seul sait quel gourou tu étais allée consulter — ta mère, peut-être.

Ensuite tu t'es mise à écouter le bruit des grillons sur YouTube, des séquences de vingt minutes, crrr-crrr, crrr-crrr — *Ta gueule, la mouette* — crrr-crrr, crrr-crrr.

En soirée, tu t'agaçais lorsque nous voulions te présenter des garçons, il était hors de question que l'on choisisse pour toi, début juin il y avait eu Soulimat et son kebab, cette expérience t'avait amplement suffi, tu t'énervais et t'échappais de la soirée si nous décidions de lancer le sujet.

Enfin, il y a eu Paris.

Le week-end annuel du trio, toi, Iris et moi, en juillet. Le principe était encore le même : danser, oublier la réalité.

Tu avais insisté pour que l'on aille aux Buttes-Chaumont, au Rosa Bonheur, ton frère connaissait le lieu, nous devions *absolument* nous y rendre aussi, lui envoyer une photo.

Nous y sommes allées, sans négocier. Te contrarier était quelque chose qu'il valait mieux éviter lorsque nous étions dans une autre ville. Nous faisions au contraire tout pour te satisfaire. «Bri, prends cette chaise, elle est mieux. Bri, tu veux boire quoi, je vais au bar? Bri, tu sens ma fumée de cigarette si je me mets là ou ça va?»

Et tu faisais voler ta main d'un mouvement saccadé : «Tout va bien, je ne veux rien.»

Comme il pleuvait, nous nous sommes serrées sous un parasol, un groupe d'amis sur le banc d'à côté a échangé quelques subtilités, la musique était bonne. Soudain tu t'es mise à danser, d'un seul coup, comme une furie ou quelqu'un qui voudrait perdre des calories. Les gens te trouvaient cool mais il y avait quelque chose qui clochait, tu te forçais, Iris et moi avons échangé un regard inquiet, le bon déroulement de la soirée ne tenait pas à grand-chose. Contre toute attente, au bout de deux verres tu m'as embrassée tendrement, tu me disais que la vie était belle et pleine de surprises. J'étais la meilleure, la plus belle. Après ces superlatifs nous sommes parties faire pipi ensemble, nous repoudrer et surtout faire des photos. Par la suite j'ai imprimé par dizaines des selfies de nous deux dans les W-C rose bonbon, nous étions bronzées et portions des robes fleuries, nos cheveux étaient longs et brillants. Sur un des clichés tu avais placé le plumeau du pinceau dans la bouche, on aurait dit que tu avais avalé un petit animal dont les poils ressortaient. Tu adorais faire ce genre de choses chic et choc, à la limite du bizarre et du trash.

Après cet épisode aux W-C, j'ai commencé à me détendre enfin, à baisser la garde, je voulais m'amuser et profiter, j'en avais marre de Marceau et de toi, de votre imprévisibilité. Marre de toujours surveiller mes intonations, m'excuser pour des bêtises. Au Rosa Bonheur, je dansais debout dans un coin, mon verre en plastique dans la main droite. Le D-J diffusait des musiques actuelles et *feel good*. Toi et Iris dansiez aussi, nous nous parlions de temps à autre, nous sympathisions avec les filles et les garçons d'à côté. Des conversations et des jeux d'esprit distrayants, des confidences vite oubliées.

Lorsque la musique s'est arrêtée, assez tôt, vers minuit, un des garçons avec qui tu discutais a proposé d'aller chez lui pour continuer la soirée, faute de bonnes boîtes dans le coin. Iris, qui comme Pocahontas aimait suivre le vent, a crié, enjouée : « Oh oui, oui, quelle bonne idée ! »

Tu t'es raidie d'un seul coup, et a décrété devant tous :

« Moi je rentre.

J'ai froncé les sourcils et t'ai prise à part.

– Qu'est-ce qu'il y a ? Quelqu'un t'a dit quelque chose de pas sympa ? Pourquoi tu ne veux pas les suivre ? Il n'est que minuit, tu nous as emmenées à l'autre bout de Paris et il pleut !

– J'en ai marre de vos conneries. On est dans une ville géniale et on ne fait que sortir à chaque fois.

– Bah oui... c'est le principe du week-end annuel à Paris...

– Oui, eh bien moi j'en ai marre. On a l'impression que vous êtes célibataires le temps d'un week-end, et moi je suis célibataire tous les jours, donc figure-toi que ce que vous faites là, je peux le faire tout le temps. Là vous n'avez pas peur que vos mecs vous fliquent. Tu es contente, t'as pas Marceau qui va t'engueuler en rentrant...

– Bien sûr que si ! t'ai-je coupée. Et je sors quand même avec vous, car les moments que l'on passe ensemble sont précieux. Je prends le risque de subir la colère de Marceau pendant les trois jours qui vont suivre parce que cette soirée en vaut la peine. Alors oui, on ne fait rien de plus ici que chez nous, sauf que là il y a des nouvelles têtes, ça change et on est toutes les trois ! T'as l'impression qu'on drague là, franchement ? Moi je ne parle qu'à des filles et Iris qu'à des homosexuels ! Et puis les autres mecs là-bas, ils ne te plaisent pas ? Les deux avec qui tu discutais tout à l'heure ?

– Oh, tu me soûles, Brune. Je n'en ai rien à faire moi, de ces mecs-là. J'ai envie de prendre un taxi, de rentrer, et demain de visiter des musées, des expos, je sais pas moi, pourquoi on ne fait pas des choses intéressantes, pourquoi on ne va pas au théâtre pour une fois ? »

Et sur cette tirade que tu as terminée en hurlant, tu t'es envolée au beau milieu de la rue, sous la pluie.

J'ai lancé un regard de détresse à Iris. Elle en a déduit ta réaction, notre intuition avait été bonne, la soirée allait mal finir.

« Brigitte, viens t'abriter sous le parapluie, te criait Iris. Allez viens, tu es déjà trempée, tu vas attraper froid.

– Je m'en fous.

Le regard d'Iris s'embuait d'inquiétude. C'était un mélange de *est-ce que j'ai fait quelque chose de mal ?* et de *putain elle est en train de niquer la soirée cette grosse vache.*

– Ok, ok, viens au moins sur le trottoir, on va appeler un taxi.

– J'ai déjà appelé, qu'est-ce que tu crois, ça ne répond pas. On n'est pas toutes seules. Je vais réussir à en choper un», grommelais-tu.

À ce stade nous ne pouvions rien faire, à part te regarder te faire écraser ou nous faire écraser avec toi.

Lâchement, nous avons opté pour l'option numéro une. Nous t'observions, tu étais consternante, tes cheveux collés le long de ton visage, le mascara dégoulinait sur ton air sévère. Un des garçons du groupe est alors venu vers toi — oh, l'imprudent.

«Tu n'as pas froid, tu es toute trempée ? Tu veux un parapluie ?

– Non, je suis bien sous la pluie, merci, tu peux retourner sur le trottoir.»

Penaud, il est parti retrouver ses amis, les sourcils en accent circonflexe.

Iris et moi étions dépitées; je ne comprenais pas comment tu pouvais rire avec moi deux heures plus tôt le plumeau dans la bouche et devenir juste après si agressive. Surtout, tes arguments étaient pour le moins étranges : jamais tu ne t'étais intéressée au théâtre ou aux musées.

Soudain, un taxi a failli t'écraser car tu lui barrais le passage. Obligé de s'arrêter s'il voulait éviter de te réduire en compote, tu en as profité pour lui demander si nous pouvions monter. Il t'a répondu : «Vos copines oui, mais vous non, vous êtes trempée de la tête aux pieds, vous allez bousiller ma voiture.»

Tu as marmonné :

«Allez-y, rentrez sans moi, j'en trouverai un autre.

– Non, on rentre toutes les trois ensemble.

– Pourquoi ? Et puis vous vouliez aller chez l'autre type là, vous n'avez qu'à y aller et me donner les clés de l'appart.

– Non, on rentre toutes les trois ensemble, j'ai insisté.

– L'année dernière j'étais rentrée à pied toute seule, vous vous en foutiez.

Lassé, le taxi a redémarré.

– Elle cherche la merde, je vais m'énerver, balbutiait Iris tandis que tu hélais un énième taxi.

– Laisse tomber, c'est la dernière fois qu'elle part avec nous, c'est tout. »

Un taxi a enfin fini par nous emmener toutes les trois, il était 2 heures du matin, nous étions gelées, et nous avions dégrisé.

« Je vous emmène où, les beautés ? a-t-il demandé gentiment.

Tu lui as dicté sèchement l'adresse de l'appartement, Paris, 1er.

– Vous voulez brancher votre musique ? J'ai une prise jack.

– Non merci, ça va aller », as-tu embrayé sur le même ton.

J'avais honte, Iris était désemparée, elle avait bûché toute l'année, ne s'était octroyé aucune sortie, aucun week-end, elle se mordait l'intérieur des joues pour ne pas hurler.

Au dernier virage, tu as ordonné au chauffeur : « Arrêtez-vous ! »

Il a pilé.

« C'est quoi cette boîte là, où tout le monde fait la queue ?

– C'est le VIP Room, mademoiselle.

– C'est tout près de l'appartement !

– Oui, à cinquante mètres, mademoiselle.

– Génial ! Arrêtez-vous, on descend !

– Bien, mademoiselle.

– Oui, chef ! a murmuré Iris, sans que tu l'entendes, rageuse et décontenancée. Elle nous prend vraiment pour des pions, franchement Brune, elle est en train de me faire péter un câble. Il y a deux minutes on se faisait insulter parce que l'on voulait sortir, et là Madame nous entraîne dans la boîte la plus beauf de l'univers ! »

Elle n'avait pas tort, beaucoup de strass, du mauvais parfum qui embaumait l'atmosphère. Des call-girls en mini-jupe se trémoussaient sur des podiums argentés, des miroirs encerclaient la piste de danse pivotante, donnant à l'ensemble un aspect psychédélique.

Nous avons posé nos fesses avec disgrâce dans un coin, contemplant des filles bling-bling entourées de vieux riches.

Au bout d'une demi-heure, tu as crié « On rentre ! » et sans attendre notre assentiment tu t'es éloignée en direction de la sortie.

« À vos ordres... chef ! » s'est énervée Iris une fois de plus.

À peine avions-nous poussé la porte de l'appartement que tu t'es ruée sur le flacon d'eau micellaire, t'es démaquillée en pissant bruyamment, avant d'aller te jeter brutalement sur le matelas supplémentaire posé à même le sol — que je pensais prendre pour te laisser le lit. Gênée par le sac à main d'Iris qui se trouvait près de ta tête, tu l'as empoigné et l'as balancé violemment à dix mètres. Iris qui avait aperçu la scène a viré au rouge, a pris mon poignet et m'a entraînée dans la salle de bains.

« Plus jamais avec cette connasse, elle a un grain, elle est complètement cinglée, tu te souviens tous les bons week-ends passés toutes les deux avant qu'elle vienne ? L'année dernière déjà c'était limite, mais là, elle cherche quoi ? Plus jamais ! Je vais la buter, tu m'entends, je suis hors de moi ! »

Je l'ai rassurée, nous nous sommes couchées, et le lendemain nous avons pris le train du retour sans aucun commentaire, comme si de rien n'était, les traits tirés.

Dans la nuit je me suis réveillée. Tu parlais dans ton sommeil ou peut-être de manière tout à fait consciente, pensant que nous dormions profondément. Tu marmonnais : « Des putes, vous êtes des putes. »

12

C'est à peu près à cette époque que j'ai fait le rêve du château.

Dans ce rêve, Marceau m'avait enfermée dans le donjon d'un château, dont les contours grossiers étaient comparables à un dessin d'enfant. Je n'avais ni faim ni soif, seulement l'angoisse d'être prisonnière. L'impression d'étouffer. Je ne souffrais pas, j'avais juste du mal à respirer, et conscience d'être enfermée là depuis très longtemps. Soudain, j'ai entendu des pas. Je me préparais à amadouer Marceau et je redoutais à la fois sa présence, j'étais si faible par rapport à lui. Les pas se sont rapprochés, mon cœur battait très fort. J'ai entrevu de la lumière, je priais pour ma libération.

J'ai entendu la clé tourner dans la serrure, une silhouette est entrée avec la lumière, il s'agissait de Valéry. Son regard doux, sa main tendue, il a murmuré : « Allez viens, Brune, on rentre maintenant. »

Le lendemain de ce rêve, en sortant de chez toi le soir, dans la même minute j'ai quitté Marceau et rejoint Valéry. De sang-froid et par message. Il n'y a eu aucune préméditation, nous baignions tous dans un lac de souffrance, je n'avais trouvé que cela pour faire avancer les choses.

C'était peu après le week-end à Paris, tu t'étais calmée et m'avais conviée à un barbecue chez toi. Marceau aussi était invité mais il n'avait pas décoléré depuis Paris, de cette absence. Alors j'ai décidé de le quitter pour tous ces nœuds dans le ventre. Je l'ai quitté pour me venger de cette histoire qu'il n'avait pas su m'offrir, de son retournement de façade lorsque je m'étais donnée définitivement à lui. Je l'ai quitté pour le gâchis et l'ensemble de ma déception, pour m'avoir fait douter de notre amour, quand je pensais qu'il résoudrait tout. Je l'ai quitté pour toutes les larmes qu'il faisait couler, à Rose et à moi. Il n'avait pas le droit d'être faible. Je l'ai quitté pour me venger de toutes ces femmes, ces Anna Karenine qui partaient pour leur amant et finissaient sous un train. Je l'ai quitté parce que j'étais fatiguée. Parce qu'il ne m'avait pas souri depuis sa cellule. Je l'ai quitté à cause des verres dans lesquels il n'avait pas voulu boire la lie de nos retrouvailles.

Quand j'ai appelé Valéry en sortant de chez toi, il était 3 heures du matin et il a décroché tout de suite. Il m'a demandé où j'étais, puis a murmuré qu'il arrivait.

Je lui avais fait tant de mal, sur son visage se lisait la douleur accumulée. J'avais détruit ses rêves et ses illusions comme Marceau avait détruit les miens. À lui offrir, je n'avais plus que ma chair, mon âme brûlant quelque part en enfer. En cherchant dans mes mains des automatismes de notre vie d'avant, j'avais l'impression de faire le fond de mes poches. Je ne trouvais rien à part quelques piécettes. Nos gestes étaient joués, nous étions des corps sans âmes. Il n'y avait pas de plaisir, seulement de l'amertume. Il n'y arrivait pas, il n'avait pas envie, me regardait avec pitié, j'étais nue et je grelottais.

« Tu as l'air si malheureuse, Brune, tu as maigri, tes yeux sont éteints. Tu n'es plus celle de terminale qui riait à tue-tête dans son manteau rose.

Il m'a couverte doucement.

– Dors maintenant, repose-toi. »

Le lendemain matin, j'ai encore reculé le moment de rentrer chez moi, je ne voulais pas recroiser Marceau et ses valises. Alors je suis venue sonner chez toi, j'avais besoin de te parler. Je savais que tu étais seule, tes parents étant de séjour en Bretagne.

Au moment d'entrer, lorsque tu m'as aperçue avec mes habits de la veille, tu as blêmi.

« Ne fais pas cette tête, t'ai-je dit, tout va bien, c'est juste qu'il faut que je te raconte quelque chose...

– Non, c'est toi qui vas m'écouter. »

Et tu t'es mise à pleurer.

13

Tu t'es invitée pendant la sieste aujourd'hui. Pas de fioritures. Pas de macarons, pas de terrine de saumon *extraordinaire*. Juste un ventre énorme.

Tu t'es assise et m'as annoncé : « J'ai fait l'écho ce matin, c'est un garçon. »

Je t'ai répondu que je le savais. Tu ne pouvais enfanter que des garçons, vu les rapports que tu entretenais avec eux. Mi-chastes, mi-charnels. *Dormir* ainsi avec tous les garçons de la planète, il ne te restait plus qu'à les faire dormir dans ton ventre.

Je me réveille en sentant les doux petits pieds de mon bébé qui affleurent sous mes côtes. Machinalement, je passe la main pour essayer de les attraper.

La délivrance approche, je ressens des contractions sporadiques et irrégulières.

Je serai enfin libre de toi, tu partiras vraiment, pour toujours, cette maternité qui nous relie n'existera plus, tu ne seras plus dans mes rêves, ni dans mon existence, j'aurai accompli ma mission, donner un enfant à l'Homme de ma vie, une petite sœur à Rose.

Plus de toi en plein milieu de mon sommeil, plus jamais ton visage lisse et tes cheveux blonds, plus jamais ton parfum Chloé ni ton T-shirt marin. Plus jamais de fous rires ensemble, ni de crises de larmes. Nous nous sommes fait trop de mal. Notre amitié s'achèvera, je ne passerai plus mes nuits avec toi. À la place, j'aurai mon bébé contre moi, lui serai dévouée à lui donner le sein, à le prendre en photo dans les bras de Rose. Toi tu attendras ton tour, sans que je m'en préoccupe, sans que tes états d'âme interfèrent dans mon cœur.

Mon téléphone sonne.

« Allô Brune, c'est moi. J'ai reçu ta lettre.

Mes joues rougissent. Je suis une petite fille qui a peur d'être allée trop loin dans ses mots.

– Bonjour, maman.

– Je voulais te dire... J'ai compris ce que tu me demandais. Je ne te raconterai plus. Je suis désolée si ça t'a fait du mal.

– ...

Ma gorge se serre. Je m'attendais à des représailles, au pamphlet sur la fille ingrate que je suis depuis toujours.

– Je voulais te dire aussi... Brune, tu es là ?

– Oui, dis-je d'une voix sans souffle.

– Tu sais, avec Rose, je sais que j'ai été trop présente. Je m'en rends compte. Il faut que je te l'avoue, quand ta petite fille est née, j'ai cru que c'était la mienne. Je vais essayer de ne plus prendre ta place. »

Je la remercie doucement, je raccroche. Je prends une grande inspiration et deux larmes coulent le long de mes joues.

Je nous revois à l'accouchement, il y a dix ans, toi qui t'éclipses, ma mère derrière la porte qui en profite pour entrer aussitôt. Elle prend Rose dans ses bras, les larmes aux yeux et lui murmure : « Oh mon bébé, mon bébé... »

Ma mère : l'absente, l'amie, la mère.

Toi : la mère, l'amie, l'absente.

Et moi. Et Rose au milieu.

14

Je ne t'avais jamais vue autant pleurer. J'étais toujours sur le perron, devant ta porte.

Des hectolitres d'eau saline dégoulinaient le long de tes joues, tu tremblais tellement que tu en faisais presque des convulsions.

« Qu'y a-t-il, Brigitte ? Que se passe-t-il, bon sang ?

Je t'ai poussée doucement à l'intérieur de la maison.

– Allez raconte-moi, qu'est-ce qu'il y a ?

Tu ne t'arrêtais pas de trembler. J'ai voulu te prendre dans mes bras, comme pour te réchauffer, t'encourager à parler. Tu semblais contenir tellement de chagrin, depuis si longtemps. Tu n'as pas supporté ce geste et tu m'as repoussée.

– Arrête, Brune, ne me touche pas.

Tu as ajouté :

– Je ne te mérite pas.

J'ai écarquillé les yeux.

– Qu'est-ce que tu racontes ?

– Je t'ai encore trahie.

Pendant que tu hoquetais, une douleur sourde montait en moi, le pressentiment que ce moment ensemble était le dernier.

Comment ça tu m'avais encore trahie ? Qu'avais-tu raconté, et à qui ?

Tu as pris le temps de hoqueter encore quelques minutes, puis après une grande inspiration tu m'as avoué :

– J'ai passé une nuit avec Valéry.

J'ai dégluti, mon cœur s'est mis à cogner violemment.

– Je suis désolée, je voulais te le dire avant que tu m'annonces que tu avais recouché avec lui cette nuit. J'aurais dû m'en douter.

– Comment tu sais que...

– Brune, m'as-tu coupée. Je te connais par cœur. Je l'ai compris direct à ton regard et à ta dégaine quand tu es arrivée, c'était inévitable.

– Bon, t'ai-je dit en tremblant, explique-moi. »

C'était peu avant le week-end à Paris, ce week-end où tu étais tant à côté de tes pompes. Avec Valéry, vous alliez au resto souvent, vous vous marriez. Un soir qu'il t'avait raccompagnée et que vous aviez bu, il a alors proposé de monter chez toi. Tu as accepté. Vous vous êtes embrassés, un peu, beaucoup — et là ta voix s'est étranglée — « Il a été très entreprenant, je n'ai pas voulu aller jusqu'au bout ».

Et tu avais fini par *dormir* avec Valéry, après quelques préliminaires désagréables.

Un de plus à ton palmarès.

J'étais effarée, mon cœur battait toujours aussi vite.

Au lieu d'essayer de comprendre la situation, je tentais de savoir ce que je ressentais.

« Je... ne t'en veux pas, ai-je bégayé. Et puis surtout, Valéry ne m'appartient plus depuis longtemps déjà. Je crois que je suis juste sous le choc, ce que je ressens ne ressemble pas à de la colère. Je ne comprends rien. Je débarque. Tu es amoureuse de Valéry ? »

Tu as baissé le regard, ton menton tremblait.

Tu ne savais pas, tu ne savais plus, tu l'avais peut-être aimé, oui. Tu avais dû longtemps être amoureuse de lui sans oser me le dire, et tu avais réalisé cette nuit-là que tu ne l'étais plus. Que tu avais trop étouffé ton amour en toi, qu'il s'était atrophié, que tu n'en voulais plus. Tu en as parlé à ta mère, elle t'a dit que Valéry était fait pour toi, mais que c'était trop tard maintenant, qu'il fallait que tu te fasses une nouvelle vie, toute neuve. Que Valéry avait été mon mari, et puis il y avait Rose, c'était trop compliqué, il fallait que tu l'oublies.

Tu voulais que je te pardonne. Tu n'avais pas su me le dire.

Comment peut-on à ce point passer à côté des gens que l'on aime ? Par quel égoïsme n'avais-je pu détecter l'évidence ?

Valéry s'était longtemps caché mes sentiments pour Marceau, comme pour ma part j'avais occulté tes sentiments vis-à-vis de Valéry.

Tu l'avais pourtant toujours défendu et mis sur un piédestal.

Depuis le début sans doute, il avait représenté pour toi le parti idéal.

Je te contemplais sans rien dire. J'ai pensé que je te l'avais pris et que j'en avais fait de la charpie.

Je suis restée toute la journée assise à même le sol de mon appartement vidé du peu d'affaires de Marceau, parti le matin même, comme je le lui avais demandé.

Les êtres sont ainsi faits qu'ils viennent et disparaissent, sans jamais faire ce que l'on attend d'eux. J'avais voulu que Marceau partage ma vie, Valéry voulait que je partage la sienne, et toi tu espérais Valéry. Cette trigonométrie était grotesque et humiliante.

Qui était Valéry, quel schéma malsain essayait-il de reproduire ? N'était-il pas le doux agneau protecteur que j'avais tant idéalisé ? Le sauveur du château ? Et pourquoi lui rejetais-je la faute ? Y avait-il vraiment faute ?

Plus tard, j'ai pensé que sans ma présence sur cette terre, si j'étais morte de l'appendicite à douze ans par exemple, toi et Valéry auriez été heureux ensemble. Rose l'aurait été aussi entre vous deux, vous aviez les mêmes valeurs, pourquoi étais-je venue interférer dans votre relation en empêchant toute issue possible ? Qu'est-ce que ma présence avait apporté, à part le désastre ?

Alors je t'ai envoyé un message pour te dire combien je t'aimais, que rien ni personne ne nous séparerait jamais, et que je n'avais rien à te pardonner.

Tu m'as répondu solennellement : « Merci, moi aussi je t'aime, Brune. »

15

Comme un bruissement de feuilles, un léger craquement dans mon ventre se fait sentir.

Un peu de liquide mouille ma culotte. Une grande fissure zèbre à présent la poche des eaux, la tête de mon bébé fait bouchon.

*

J'ai recroisé Marceau juste une fois, il lui manquait encore quelques affaires, et il tenait à reprendre sa machine Nespresso lui aussi. Comment peut-on survivre sans homme et sans café ?

Rose ne comprenait pas. Elle a quand même tenté de percer mon âme en me demandant si à présent nous allions revivre tous les trois avec son papa.

Il n'en était pas question. Valéry et moi avions saisi ensemble en nous revoyant que notre relation était morte. Plus tard nous saurions : ma liaison avec Marceau était le révélateur de notre incompatibilité.

La vie a continué en mère célibataire. Je te voyais toujours, Valéry m'avait rendu Rose à temps plein, il était ainsi assuré qu'il n'y aurait plus de présence d'homme dans ma vie, autant que je sois fille-mère. Seule au parc, seule le dimanche, seule au cinéma.

Je passais mes soirées à pleurer et Marceau me manquait terriblement. Quand je te le disais, tu me répliquais d'un ton maternel mélangeant compassion et morale : « Enfin, Brune ! Quand comprendras-tu que les actes ont des conséquences ? »

À vingt-cinq ans je me disais foutue, j'avais perdu toute mon aura, je n'intriguais plus personne, je ne serais plus jamais en couple, et de toute façon en avais-je vraiment envie ? Je repensais avec mélancolie à mon amour tant espéré, tant attendu, qu'en avais-je fait ?

Les vacances chez toi en Bretagne sont arrivées dans la foulée. Je les attendais avec impatience, j'avais besoin de rire avec toi, Iris et les autres.

Huit heures de voiture, puis rosé, et comme chaque année, premier apéritif sur les marches menant à la piscine.

Dès le lendemain, une fois Rose debout, tu as tenu à te lever aussi. Je te disais qu'elle était assez grande pour regarder un dessin animé toute seule pendant une heure sans faire de bêtises, on pouvait se recoucher un peu comme nous l'avions fait l'année précédente. Tu m'as regardée méchamment, *on ne sait jamais avec les enfants, s'il arrive quelque chose, c'est moi qui suis responsable.*

J'ai dit à Rose de venir me réveiller dès qu'elle aurait un œil ouvert, ce qu'elle a fait le lendemain. Cela ne t'a pas empêchée de te lever quand même pour tout astiquer à 8 heures du mat, gants, Javel, Sanytol, *ça nettoie tout dans la maison.*

« Laisse, Brigitte, on le fera plus tard.

– Non, non, c'est chez moi, ça ne me dérange pas, et puis c'est vraiment dégueulasse. De toute façon je n'arrive plus à dormir, je suis devenue une vraie insomniaque.

– Qu'est-ce qui ne va pas ?

– Tout va très bien », as-tu répondu d'une voix suraiguë et les yeux exorbités.

Je n'ai pas insisté.

*

Les premières contractions surviennent au crépuscule. Elles sont comme des vagues, très fortes, dont le mouvement amène progressivement mon bébé sur le rivage. Je respire, je serre les poings, je déplace la douleur.

*

Tes gestes saccadés en arrangeant les fleurs, la façon de crier À *taaaaable* et de sourire à l'envers, c'est tout cela qu'il me reste de toi quand je songe à ces dernières vacances. Lorsque je visualise nos huit corps allongés dans l'herbe pour te laisser la place sur le transat, je ressens encore cette angoisse que toi seule étais capable de créer, perverse, mauvaise, lunatique. Tu étais malade. De frustration, de refus, d'abnégation, de ces corps d'hommes que tu te refusais.

À la fin du troisième jour, il y a eu le moment clé de notre rupture : le café sur la place du village où s'est effectuée la répartition des tâches — des filles devaient aller chez Leclerc, d'autres ranger la maison. Je suis rentrée et tu es partie chez Leclerc. Cette séparation est la nôtre.

Après ce moment, tu n'as plus jamais été mon amie, nous n'avons plus échangé une seule parole complice jusqu'à la complète disparition de nos conversations. En rentrant du centre commercial tu as hurlé : « Vous pouvez bouger la caisse de Brune, elle gêne le passage ! »

Tremblant de peur, j'ai laissé de côté le jambon fumé que je coupais finement pour te faire plaisir et me suis ruée vers ma voiture.

Je t'ai croisée et t'ai demandé : «Ça va???»

C'est à ce moment-là que tu as levé les yeux vers moi, remplis de colère, tu m'as fixée longtemps, puis tu les as tournés vers un rivage virtuel, comme si tu voulais y déposer notre amitié morte. Après quoi tu es partie ranger les courses.

Bien sûr il s'était forcément passé quelque chose, un ragot, un mensonge, quelqu'un t'a raconté une ignominie sur moi, sûrement une histoire intolérable, à l'époque j'étais le sujet préféré des soirées, avec ma pauvre existence de feuilleton américain. En ville, on me prêtait des relations avec le maire et la terre entière. J'en apprends encore alors que j'ai déménagé, je n'ai pourtant pas vu beaucoup de sexes masculins dans ma vie, une main amputée suffit pour les compter. J'ai tout imaginé, peut-être t'avait-on narré que j'avais dragué ton frère, ton père, ton grand-père, que sais-je encore. Peu importe, tu l'as cru et sans doute le méritais-je, ta confiance et notre complicité voguaient trop loin dans l'abîme de notre histoire amicale, j'étais une fille de mauvaise vie et je devais endosser les fausses relations que l'on me prêtait. Inutile d'ajouter que ta mère n'a pas pris ma défense, à peine a-t-elle tenté un sourire fataliste.

C'était ta troisième trahison. Le prétexte qu'il te manquait pour me quitter car tu ne me supportais plus, ni moi ni mon image. Tu n'avais pas toléré l'horreur que Valéry avait vécue par ma faute. Tu étais prête à croire n'importe quoi et n'importe qui pour m'éradiquer. *Des putes, vous êtes toutes des putes.* Tu voulais changer de vie, et que je n'en fasse plus partie. La vérité est quelque part et je préfère ne pas la connaître.

*

Je suis installée dans la salle nature de la maternité, l'Homme de ma vie m'a fait couler un bain chaud, mes contractions s'apaisent et se régulent, je sens leur force, elles s'amplifient mais je respire, tandis qu'il se repose un peu sur le matelas posé à côté. La nuit va être longue. Soudain, un *clac* sonore résonne dans mon corps, la poche des eaux s'est complètement percée.

« Attendez-vous à des contractions plus vigoureuses », me prévient la sage-femme.

*

Je ne voulais pas rester sur un malentendu. J'ai attendu quelques heures et j'ai décidé de te rejoindre dans ta chambre. Tes yeux démaquillés en colère étaient ceux d'un animal nyctalope, ronds et effrayants. Je ne trouvais pas les mots, le silence grandissait entre nous. Je devais te parler, te questionner, qu'y avait-il bon sang ? Qu'avais-je mal fait ? Toute cette haine, d'où venait-elle, pourquoi maintenant ? Ce n'était pas moi qui avais dormi avec le mec de l'autre, ou peut-être que si, je ne savais plus, qui était le mec de qui, je ne comprenais plus rien. J'étais désormais rangée et célibataire, je n'avais pas à être le réceptacle de ta colère.

C'est alors que tu m'as posé une question très précise, hautaine, un sourire étrange sur le visage. Je ne saisissais pas cette question, aucun mot ne sortait de ma bouche que j'avais ouverte, prête à rétorquer n'importe quoi. J'ai senti l'irrésolu, l'irrémédiable de notre relation et je me suis tue. J'ai quitté la chambre. Oui, c'est moi qui suis partie, ou plutôt je n'ai rien fait pour te retenir, ni pour te calmer, je ne t'ai rien demandé. J'ai lâché ta main, ton regard. Tu attendais la joute verbale et tu t'es confrontée à mon indifférence. Je n'avais plus envie de discuter avec toi.

Les vacances ont été écourtées, tu avais cessé de parler et de sourire, nous sommes rentrées.

J'ai déposé Rose chez Valéry et je suis rentrée chez moi, seule. J'ai posé ma valise sur le sol et j'ai réalisé alors que les personnes que j'avais le plus aimées étaient toutes sorties de mon existence. Je n'ai pas défait mes bagages pendant des mois, je ne me couchais plus dans mon lit, je m'abrutissais d'alcool et de cigarettes. J'ai patiemment attendu de longues années que la vie et l'espoir reviennent m'habiter. Un jour, j'ai créé un blog littéraire, et il m'a sauvée.

*

Les contractions ne sont plus des vagues, elles sont une tempête qui me secoue le corps, je suis pétrifiée sous la douleur, je ne peux plus parler, plus respirer, l'Homme de ma vie pose le plat de sa main chaude sur mon dos, m'aide à sortir de la baignoire. Je tremble et je convulse, de peur, de fatigue, je ne dors plus depuis une semaine. Je vais mourir. Je vais mourir parce que je ne peux plus respirer. La douleur me paralyse, les contractions sont trop rapprochées, je me sens partir. Voilà, je vais mourir, je vous l'avais bien dit. Je m'évanouis.

Et je fais un dernier rêve de toi.

*

Je te vois, tu es là, face à moi. Tu tiens dans une main une immense corde qui nous relie. De l'autre, tu tiens de grands ciseaux et tu essaies de la couper. Tu lèves doucement les yeux vers moi.

« Souffle, Brune, tu n'es pas en train de mourir, ton bébé arrive, souffle bien, ouvre-toi, ne pense plus à rien, je suis là maintenant, il ne peut rien t'arriver. Je t'aime, tu es la meilleure maman que ce monde ait portée. Courage, dans quelques instants ton bébé sera là, et moi je serai partie, tu n'auras plus besoin de moi. »

Je te regarde et je n'ai plus mal. Tu as presque fini de couper la corde, quelques filaments résistent encore. Tes yeux s'embuent.

« Je suis fière de toi, ma crème. Regarde ce que tu arrives à faire, tu vas donner la vie naturellement, comme tu le voulais, tu as toujours eu tout ce que tu voulais, pas vrai ? Je ne verrai jamais ta fille, mais je suis sûre qu'elle te ressemblera. Allez, vas-y maintenant, c'est le moment. Je te laisse tranquille, je pars définitivement. Je suis partie parce que nous n'avions pas le choix, il fallait bien que nous nous séparions un jour. Nous n'étions plus capables, Brune. Je suis partie pour que tu nous racontes, je suis partie pour que tu nous écrives, tu as toujours aimé cela, les histoires inachevées, tu disais qu'il n'y avait rien de plus romantique. »

Tu m'offres alors un grand sourire, et sous un dernier coup de ciseaux, la corde qui nous reliait lâche brusquement. Tu t'éclipses en emportant ton secret. Et ton parfum et tes bijoux.

*

Lorsque je me réveille, l'Homme de ma vie me regarde, paniqué.

« Brune, ça va ? Tu t'es endormie d'un seul coup, j'ai eu peur.

– Oui, lui dis-je entre deux souffles, ça va très bien, appelle la sage-femme, je crois que c'est maintenant. »

Une charge terrible traverse mon bassin, une force incroyable qui descend très fort, à la manière d'une fusée, et malgré moi des cris sortent de ma cage thoracique, je suis à quatre pattes, je ne me sens bien que dans cette position, je râle gravement comme un animal blessé, je ferme les yeux, et je pousse sans le vouloir, naturellement, ou c'est mon bébé qui pousse, je ne sais pas, je suis encore en peignoir de bain, en nage, je ne tremble plus, c'est le moment, je mets ma petite fille au monde.

Au moment où mon bébé sort de moi, à ce moment où son petit corps s'extrait du mien, comme une longue et lourde charge qui se déplie en glissant, je mets fin au mystère. Je salue l'infiniment grand, je sens le vide qui progressivement se fait dans mon ventre, ma bouche est ouverte sur mon cri continu. Ce n'est pas moi qui hurle, c'est la vie chaude et gluante qui sort de mes entrailles, les vaisseaux de mon visage explosent et mon corps est un séisme. Je ne suis plus moi-même, je suis dans cet état supérieur, ou inférieur, hors de moi, celui qui ne peut être imaginé ni simulé. Je n'habite plus ma peau, dévouée présentement à donner la vie, je deviens la nature entière, l'univers me gouverne, je ne suis plus qu'un vecteur de la reproduction, ce n'est pas moi qui travaille, c'est mon bébé, il arrive, il veut sortir, il en a besoin, il doit découvrir le monde, maintenant.

Je ressens tout, la globalité de sa tête, qui m'arrache la vulve, je sens la violence, la force de son être qui n'épargnera rien, ni mon corps, ni mes souvenirs. Ma bouche hurle encore et ce sont les épaules qui passent, je suis à quatre pattes et mon bébé fait ce qu'il a à faire, il sort et ouvre grands les yeux sur le monde, dans cette pièce à la lumière tamisée. Ma petite fille. Que l'on me dépose en dessous de moi, son dos sur le matelas. Nos deux têtes face à face, ses yeux dans mes yeux, le cordon nous relie encore. La sage-femme le coupe. L'écho de cette vision affleure ma conscience, puis disparaît.

Ma petite fille crie bien sûr, car elle non plus n'a pas le choix, elle crie parce qu'elle existe. Plus tard elle aura très faim, et très envie de marcher, très envie d'aimer aussi, et puis elle criera de toutes ses forces, un jour, en donnant la vie. Car les gens sont là pour vivre de toutes leurs forces. J'accède à cette pleine conscience, à cette énergie vitale qui nous dépasse, qui nous écrase, rien n'est jamais réfléchi, tout obéit à cette loi finale de nous reproduire. Nous ne pouvons ignorer cette force, le cri entêtant d'un nourrisson qui a faim, le désir de l'autre, la peur de mourir. Le pouvoir de la vie. Je détiens soudain la vérité. Nous n'avons rien décidé, rien voulu, rien choisi. Les êtres entrent et sortent de nos vies sans rien commander. Nos idéaux et notre volonté sont soumis à l'unique chimie des corps et de tout ce qui a été décidé avant nous. Nous évoluons dans ce monde en obéissant du mieux que nous pouvons à ces lois. Nous passons notre temps à réfréner cette puissance obstinée. Les corps se croisent, s'entrecroisent, puis oublient, tout est infiniment moins important que ce nouvel être qui palpite, nu, impatient de découvrir le monde. Cette naissance est à l'image de notre amitié, elle définit la violente beauté de la vie.

Quelques instants plus tard, Blanche est dans mes bras. Sa petite langue lèche ma peau, découvre mon odeur. L'Homme de ma vie nous regarde, nous photographie, bouleversé. C'est Marceau.

C'est Marceau qui m'aime et que j'ai toujours aimé. Cinq années à nous reconstruire, aujourd'hui unis et parents.

Cette maternité nous a libérées. En cherchant à comprendre ton départ, j'en ai délivré la douleur. Ton absence en a révélé une autre, et seule sans ta blonde silhouette, je deviens enfin mère sans attendre la mienne.

ÉPILOGUE

Aujourd'hui, 7 janvier 2018, Blanche a grandi, France Gall s'est éteinte. Malgré moi, je pleure une rivière. Sa disparition est la mort définitive de notre amitié. Elle emporte avec elle tous nos souvenirs. *Calypso* passe à la radio et les écrans de télévision diffusent la genèse des *Sucettes à l'anis*, Serge se moque de France qui n'a rien compris.

Le soir, je repense à notre dernière confrontation, dans ta chambre en Bretagne. Enfin, comme par magie, tes mots remontent à la surface de ma mémoire.

« Je me disais, ta vie doit te paraître fade en ce moment. Pas d'aventure, plus de mec... Dis-moi, Brune, raconte, quel est ton prochain *gros coup* ? »

C'était cette question bizarre que tu m'avais posée, le jour de ce dernier été, les yeux plissés et le ton sarcastique.

À l'époque je n'avais pas la réponse, aujourd'hui il y a ce livre. Une déclaration, ma déclaration.

REMERCIEMENTS

Je remercie Kevin Systrom, fondateur d'Instagram, grâce à qui j'ai pu changer de vie.

Merci à toute la communauté Bookstagram pour son soutien, sa bienveillance, et tout ce qu'elle m'a appris.

Je remercie ma talentueuse éditrice, ma psychanalyste, mon amie, ma drogue ma dope ma coke mon crack mon amphétamine, Caroline.

Merci à Manuel Carcassonne, Valentine Layet, et à toute l'équipe de Stock, la maison de la joie, du modernisme et du travail bien fait.

Je remercie Clara, pour la première phrase de ce roman.

Je remercie mes amies de jeunesse, toujours présentes à mes côtés.

Merci aux auteurs qui en croisant ma route me sont devenus indispensables : Hadia Decharrière, Clarisse Gorokhoff, David Foenkinos.

Merci aux libraires pour leurs conseils et leur passion débordante : Amandine et Pascal de la librairie Saint-Pierre à Senlis, Antoine de la librairie Michel à Fontainebleau.

Je remercie mes parents d'avoir instillé en moi la confiance et la volonté d'aller au bout des choses, merci à mon grand frère pour son amour, et à ma grand-mère pour la machine à écrire qu'elle m'a offerte dès que j'ai appris à lire.

Merci à ma belle-famille, pour sa disponibilité et son ouverture d'esprit.

Et merci à Clément, l'amour de ma vie, de favoriser mon épanouissement personnel et de m'offrir chaque jour une telle quiétude. Je le remercie pour tous les bébés qu'il m'aide à mettre au monde.

TABLE

Création graphique de la couverture
et de la mise en pages intérieure :
Hokus Pokus Créations.
Le texte est composé en Andada, un caractère dessiné
par Carolina Giovagnoli pour Huerta Tipográfica.

Composition et mise en pages
Nord Compo à Villeneuve-d'Ascq
Achevé d'imprimer en France en mars 2019 par CPI Bussière
Dépôt légal : mars 2019 — Édition : 02
76-52-0959/0